少女心缺乏之症候群

WHERE IS
YOUR GIRL'S HEART?

在這女漢子橫行的世道，如果始終談不了戀愛，也許是因為，
妳也罹患了先天性少女心缺乏症候群。

蘭緗——著

出・版・緣・起

三百六十度全媒體出版

城邦原創創辦人　何飛鵬

當數位變革浪潮風起雲湧之際，做爲一個紙本出版人，我就開始預想會不會有數位原生內容出版社出現？如果會的話，數位原生出版會以什麼樣貌出現？而我又將如何面對這種數位原生出版行爲？

就在這個時候，我看到了大陸的起點網，這個線上創作平台，聚集了無數的寫手，形成數量龐大的創作內容，無數的素人作家在此找到了夢許之地，也成就了一個創作與閱讀的交流平台，而手機付費閱讀的習慣養成，更讓起點網成爲全世界獨一無二、有生意模式的創作閱讀平台。

基於這樣的想像，我們決定在繁體中文世界打造另一個線上創作平台，這就是POPO原創網誕生的背景。

做爲一個後進者，再加上我們源自紙本出版工作者，因此我們在POPO上增加了許多的新功能，除了必備的創作機制之外，專業編輯的協助必不可少，因此我們保留了實體出版的編輯角色，讓有心成爲專業作家的人，能夠得到編輯的協助，我們會觀察寫作者的內容、進度，選擇有潛力的創作者，給予意見，並在正式收費出版之前，進行最終的包裝，並適當的加入行銷概念，讓讀者能快速認識作者與作品。這就是ＰＯＰＯ原創平台，一個集全素人創作、編輯、公開發行、閱讀、收費與互動的一條龍全數位的價值鏈。

經過這些年的實驗之後，ＰＯＰＯ已成功的培養出一些線上原創作者，也擁有部分對新生事物好奇的讀者，不過我們也看到其中的不足—我們並未提供紙本出版服務。眞實世界中，仍有許多作家用紙寫作，還有更多讀者習慣紙本閱讀，如果我們只提供線上服務，似乎仍有缺憾。

爲此我們決定拼上最後一塊全媒體出版的拼圖，爲創作者再提供紙本出版的服務，讓所有在線上創作的作家、作品，有機會用紙本媒介與讀者溝通，這是ＰＯＰＯ原創紙本出版品的由來。

如果說線上創作是無門檻的出版行爲，而紙本則有門檻的限制，線上世界寫作只要有心，就能上網、就可露出，就有人會閱讀，沒有印刷成本的門檻限制。可是回到紙本，門檻限制依舊在。因此，我們會針對ＰＯＰＯ原創網上適合紙本出版的作品，提供紙本出版的服務，我們無法讓所有線上作品都有線下紙本出版品，但我們開啓一種可能，也讓ＰＯＰＯ原創網完成了「三百六十度全媒體出版」的完整產業及閱讀鏈。

不過我們的紙本出版服務，與線下出版社仍有不同，我們提供了不同規格的紙本出版服務：（一）符合紙本出版規格的大眾出版品，門檻在三千本以上。（二）印刷規格在五百到三千本之間的試驗型出版品。（三）五百本以下，少量的限量出版品。

我們的宗旨是：「替作者圓夢，替讀者服務」，在作者與讀者之間搭起一座無障礙橋梁。

我們的信念是：「一日出版人，終生出版人」、「內容永有、書本不死、只是轉型、只是改變」。

我們更相信：知識是改變一個人、一個組織、一個社會、一個國家的起點。讓想像實現、讓創意露出、讓經驗傳承、讓知識留存。我手寫我思，我手寫我見，我手寫我知，我手寫我創，變成一本本的書，這是人類持續向前的動力。

我們永遠是「讀書花園的園丁」，不論實體或虛擬、線上或線下、紙本或數位，我們永遠在，城邦、ＰＯＰＯ原創永遠是閱讀世界的一顆螺絲釘。

Chapter 01

「誰可以解釋一下，爲什麼這份資料沒有在十一點以前送到會議室？」程宥寧塗著勃根地紅指甲油的手指夾著一本檔案夾，緩緩地揮了幾下。

見辦公室裡無人回應，她輕靠在皮椅上，將一頭淺褐色及肩長髮往頸後撥，精心描繪過的紅唇輕吐了一口氣。

「你們也知道，天氣一熱我心情就會很煩躁，我要是心情煩躁……」她故意拖長尾音，並不急著繼續說下去，而是用那雙細長的眼睛一一掃過面前的眾人。

站在最左邊的短髮嬌小女子小心翼翼地開口：「我在十點半的時候，就把資料交給子翔，請他送到四樓會議室給宥……」

話才說到一半她驀地止住，大大倒抽了一口氣，接著便閉緊嘴巴不敢再吭聲。

「給誰？怎麼不說了？」程宥寧語調緩慢，聲音低沉魅惑，宛若徐徐燃著的大馬士革玫瑰薰香，卻令眾人一陣毛骨悚然。

嬌小女子額上流下一滴冷汗，堆起僵笑，「呵呵，我忘記我說什麼了。」

程宥寧交疊起兩條修長勻稱的腿，手指交握放在膝蓋上，有一下沒一下地輕點著，再一次將視線掃過所有人，「子翔在這裡嗎？」

一個瘦高的年輕男孩站了出來，他怯怯地縮著肩膀，就差沒在臉上寫白了自己是菜鳥，

「總編好，我……我就是子翔。」

程宥寧對子翔嫣然一笑，語氣很是親切，「好像沒見過你，新來的？」

「是的。」子翔點頭如搗蒜，「今天是第二天上班。」

程宥寧點了點頭，嘴角的弧度揚得更大了，「子翔，你告訴我，你們組長叫你把資料交給誰？」

子翔看程宥寧笑容惑人，又聽她聲音溫軟親切，一瞬間有些失神，沒注意到短髮嬌小女子在一旁不斷朝他擠眉弄眼，便一股腦地全交代出來了，「組長要我把資料交給『宥哥』，可是我從會議室外面看進去，裡頭全是女生，我不敢隨便打擾會議的進行，就一直等著，卻始終未見半個男生經過，然後會議就結束了……然後我只能把檔案夾還給組長。」

「親愛的，我要跟你說兩件事。」程宥寧笑著伸出一根手指，「第一，說話時開口閉口都是『然後』的習慣，得改。」

「第二，」她比了比自己，「你們組長口中的『宥哥』……就是我。」

子翔頓時睜大了眼睛，張著嘴好半會兒才結結巴巴地說：「對不起！我、我不曉得總編是那種特、特殊身分……」

特殊身分？疑惑的念頭在程宥寧心裡只轉了幾秒鐘，她便迅速猜出答案。

她的眉角抽了抽，這傢伙以爲她是變性人嗎？

總編輯辦公室裡原先垂首站著的眾人，肩膀有志一同地小幅度抖動了起來，低低的悶笑聲此起彼落，甚至有人開始裝咳嗽，企圖掩飾憋不住的笑聲。

程宥寧嘴角勾起的弧度依然完美，「Nancy，妳過來。」

被點到名的短髮嬌小女子哀怨地嘆了口氣，垂著頭認命地緩步移動到辦公桌前。

程宥寧的笑容倏地垮下，站起身用檔案夾在Nancy頭上狠狠地一敲，「妳真的死定了！」

「美麗的宥哥、性感的宥哥、可愛的宥哥……我知道錯了啦！」Nancy搖著程宥寧的肩膀撒嬌。

程宥寧沒有領情，夾起水煮花椰菜，冷冷地說：「在稱讚我美麗性感又可愛之前，先把那聲哥拿掉。」

Nancy嘿嘿笑了兩聲，跟著她走到自助餐結帳櫃臺繼續說：「我叫習慣了，一時改不了口嘛！這次是我忘了子翔剛來，還不曉得妳的名號，現在他曉得了，以後這種事就不會再發生了。」

「妳還敢說！」程宥寧瞪了她一眼，從皮夾掏出一張百元鈔遞給老闆娘，「幸虧我背得出那些資料，不然在廠商面前會有多丟臉，他們會怎麼想我們公司？」

Nancy這才蔫蔫地低下腦袋，真誠地認錯，「總編大人，我真的知道錯了。還是這餐我請妳當作賠罪？」

「六十塊錢的自助餐妳也好意思請？」程宥寧收起找零，氣笑著罵。

「那就算了，哈哈！」Nancy在程宥寧要端回餐盤前，連忙狗腿地替她端起，「這種事讓奴婢來就好！」

程宥寧又斜瞪了她一眼，索性讓Nancy端著餐盤，「我剛才在辦公室會太凶嗎？」

「有一點。」Nancy誠實地點頭，「妳今天為什麼這麼嚴肅，大姨媽來了？」

「姊的大姨媽剛走！」程宥寧再做了一次白眼運動，邁著長腿到餐具區取湯匙和筷子，「我要是不嚴肅，你們怎麼會明白事情的嚴重性？平時我可以跟你們打鬧開玩笑，但在正事上，該有的規矩還是要有，況且今天有新人在場，如果不把規矩訂清楚，過沒幾天他們就會變得跟你們一樣沒大沒小。公司的工作氣氛的確比較輕鬆活潑，不過也不能把輕鬆當隨便。」

「宥哥教訓的是！」Nancy心服口服，端著程宥寧的餐盤亦步亦趨地跟在她身後。

「謝啦。」程宥寧從她手上接回餐盤，拉開椅子坐下，見一旁的幾個人正談論熱烈，便好奇地問：「妳們在聊什麼？」

「《玻璃鞋》不思議事件最近新添第三樁了！」坐在程宥寧對面的低馬尾黑衣女子巧薇獻寶似地說。

巧薇是《玻璃鞋》編輯部時尚組的組長，外表甜美可愛，偏偏在辦公桌上擺滿了骷髏頭模型，以及鬼娃恰吉、安娜貝爾一類的靈異玩偶。

程宥寧瞥見巧薇眼中亮起的光芒後，就大略猜到她是為了何事而興奮，可她依然很配合地提問：「哦？說來聽聽吧。」

這所謂的《玻璃鞋》不思議事件，事實上只是員工之間流傳的八卦，程宥寧在公司這麼多年，當然也聽說過。

《玻璃鞋》創立已有八年，是一間女性流行線上雜誌公司，並不出版實體雜誌，而是透過網路分享穿搭、美妝、美食以及時尚潮流等女性關注的議題。

創立初始，這類線上雜誌在臺灣仍不多見，反應也只是平平，然而隨著社群軟體的蓬勃發展，習慣透過網路閱讀文章的群眾漸漸變多，再加上線上雜誌能以有別於紙本報刊的多媒體方式呈現，如今《玻璃鞋》已經是臺灣的指標性流行線上雜誌，每年舉辦的美妝大賞、美食排行榜更成爲眾多女性在消費時的重要參考依據。

程宥寧在二十五歲那年進入《玻璃鞋》，這是她畢業後第一份工作，也是截至目前爲止唯一一份工作。那年她剛從法國拿到服裝設計學位，便直接出任《玻璃鞋》總編輯，要說她空降也行，畢竟要不是她認識《玻璃鞋》的總裁，也未必能坐上這個位子，不過這個位子她絕對坐得實至名歸。

現年三十三歲的程宥寧是《玻璃鞋》的創辦元老之一，在公司草創期間，她包辦時尚組組長兼組員、美妝組組長兼組員、美食組組長兼組員等職務，還身兼打掃工作，直到公司運作漸上軌道，才陸續聘請員工。

說回《玻璃鞋》三大不思議事件，第一樁便是員工從未見過自家公司的總裁。

這位總裁極其神祕，平時不出現就罷了，連尾牙或公司其他重大場合也不曾現身，只讓人上臺代爲致詞，基本上等同於虛位元首。

在好奇之下，眾人自然紛紛臆測起總裁的眞實身分。有人說她是富家千金，因爲閒著沒事幹，才會創立這間公司；也有人說總裁其實才二十歲，還是個學生，是傳說中的天才少年CEO。

大概是因爲公司員工以女性居多，許多人都擅自認定自家總裁應該是偏向傳統言情小說裡頭會出現的那種霸道總裁，高大帥氣又多金，且依舊是黃金單身漢。說不定總裁正微服潛藏在公司裡，若是擄獲了他的心，一日躍身總裁夫人也不是不可能。

每當程宥寧聽見這些推論，總在心裡放聲大笑：妳們儘管作夢吧！

然後等到她私下和總裁碰面時，更不會放過任何機會拿這件事狠狠消遣他。

至於第二樁不思議事件，說來也不曉得該不該感到榮幸，主角就是她程宥寧本人。《玻璃鞋》全公司上下都很疑惑，爲什麼高顏值、高智商、高學歷、高職位、高辦事能力、高……個子的總編輯大人會單身至今。

職場中單身的女強人並不少見，有些是因爲工作繁忙無法顧及戀愛，有些則是正值感情空窗期。

但程宥寧不可思議的地方就在於，從小到大她從未談過半次戀愛，不僅沒被男人告白過，也沒向男人告白過，更沒有暗戀過人，當然也沒有失戀過，她甚至不明白何謂怦然心動，在感情方面完全是張白紙，而且是張寫不了字的白紙。

面對同事的驚愕與困惑，程宥寧只能苦笑，她比任何人都更想知道原因啊！她不是不想交男友，而是交不到！

高中以前她始終專注於課業，上大學後，她告訴自己戀愛也是必修學分，可不知怎地四年來都被系統擋修。前往法國學服裝設計那兩年，倒不是沒人搭訕，只不過法國男人生性浪漫多情，聽說性別只要爲女就會被搭訕，所以她也沒想要與那些搭訕者認眞發展。

回國後就直接進入了職場，《玻璃鞋》草創時期諸事繁忙，程宥寧根本無暇顧及戀愛，然而等到公司運作上了軌道，她覺得自己已經準備好投入戀情，卻一直沒遇到適合的對象。她在感情上有種堅持，相信有緣分自然就會相遇，因此她一概婉拒各種聯誼，更別提加入交友網站。

看著身邊的好友及同事漸漸成雙成對，一開始程宥寧也會感到有些孤單，只是這麼多年下來，她已慢慢地習慣了一個人的生活，自由自在，不必爲誰掛心，有時候她會想，如果就這麼單身一輩子，似乎也不是不能忍受。

可是自願單身跟被迫單身又是兩回事，她同樣很納悶，自己究竟是哪裡出了問題，才會如此沒男人緣呢？

最愛八卦的Nancy也十分好奇，曾私下詢問公司裡的男性員工對程宥寧的印象，他們的回應口徑相當一致：第一眼看到總編大人覺得她很正，不過是屬於可遠觀不可褻玩焉的類型，可以欣賞，但不會想進一步發展。

而等到和程宥寧相處久了，熟悉她的爲人之後，眾男性愈發確定自己的想法是正確的——程宥寧是奇葩，地球男人收服不了她。

程宥寧對於這種說法一笑置之，她從不認爲自己怪，只是大家都說怪人不會認爲自己奇怪。

她曾懷疑過，是不是自己的身高阻礙了桃花運？

她身高一百七十三公分，穿上高跟鞋後就直逼一百八，這對大部分的男人來說是種壓力，而且男人多半更喜歡身材嬌小的女生，那樣的女生能讓男人自然而然產生保護欲，從中滿足他們的成就感和虛榮心。

不知道是誰曾經振振有詞地指出，男人無法對程宥寧生出保護欲，因爲她太高，又太好強。對此，程宥寧很是不解，伸展臺上的模特兒比她高的大有人在，她們依然追求者眾，所以身高應該不是最主要的理由。她也想過，如果可以找個籃球員當男友，兩人站在一起，大概會滿符合世人眼中的理想身高差，誰知那些高個運動員，都愛找小鳥依人的女孩子當女友。

要論外貌，儘管她不是娘胎美人，五官倒也端正，只要稍微打扮一下便能輕鬆駕馭各種風格，要美麗知性、俏皮可愛、火辣性感或帥氣冷豔都行。至於身材就更不輸人了，要豐胸有豐胸，要翹臀有翹臀，還有一雙超過一百公分的筆直長腿。

正是因爲程宥寧條件如此之好，卻仍單身至今，身邊的眾人以及她自己才都爲此感到不可思議。

程宥寧將不小心飄走的思緒重新拉回飯桌上，低頭舀了一口白飯送進嘴裡，耳朵一邊聽巧薇高聲口沫橫飛。

「……這已經不是第一次了！每當八月八號父親節遇到星期一時，靠近公司左大門的那臺電梯就會故障！這也許是某種詛咒，可能曾有位父親在同樣落在星期一的父親節於此出了意外，心中冤屈難解，魂魄被困在電梯裡不肯散去，等待著機會抓住下一個交替……」

巧薇說得繪聲繪影，在場女生幾乎都哀叫著縮成一團，可又忍不住想聽下去，只有程宥寧不動如山，淡定地吃飯。

巧薇便問：「宥哥宥哥，妳覺得怎麼樣？妳相信這個詛咒嗎？」

突然被點到名，程宥寧愣了一下，放下筷子，仔細地想了想，「我覺得怎麼樣啊？我覺得……應該找一天請技師好好檢查一下電梯是不是哪裡出了問題。」

前一刻的陰森氣氛因爲她這句話頓時消失無蹤，巧薇恨鐵不成鋼地嘆了一聲：「宥哥，妳實在是理性到很無趣耶！」

巧薇話才剛說完，忽然聽見一聲驚叫。女生有時候的反應極有趣，往往在他人尖叫聲響起後便會跟著一起叫，但其實她並不清楚究竟發生了什麼事。

果然，在一群女生此起彼落的尖叫聲告一段落之後，她們才想到要問方才發生什麼事情。只見程宥寧的助理小芸老早就跳離原本的座位，緊挨著身旁另一人，目光含淚地指著牆上顫聲說：「有蟑螂……」

程宥寧順著她指著的方向看過去，牆上的確有隻小強，不過那眞的是名副其實的「小」強，大概只有一片小拇指指甲這麼大。

程宥寧奇道：「牠在牆上好好的又沒去招惹妳，妳那麼怕牠做什麼？」

「不行！我只要想到牠在我背後，我就全身發麻。」小芸拚命搖頭，用哀求的眼神緊盯著程宥寧，「宥哥……」

唉，雖然我確實不怕，可哪怕只有一次，妳們爲什麼都不會認爲我也會害怕呢？程宥寧在心中嘆息，從桌上抽了兩張餐巾紙，走過去隔著餐巾紙狠狠拍上那隻小強。

阿彌陀佛，善哉善哉……她在心裡默念，那雙極有女人味的手卻無情地將包覆著小強屍體的餐巾紙徹底捏扁。

「這樣可以了嗎？」她揚起眉毛淡定地問。

眾人一致鼓掌叫好，「不愧是宥哥！」

程宥寧搖頭失笑，轉往洗手間去洗手。

洗手臺的水嘩啦啦地流，程宥寧一邊沖洗手上殘留的洗手乳泡沫，一邊抬頭看向眼前的鏡子。

鏡中的她成熟美麗，可精心描繪的妝容底下已出現了一道道微小的細紋，不算明顯，卻不可否認那是歲月從她臉上走過的血淋淋證據。

她已經三十三歲了，以前的國高中同學很多都當媽了，結果她現在還被叫「哥」呢……

她早就忘記是從什麼時候開始大家起鬨著叫她宥哥，那些女同事都說，她比男人還男人，要是她是男兒身，一定會有一堆女生排隊等著嫁給她！

她不明白自己這渾身的男子氣概是從何而來，她只是獨立了一點，又不習慣麻煩別人，因此即使是她不敢不會的事，也會試著先做做看。

所有事都能自行處理妥貼的，難道就不是女人了嗎？

程宥寧為一剎那湧上心頭的酸澀吃了一驚。她這是怎麼了，什麼時候也多愁善感了起來，莫非這就是電視上所說的「初老症狀」？

她甩甩頭將這陌生的軟弱情緒丟出腦海，關上水龍頭，抽出一張擦手紙擦拭雙手，便見一個豐腴的女孩講著電話，推開門走進洗手間。

「Baby，有啊，人家當然想你啊！不要啦，我自己回去就好，你從那邊過來要一小時耶……好啦好啦，我等你來接我，你要快點喔，限你十分鐘內要到我身邊！」

妳不是說他從那邊過來要一小時，又限他十分鐘內要到這裡，妳是要他用飛的嗎？

程宥寧瞠目結舌地望向一旁站在洗手臺前照著鏡子撥弄瀏海，身體嬌羞地扭來扭去的女孩，許是她驚異的目光太過赤裸，那個女孩察覺到後不悅地瞪了她一眼，又隨即換上幸福的表情，繼續邊講電話邊扭著那豐腴的身子走出洗手間。

說那女孩豐腴其實是客氣了，對方目測體重保守估計有九十公斤。程宥寧沒有歧視胖子的意思，只是忍不住感嘆，連那樣的女孩都有可以曬恩愛的Baby，她程宥寧到底在混什麼？

程宥寧才一回座，原本討論得非常熱烈的眾人，在看到她後馬上極有默契地住上了嘴。

「幹麼？在說我壞話啊！」程宥寧奇怪地瞥了她們一眼，也沒特別在意。

「不是啦，我們是在討論該如何讓宥哥您擺脫單身！」Nancy笑嘻嘻地說。

「平時怎麼沒見妳們工作這麼認真，這種無聊事倒很積極啊！」程宥寧十分無奈，「既然妳們都討論了，那匯報一下結論吧。」

小芸清了清喉嚨，遞了張名片放到程宥寧面前的桌上，「就是這個！」

程宥寧低頭看向那張藍底白字的名片，「SNY點子銀行？」

「SNY是一間近幾年才成立的新興公司，標榜『只有你想不到的問題，沒有我們解決不了的問題』，靠提供點子替人解決疑難雜症賺錢，同時身兼中介者，替顧客協尋有能力解決問題

的專家，從中收取傭金。接單的範圍什麼都有，從如何清理果汁機，到企業併購危機都有辦法處理，按事件難易程度計價。去年我們有報導過這間公司呢！宥哥妳還記得嗎？」Nancy俐落地把這間公司的概況交代清楚。

程宥寧沉吟地點了點頭，「好像有一點印象，不過怎麼會突然提起這個？」

巧薇插話：「我之前有個限量版的血腥芭比一直買不到，前幾天剛好瞄到網友推文，想說去找SNY幫忙試試看，沒想到沒隔幾天他們就幫我弄到手了！」

到底爲什麼要買那種東西？程宥寧對這個問題反倒比較好奇，「所以……？」

「所以妳也去諮詢看看要怎麼樣才能交到男朋友啊！」Nancy彈了個響指，拉了張椅子在她身旁坐下繼續出言相勸：「如果他們沒能完成委託，就會賠償顧客五倍簽約金，聽說創立至今，SNY失敗的案子寥寥可數，他們一定有辦法拯救妳！」

「我是單身，不是得了絕症，救什麼救？沒禮貌！」程宥寧嘖了一聲，沒好氣地將桌上的名片推開，「我才不要花錢去做這麼丟臉的事，妳們省省吧！」

眾人還想再勸，程宥寧忽地聽見口袋裡的手機響了，掏出手機一看，是她媽媽打來的。

「乖乖吃妳們的飯，別操心那些有的沒的。」她丟下這麼一句，就起身走到餐廳外面接電話。

「姊姊啊，妳這禮拜六日能不能回家？」才剛接起，她媽媽開門見山便道。

「我這週末還有工作。」

「真的沒辦法排開行程嗎？妳妹這禮拜天生日，回來一起吃頓飯慶祝一下吧！」

程宥寧一聽到「吃飯」這兩個字，神經立刻緊繃了起來，宴無好宴，她媽媽假藉家族聚餐之名為她介紹對象已經不是一、兩次了。

或許是猜到程宥寧遲疑的原因，對方在電話裡的聲音頓時帶上了一絲心虛，「是妳妹妹生日，不會有其他人啦！妳不要想太多，妳爸也說很久沒有看到妳了。」

聽母親這麼一說，程宥寧雖然依然有點半信半疑，但稍稍放心了一些。這禮拜天的確是她妹妹生日，這次應該不是騙她回去認識什麼優秀青年。

她在腦中快速地過了一遍尚未完成的工作項目，還好，有些是可以帶回家做的。

「好吧，那我週末回去一趟。你們聚餐要吃什麼？我請客……」

Chapter 02

在工作上，程宥寧自我要求甚高，幾乎每天都占據著編輯部最晚下班的寶座。

今晚也不例外，待程宥寧回到家時，已是晚上十一點，儘管與同齡女性相較，她的經濟能力算很不錯，但她沒有選擇買房，而是在市區租了一間高級套房獨居。

在密碼鎖上按下四個數字，大門喀登一聲打開，她彎下身正準備脫下高跟涼鞋，卻發現鞋架上多了一雙男性休閒皮鞋。

程宥寧看著那雙皮鞋，怔愣了一秒，便脫下鞋放進鞋櫃，換上拖鞋走了進去。

客廳的燈是亮著的，電視的聲音隱隱約約地傳來，音量並不大。

她先回房間放下包包，拿起一條髮圈，邊將長髮隨意地紮成馬尾邊走到客廳。

看向坐在她上個月剛購入的那套酒紅色絨布沙發上的男人，她扠起腰不悅地開口：「余晉冬！我說過多少次了，身體沒擦乾前不要坐上我的沙發！」

男人才剛洗完澡，身上只穿了件灰色棉褲，赤裸的上半身還是濕的，偶爾有幾滴水珠落在他小麥色的肩頭，沿著鎖骨一路下滑至結實優美的胸線、有著明顯八塊肌的腹部和腰際深深的人魚線，最後在包覆著修長雙腿的棉褲上，渲染出一朵又一朵深灰色玫瑰。

Nancy她們還笑程宥寧會不會連男人的裸體都沒見過，卻不知道，她和男人袒裎相見的次數絕對不少，更何況這男人應該算得上女人眼中的極品。

余晉冬不以爲意地聳肩，嘴邊勾起痞痞的笑容，眼睛依然盯著電視，「反正妳這套沙發這麼醜，壞了正好再去買一套新的。」

「我的品味不是你這種凡夫俗子能懂的。」程宥寧哼了一聲，又轉身走進服裝間，拿出一件寬大的白色T恤扔進余晉冬懷裡，「至少也先把衣服穿上吧！」

「怎麼，妳怕自己會欲火焚身忍不住撲倒我？」余晉冬嘴裡雖故意挑釁，仍聽話地套上衣服。

「我撲倒你幹麼？玩相撲嗎？」程宥寧白了他一眼，「好歹我也是個獨居的單身女人，你稍微顧慮一下我的感受吧。」

「咦？原來妳是女人啊！」余晉冬故作驚訝地低呼一聲，在接收到程宥寧殺人的目光之後，才笑著說：「好啦，不鬧妳了，我們家『宥哥』最有女人味了！」

程宥寧沒理會他話中的揶揄意味，從冰箱取出一瓶柳橙汁，「今天爲什麼沒說一聲就過來了？」

余晉冬拿起遙控器切換頻道，「依我們兩個的關係何必多此一舉？」

他說的確實沒錯，他們兩個的關係，比情侶還更親密。

程宥寧是在法國留學時認識余晉冬的，兩人不但同間學校，甚至在同一個科系，身處異鄉自然會對彼此多加照拂，相識愈久，雙方意氣愈加相投，交情便延續至兩人回到臺灣，一眨眼就成了相交十年的好友。

程宥寧看待男人的外表一向客觀而理性，她欣賞長得好看的男人，可欣賞歸欣賞，並不會

被外表所惑。然而即使是她也不得不承認，余晉冬的確可以讓女人垂涎三尺。

他很高，是連程宥寧看他都要仰起頭的那種高，肌肉線條明顯但不誇張，精壯結實的身材不單散發出男人味，也給人安全感。不過他的長相卻一點都不安全，光是那雙勾人的淡色眸子就足以引人犯罪；他的英俊很張揚，十個女人從他身邊路過，十個都會停下來看他。

況且余晉冬不光只空有一具好皮囊，更是才華洋溢，為揚名國際的頂尖服裝設計師，連國外當紅女星都爭相選擇身著他所設計的禮服出席各大頒獎典禮，不僅如此，每出新作也必定會引起話題和模仿。

程宥寧腦中曾一度短暫閃過某個念頭，儘管沒有來電的感覺，可余晉冬似乎能成為她的伴侶，只不過這個念頭很快就被掐滅了，因為她和他無論如何都不可能在一起。

「這是禮貌的問題。」程宥寧在他身旁坐下，仰頭灌了一口冰涼的柳橙汁，「你一聲招呼都不打就跑過來，要是我在家裡藏了一個男人怎麼辦？」

他嗤了一聲，從她手中拿過那瓶柳橙汁，直接就著她嘴唇碰過的瓶口喝了一大口，「這樣我才更該來了，眞想看看妳藏的男人會是哪種類型。」

「然後把我男人勾走嗎？」程宥寧伸了個大大的懶腰，向後仰靠進柔軟的沙發，腳也不計形象地跨在桌上，「你那小男朋友最近還好嗎？」

「妳自己找不到男人就惦記著我的男人？」

「我那是客套的問候，你聽不出來嗎？」

余晉冬笑了笑，放下手中的瓶子，雙手交疊在腦後，像程宥寧一樣靠上沙發，「他最近工

作很忙，有兩部戲同時在進行，所以我們有一個多禮拜沒見面了。」

「那如果他曉得你來我這裡還不得氣死？」程宥寧幸災樂禍地問：「畢竟他一向把我當成情敵防備，老覺得你陪我的時間比陪他的多。」

「氣死就氣死吧。」余晉冬抬臂攬上程宥寧的肩，漾起一抹壞笑，「畢竟『兄弟』如手足，『男人』如衣服，男人可以換，但兄弟永遠就只有妳程宥寧一個。」

「眞讓人感動。」程宥寧言不由衷地說完，便順勢靠進余晉冬懷裡蹭了個舒適的位置，人肉軟墊終究比冰冷的沙發舒服，更何況也沒必要和余晉冬客氣。

她和余晉冬能夠這般親暱，也能夠脫光光躺在同一張床上，卻永遠不會成爲情侶，原因其實很簡單——余晉冬喜歡的是男人。

一開始知道這件事時，程宥寧確實十分吃驚，因爲余晉冬平時給人的感覺完全不會讓人聯想到那方面去，不過她很快就接受了，在她看來，每個人都有選擇自己喜歡的人的權利，無論性別、無論年紀。

她只是有點憋屈，這世上的優質男人已經不多了，他們還自產自銷，這是要女人怎麼活？

余晉冬在工作專業上非常挑剔，在挑選男人方面更是不遑多讓，他的歷任男友什麼風格都有，且毫無例外皆是帥哥，並同樣讓程宥寧從外表和舉止上看不出他們是「彎」的。

余晉冬換男人的速度很快，每一任最長不會超過半年，而且通常是由他提出分手，更要命的是，每次他才宣告一段感情終止，就立刻會有源源不絕的男人主動貼上來。

程宥寧常常笑他在禍害男人的同時也禍害到了女人，他則回譏她，自己沒有銷路可別怪他搶她市場。

他的現任男友叫做葉書騏，剛交往兩個多月，程宥寧私底下和余晉冬聊天時都會戲稱他男友為「你家的舒淇」，或者是「你那小男朋友」，因為葉書騏今年才剛從大學畢業，對他們來說真的是小朋友。

但別看葉小朋友年紀輕，他可是目前影視界最炙手可熱的新生代男演員，曾在數個影展奪下新人獎，演技廣受媒體及觀眾讚賞，不只如此，他的皮相同樣令女粉絲為之傾倒。

葉書騏的長相很符合時下的審美觀，白淨俊秀，抓個頭髮畫條眼線活脫脫就是一個韓系花美男，演戲時更可配合不同角色展現不同的風格。程宥寧在工作時也常常看見他在娛樂版出現，他確實長得既好看又迷人，只是也許和年齡增長有關，她對這種奶油小生沒太大興趣，覺得男人還是穩重成熟些好。

不過要是那些小粉絲得知男神已經被一個男人拐走了，不知道會不會玻璃心碎一地……

「你今天怎麼有空過來？時裝週的作品完稿了？」程宥寧漫不經心地問。

「差不多了。對了，這週末我有個展覽，妳要不要來看？」

「展覽？你不早點說，我這禮拜答應我媽要回家了。」

「回臺中？」

「嗯，說是我妹生日，家裡要聚餐，讓我回去一趟。」

余晉冬沒良心地笑了起來，「這次又要向妳介紹什麼青年才俊？」

程宥寧翻了個白眼，「笑屁啊！我也很煩躁好不好？真不明白我媽為什麼整天想要硬塞一個男人給我，這年頭單身女性早就不是怪物了好嗎？」

余晉冬依然在憋笑，「這年頭單身女性的確不是怪物，但這年頭從未談過戀愛而且仍是處女的大齡單身女性，的確是異類中的異類，假如我是妳媽我也會擔心。」

程宥寧從他懷中直起身，從旁抓過一個抱枕狠狠敲了他的頭一下，「你到底要站在哪邊？」

余晉冬搶下她手中的凶器，語重心長地說：「妳看看！妳就是這麼暴力才會有今天！」

程宥寧原本的滿腔怒火像是一顆灌飽的氣球被人用細針戳了個小洞，緩緩地消了下去。她張了張嘴想要辯駁，最後卻沉默地垂下頭。

「我也不是不會裝淑女啊！我只是不想爲了讓別人喜歡，就強迫自己變成大家會喜歡的模樣，這樣勉強自己又有什麼意思……」程宥寧委屈地低聲咕噥，說完她頓了頓，突然抬頭看向余晉冬，風馬牛不相及地問了一句：「我眞的是怪人嗎？」

「妳要我給妳看證據嗎？」

程宥寧將唇抿成一直線，不是很情願地點了點頭。

余晉冬嘆一口氣，從桌上拿起手機點開兩人在LINE的對話頁面，遞過去給她，「妳自己看吧。」

程宥寧疑惑地接過手機，低頭看了許久，才用更加疑惑的表情望著余晉冬，「我們之間的對話有哪裡奇怪嗎？」

「會問出這句話就是妳最奇怪的地方！」本來還有些同情她，這下余晉冬完全被惹毛了。

他搶回手機，咬牙切齒地一一念出程宥寧傳給他的訊息內容：

「你知道嗎？在非洲，每隔六十秒，就會有一分鐘過去。認同請分享。」

「生活小常識：當打開水龍頭沒水時，就是停水！」

「生活小常識：先踏出左腳，再踏出右腳，就可以走路。同意請分享。」

程宥寧聽完後靜默了好一陣子，才弱弱地開口：「你不同意嗎？」

余晉冬感覺自己握著手機的手上青筋都快要爆出來了，他扭過頭，做了幾個深呼吸，又在心裡默念了十次大悲咒後，轉回視線，抬手重重地放上她的肩頭，「宥寧，壓力太大要說出來，不要自己一個人憋著。」

程宥寧不領情地甩開他的手，「我這是把好東西跟好朋友分享，你們都不懂我的用心！懶得跟你廢話了，我要去洗澡啦！」

她氣呼呼地站起身，正要走進房間拿睡衣，忽然聽見余晉冬的聲音從客廳緩緩傳來，「如果妳真的一直找不到適合的對象，我娶妳……也不是不可以。」

他的語調仍像平時和她調笑時那般輕鬆自在，但程宥寧知道，他並沒有在開玩笑。

她的鼻頭突地有些酸澀，可能是感動或是其他情緒。她轉過頭，揚起一個燦爛的笑容，「算了吧！雖然我支持多元成家，不過還沒想要親身體驗。」

隔天程宥寧先在外面開完了一個會議才進公司，當她回到辦公室時，赫然發現自己的辦公桌正中央躺了一張名片——SNY點子銀行的名片。

這些傢伙還眞是不死心……程宥寧的眉角一抽，拿起那張名片正欲丟進垃圾桶，卻有個念頭陡然閃過腦海。

她拿起那張名片端詳，思索了一會兒，便找出手機，按著名片上的電話打過去。

電話很快就被接起，是一段女聲語音，「SNY點子銀行您好，很高興爲您服務。新客戶諮詢請按一，查詢進度請按二，預約面談請按三……」

程宥寧按下了數字鍵「一」，沒過多久，一個充滿活力的年輕男聲便從電話那頭響起，「您好，請問需要什麼服務呢？」

「我想……問問該送什麼禮物給我妹妹比較合適。」

「好的，請問您是要針對哪種場合送禮？生日禮物嗎？」

「嗯，我妹的二十二歲生日禮物。」

「好的，請問您妹妹的個性大概是怎麼樣呢？」

程宥寧想了想，覺得在外人面前還是給自家妹妹留點顏面比較好，便用自認比較委婉的措辭開始描述：「她有點公主病，還有點嬌氣，愛慕虛榮，一天到晚都在作不切實際的白日夢，

懶惰不知進取，都要大學畢業了卻沒有未來的目標，只想在家當啃老族。在感情上也很隨便，男朋友一個接著一個換，分手了好像也無所謂，而且整天想著以後要嫁給有錢人當貴婦……嗯，差不多就這些吧。」

電話那頭大約靜默了十秒後，才重新有了回應，接線男生的聲音此時聽起來略帶尷尬，「好的，我大概了解了！那麼請問您有沒有預算上的限制……」

程宥寧平時工作太忙，實在分不出精力去思考該送妹妹什麼生日禮物，每年都是在回家途中隨手買的，爲此她妹妹沒少跟她抱怨，本想既然以前送的禮物妹妹都不喜歡，今年乾脆包個紅包就好。

不過那張SNY點子銀行的名片恰好給了她靈感，想藉機試試那間公司是不是眞的如傳聞中那麼神，沒想到對方的服務出乎意料地周到，除了禮物可以代爲準備外，還有專人直接送到程宥寧的辦公室，她只需按照說好的價錢貨到付款即可。

打完電話的隔天早上，禮物就送達她手上了，並用精美的盒子包裝好，尙未打開就讓人感到很有誠意，裡面的禮物也十分別緻，是一條天鵝造型的水晶項鍊，在燈光的照射下映出耀眼絢爛的光芒，既高貴又不失少女的可愛，連程宥寧自己看了都很喜歡。

因此她在心中爲SNY的服務打了不低的分數，以後如果有需要她會考慮再去光顧，但要像Nancy她們所建議，去SNY求人指點如何擺脫單身，是萬萬不可能的，畢竟那實在是太丟臉了。

Chapter 03

「關於下半個月的專題人物，大家有推薦人選了嗎？」程宥寧坐在她專屬的位子上，目光掃了會議室裡的眾人一圈，「這個月遇上父親節，主題會著重與男性相關。上半個月是明星人父的穿搭分享，下半個月暫定的主題爲『認眞，是男人最致命的魅力』，採訪對象的首要條件是他們必須在各自的工作領域上具有一定的代表性，當然若外表也能符合女性的期待尤佳。好了，大家可以開始提議了。」

這間會議室是編輯部的專用會議室，面積不大，裝潢和一般傳統會議室不太一樣，沒有長桌和桌上型麥克風，取而代之的是圍成一個圈的環狀沙發，只保留了最前方的投影幕。

之所以會這麼設計，是程宥寧從國外的成功公司取經而來，她認爲流行雜誌產業需要源源不斷的創意，因此想讓大家在開會的時候，能隨意地圍坐成一個圓圈，每個人隨時都可以自由提出意見，也可以針對別人的觀點回應。

程宥寧覺得即便是初出茅廬的菜鳥，都有可能想出比她這個總編輯還更棒的點子，所以她鼓勵每個人發表任何哪怕只是靈光一現的想法，因此開會氣氛通常宛若朋友之間聊天般輕鬆熱絡。

時尚組組長巧薇率先舉手，「我提議的人選是知名服裝設計師余晉冬，大家應該都聽說過這個人吧？」

會議室裡頓時響起一片熱烈的附和聲。在流行時尚產業工作沒聽過余晉冬，就像是學物理卻不知道牛頓是誰一樣離譜。

見眾人反應熱絡，巧薇的語氣更加自信了，「余晉冬在時尚界的成就不需多說，大家都很清楚，他媲美名模的英俊外貌也為人所津津樂道。擁有如此出眾的外表與能力，和這麼多國際巨星合作過卻從未和任何一位女明星傳出緋聞，這更說明了他為人端正守禮，形象良好。」

他不跟女明星傳緋聞是因為他對女人根本沒興趣啊！你們怎麼直接無視他和男明星私交甚篤的傳言呢？余晉冬那傢伙如果能用「端正守禮」形容，那她程宥寧就是「桃花滿天下了」！

程宥寧在心裡不斷腹誹。

「話說余晉冬這個月是不是在臺北有個展覽？好像是在這週末吧！」美妝組組長Nancy彈了記響指，興奮地提議：「我們可以跟這個展覽結合報導，從他的時尚美學延伸，討論他對職場和人生的價值觀。」

「沒錯，就是這樣！」巧薇朝Nancy拋了個媚眼，接著將視線投向始終保持沉默的程宥寧，「宥哥，妳覺得怎麼樣？」

程宥寧對上她期盼的小眼神，心中略微不忍，不過還是清了清喉嚨，盡量用委婉一點的方式說：「我覺得不錯，但是……余晉冬應該不太可能會答應接受採訪。」

「為什麼？」

為什麼？難道要和他們說，昨天余晉冬又跑到她家去睡覺，當時她正在準備會議資料，隨口問了一旁端正守禮的某大設計師要不要當這一期的專題人物，而他想也不想便拒絕了，說一

想到要讓女人品頭論足就有點不爽……

「呃，從過往經驗來看，除非是服裝週的相關報導，余晉冬似乎很少以個人名義接受採訪，我想他也許是想保持神祕感……」程宥寧愈說愈心虛，最後迫不得已端出總編輯的架子將這個提案壓下，「不然就先保留吧，先看看有沒有其他更適合的人選。」

「我要提名新生代演員葉書騏。」助理小芸含羞帶怯地發話：「因爲他很帥！而且，他身材很好。」

眾人一致朝她投出鄙視的白眼。

小芸接收到那些視線，才從花痴狀態中稍稍恢復過來，然而眼中依然盛滿了灼熱的亮意，「他年紀輕輕就已經獲得許多獎項的肯定，近來主演的幾部電影皆是叫好又叫座，人氣正如日中天，這樣有臉蛋有演技有人氣的演員不報導他對不起自己啊！」

眾人再度朝她投出更加鄙視的白眼……妹妹妳其實只是想滿足和偶像見面的私欲吧！

小芸好像終於發覺自己的花痴病發作得有些不合時宜，縮了縮肩膀，弱弱地補充：「至少他的粉絲一定會來看報導，就不用擔心點擊率的問題了……」

程宥寧心想再讓她說下去，今天大家的眼睛很有可能會運動過度，便出聲救場：「嗯，葉書騏最近手頭上同時有兩部戲在拍，連睡覺都沒時間了，應該沒空接受採訪。」

「宥哥妳怎麼這麼清楚他的行程？妳也有在關注他嗎？」小芸以爲自己找到同好了，望著程宥寧的目光之晶亮，堪比在沙漠中瞥見綠洲。

程宥寧又是一陣心虛，她能說葉書騏是她兄弟的男人，想不關注也難嗎？

「我沒有刻意關注，但總會有管道可以知道。」她輕輕嘆了口氣，「還有沒有別的人選？」

提出的人選接連被駁回，大家的士氣一時之間有些低落，便沒有人再主動發言。程宥寧只好一個一個點名，「Nancy？說說看沒關係，只是在討論而已，先不要考慮可不可行。」

「我是有個人選。」Nancy猶豫了片刻才開口：「不過這個人太神祕，從來沒接受過採訪，甚至在網路上連張照片都找不到。」

聽她這麼一說，程宥寧被勾起了好奇心，「無妨，先說說是誰吧。」

「我想他創立的公司宥哥妳也不陌生。」Nancy俏皮地眨了眨眼睛，「對方就是SNY點子銀行執行長，舒揚。」

「舒揚……」程宥寧複誦了一次，卻發現自己對這個名字沒有一絲印象，「他年紀大概多大？臺灣人？」

「嗯，是臺灣人。」Nancy點點頭，「大約三十三、三十四歲左右，眞實長相與身分背景全部成謎。會推薦他是因爲，以他這個年紀能創立出一間商業模式如此新穎，且成長如此快速的公司，眞的很不簡單。連涉及政商界甚至是黑白兩道的案子，SNY都有辦法解決，令人好奇舒揚背後是不是有強大勢力支持。如果能成功採訪到他，絕對可以成爲話題。」

「假如這個舒揚長得不怎麼樣，效果會不會打折？」小芸提出疑慮，「畢竟我們做的是女性流行線上雜誌，不是商業財經專刊，比起成功的創業歷程，我想讀者更感興趣的是受訪者本身的個人魅力。」

「這倒是還好，雖然這一期的重點放在受訪者的職場成就，可是我們會以女性視角來切入探討，和那些商業雜誌還是有區別的。」程宥寧的手指在資料夾上輕敲，這是她思考時的慣有動作，「再說了，我們有最專業的造型團隊，認眞包裝起來應該不會差到哪裡去，所以這並不是問題。最大的困難點是如何讓他願意接受採訪，Nancy，這就交給妳去接洽。」

Nancy點頭應下，「我會盡力一試。」

「不過我們勢必要再準備一個備案，要是舒揚不答應，採訪專題也不至於開天窗……子翔？你有沒有什麼覺得適合的人選？說說看吧。」

突然被點到名的子翔嚇了一跳，這是他第一次參與專題會議，儘管開會前前輩們已經給他打過強心針，但身爲一個菜鳥小組員，被總編輯在會議上徵詢意見，依然讓他反應不太過來。

程宥寧並沒有緊迫盯人，而是笑著給他時間整理思緒。子翔接收到總編鼓勵的眼神，心也稍微安定下來，還有一小股伴隨而來的興奮在身體裡慢慢發酵。

「我覺得有一個人很適合，」子翔的語氣仍帶了些不確定，見大家都專注地聽他說話，絲毫沒有半點輕視不耐，底氣才漸漸足了，「是一個最近上過新聞的精神科醫生，他的名字是夏沐禮。」

「噗！」程宥寧忍不住失笑，「夏慕尼？賣鐵板燒的？」

子翔被她的反應搞得再度窘迫了起來，坐在一旁的Nancy淡定地拍拍他的肩，「她常常莫名其妙被戳中笑點，習慣了就好，不是你的問題。」

「喔……」子翔小心翼翼地瞄了程宥寧一眼，她抬手摀著嘴巴想止住笑意，一張臉憋得通

紅，只差沒飆出眼淚，肩膀更是不停上下抖動著。

程宥寧用空出的那隻手朝他揮了揮，示意他繼續說下去。這一刻，子翔在心底默默理解公司裡那些男前輩為什麼總說總編是超脫性別的「異星物種」了，卻同時奇妙地發現自己似乎不再如此緊張了。

「夏醫生大約三十多歲，對待病患就像對待自己的愛人一般用心。之所以會上新聞是因為他帶幾個病患一起去跑馬拉松被網友拍到後，照片在網路上瘋傳，很多網友都稱讚他心地好人也帥，竟然願意用下班時間陪伴病患，要不是他是精神科醫生，眞想排隊去給他看病。」

「我好像有看過這篇新聞！」巧薇出聲附和，也有不少人表示知道這則報導。

程宥寧倒是對這位精神科醫生沒什麼印象，不過既然大多數人都聽過他，想必在群眾眼中也不陌生，就算眞的沒人認識他，只要他有採訪的價值，她就會藉由這篇報導讓大家記住他，她一直擁有這樣的能力。

「夏慕尼、不，夏沐禮醫師對於接受採訪的意願高嗎？」她望向子翔發問。

「呃，他在鏡頭前看起來很靦腆內向，可能不太習慣受到這種關注，但也沒有堅決拒絕採訪，我覺得可以試試看！」

「很好，那麼夏醫師的接洽就由……子翔來負責。」程宥寧的目光在會議室巡了一圈後，又回到子翔身上，她對他揚起鼓勵的微笑，「畢竟是你提議的，我想由你來接洽最為合適。」

子翔愣了片刻後，嘴角不自覺勾起，隨即點頭如搗蒜，「我會努力的！」

「那下一期的專題人物就暫定為舒揚和夏沐禮，Nancy、子翔，今天下班前整理一份兩人

的相關資料放到我桌上，今天的會議就先到這裡。」

「進門左手邊嗎？」程宥寧一邊講著電話，一邊在餐廳裡張望，很快便看見她母親劉淑貞持著手機伸手朝她揮了揮。她不敢貿然上前，警惕地將座位前後上下左右都打量過一遍，確定沒有除了她家人以外的「客人」之後，才肯走過去。

今天他們約好在這間小有名氣的泰式料理餐廳共進晚餐，幫她妹程宥心慶祝二十二歲生日。程宥寧下午剛從臺北開車飆回臺中，她穿得很隨意，一件長版襯衫配牛仔褲就來赴約了，她媽沒有特別囑咐她要精心打扮，讓她稍微安心了點。

「你們怎麼不先點……幹！」程宥寧一走近，就見有位陌生男子坐在柱子旁邊的位子，恰好在她方才的視線死角。

那男子略顯尷尬地抬眼看她，程宥寧反射性地飆出一句髒話後立刻掉頭走人。

「程宥心，還不攔住妳姊！」劉淑貞朝程宥心使了個眼色，程宥心馬上衝上前死命抱住程宥寧的腰。

「放開我，妳是不想要妳的生日禮物了嗎？」程宥寧扭頭瞪向妹妹，惡狠狠地警告。

程宥心猶豫了三秒，但很快又加大了手上的力道，「妳每次送我的禮物都很隨便，媽說如果我成功攔住妳，就要買最新款的 iPhone 給我。」

程宥寧瞬間被氣笑了，「妳就爲了一支手機賣了妳姊？」

程宥心十分誠懇地點了點頭。

程宥寧忽然覺得自己像個白痴，她努力讀書、努力賺錢讓家人能過更好的生活，三十三年來哪一天不是認認眞眞地生活著，結果卻不如一支手機？那她還活著幹麼？乾脆直接去投胎下輩子當支手機啊！

她深深吸了口氣，凝視著程宥心淡定地開口：「妳放開我，我給妳買兩支。」

程宥心動搖了幾秒鐘，依然搖了搖頭，「手機一支就夠用了，兩支我會搞混。」

那妳可以只用一支，另一支當祖先牌位供起來啊！

程宥寧正在心裡無語問蒼天時，便聽椅子被向後推開的摩擦聲傳來，接著一道低醇的男音緩緩響起，「看來打擾你們用餐了，我還是先回去好了，程小姐請留下來吧，畢竟這本來就是你們的家庭聚會。」

那聲音很是好聽，像是禪寺裡的梵鐘敲響，使聽者的心奇妙地沉靜了下來。

這讓程宥寧忍不住多看了那位男子一眼，他站在桌邊，大約高她一顆頭，身材不像余晉冬有著明顯的肌肉線條，可也算結實精壯。他穿著一件淺藍色七分袖襯衫，衣襬整齊地紮進褲頭用皮帶束著，連扣子都扣到最上面一顆，個性似乎很嚴謹。

以上種種跡象，都令程宥寧覺得這個人非常無趣，她光看著就想幫他解開那顆鈕扣好讓他透透氣。順著那顆鈕扣往上看去，是一張還算斯文乾淨的臉，給人一種很舒服的感覺，特別是那一雙瞳色較淺的棕色眼睛，透出了淡淡的溫柔與包容。

不過這張臉孔怎麼讓她有種熟悉感呢？好像今天早上才見過，早上她在幹麼？她看了Nancy和子翔準備的專題人物調查資料……

程宥寧心中湧上一股隱隱約約的不祥預感。

「請問您尊姓大名？」程宥寧遲疑了片刻，仍開口詢問對方。

「妳好，我的名字是夏沐禮。」夏沐禮禮貌地朝她笑了笑。

程宥寧這才發現他笑起來兩頰會露出小酒窩……都什麼時候了還管他有酒窩沒酒窩！

彷彿被雷劈中的程宥寧，依舊不想死心，想著說不定只是同名同姓而已，又問：「請問您在哪一行高就？」

「我是醫生，精神科醫生。」

這世界會不會太他媽的小了，程宥寧欲哭無淚。

「夏醫師別這樣，請坐請坐。」程宥寧的父親程一華趕緊站起身陪笑，然後向女兒軟聲哀求：「阿寧啊，好歹把這頓飯吃完吧，人家夏醫師那麼忙還是抽空過來了，妳這樣實在是很失禮。」

程宥寧做了幾個深呼吸，扭頭望向程宥心，無奈地嘆了聲，「放開我吧，我不走了。」

程宥寧會決定留下，不是因爲怕失禮，更不是顧及父親的面子，最主要的原因就是夏沐禮爲《玻璃鞋》下一期專題的候選受訪人選。

雖然以她老媽那只要見到和她年紀相仿的男人，都恨不得發給對方一本《程宥寧傳》的個性，夏沐禮極有可能在剛剛那段時間裡，連她國小讀哪間學校都知道了，更遑論她的職業，但她還是想樂觀地相信他並不曉得他們即將有工作上的往來。

而且，假如最後夏沐禮答應接受採訪，他們必定會在工作時碰頭，如果他們在今天這場「飯局」交惡，到時候他因此事拒絕受訪，她怎麼對得起其他同事？

就當是應酬吧！程宥寧在心裡安慰自己，要是下次再相信她老媽的話，活該她一輩子嫁不出去！

「夏醫師請坐吧。」程宥寧對夏沐禮擠出一個客套的笑容，認命地在他正對面的位子坐下，她也只剩那個位子可坐。

「喔……好。」夏沐禮遲疑了片刻，似乎看出了程宥寧的心不甘情不願，猶豫著要不要識相走人，可也不好拂了長輩的面子，最後看到程宥寧安安分分地坐下了，才重新坐回椅子上。

他那正襟危坐的標準坐姿看得程宥寧又是一陣頭疼。

劉淑眞見女兒妥協，趕緊討好地遞了菜單給她，「就等著妳來點菜呢。」

程宥寧一如往常地接過菜單，打開之後，倏地想起對面還坐著一位客人。

雖然戶口名簿上的戶長是她老爸程一華，不過程家眞正的一家之主其實是程宥寧。好好先生程一華是個沒主見的男人，問他要吃什麼都說隨便；劉淑眞則是有選擇障礙；至於程宥心，她的意見在程宥寧看來都不具建設性，因此程宥寧不得不跳出來擔任決策者，久而久之就習慣了。這次也是這樣，才會一時忘記有客人在場，此舉顯得有些不禮貌。

「還是讓夏醫師來點吧。」程宥寧闔上菜單正要遞給夏沐禮，卻見他馬上擺手。

「沒關係沒關係，你們點就好，我吃什麼都可以。」

看著他那既眞誠又帶了點靦腆的神情，程宥寧忽然靈光一閃。

「眞的都可以？沒有特別不吃的東西？」

「沒有，你們吃什麼我就吃什麼。」夏沐禮連忙搖頭。

程宥寧挑了挑眉毛，嘴角不自覺勾起一個壞笑。

今天你就等著栽在姊手裡吧！讓姊來教教你，飯局是不能隨便參加的。

程宥寧巧笑嫣然，一改之前的冷漠，語氣很是溫柔嬌媚，「不知道夏醫師吃不吃辣呢？」

夏沐禮依然端正地坐著，臉上卻迅速浮起兩朵紅雲，顯然不太擅長應付女人的嗲聲軟語，「吃一點點。」

通常會這樣回答有兩種可能：第一，他吃得很辣，因爲謙虛才這麼說；另一種，則是他根本吃不了辣，只是不好拂了主人家的興致。

程宥寧賭他是後者。她伸手招來服務生，點完菜後朝那應該仍是高中生的服務生弟弟笑得傾國傾城，「全部都幫我做成大辣，謝謝。」

一旁的程宥心輕輕拉扯她的衣袖，壓著聲音問：「姊，妳不是不敢吃辣嗎？」

「你們都吃辣，我不學著吃一點不是很不合群嗎？」

程宥寧話聲溫和，但程宥心渾身的寒毛都豎起來了，她怯怯地鬆開手，向一旁的劉淑眞投了個「妳這次眞的惹到姊姊了」的警告眼神。

程宥寧的確不吃辣，她只要一碰到辣的就會眼淚鼻涕直流，不過她今天就是要幹這種殺敵一千自損八百的蠢事，爲了不搞砸工作乖乖留下來吃這頓飯，並不表示她不生氣，即使不能光明正大讓他難堪，給他點顏色瞧瞧總行吧？要讓他再也不敢隨便答應跟他們家出來吃飯，否則有第一次就會有第二次。

就算她猜錯了，夏沐禮其實嗜辣也無妨，還有後著，就是讓他目睹她被辣得眼淚鼻涕直流的畫面，他絕對會倒盡胃口，對她興致全失。

上菜的速度很快，不一會兒，餐桌上就擺滿色香味俱全的料理，正中央那道豔紅一片的海鮮湯尤爲顯眼。

程宥寧默默取過水壺，擺在一旁準備應戰。

夏沐禮的吃相如同他的服儀和坐姿一般斯文拘謹，他慢條斯理地夾了一筷子菜，再送入口中，吃飯的姿勢簡直標準到可以列入國小教科書。他吃得很少，或許是跟不熟的人一起吃飯依然有些不自在，但程宥寧知道更關鍵的原因是——他不敢吃辣。

程宥寧一直悄悄觀察，發覺他夾進碗裡的大部分都是那盤侵略性相對較低的蝦醬高麗菜，而手邊原本倒滿水的玻璃杯幾乎要見底了。她在心裡暗爽了一把，嘴上故意殷勤地說：「夏醫師，你怎麼都只吃菜？別客氣，多吃些肉啊，不然別人看到還以爲我們沒有好好招呼客人呢。」

夏沐禮聞言渾身一僵，擠出勉強的微笑，「……好。」

他夾起一小塊椒麻雞放進碗裡，先用筷子撥開上面附著的辣椒籽和辛香料，再配著一大口白飯送入口中。儘管如此，他還是被嗆得不輕，整張臉憋得通紅，明明像是被人欺負的小媳婦，卻努力保持著鎮定，那可憐的模樣令程宥寧突然覺得很沒趣。

唉，同是天涯淪落人，單身狗何苦爲難單身狗，她幹麼找他麻煩啊。

她輕嘆一口氣，提起水壺往夏沐禮的玻璃杯中注滿檸檬水，便就此收手，沉默地用餐，等待這場無聊的飯局終了。

餐桌上一時之間陷入詭異的寂靜，劉淑眞見情況不妙，好不容易促成的相親宴極有可能就這樣虎頭蛇尾結束，趕緊出聲炒熱氣氛。

「姊姊啊，妳一定很好奇我們爲什麼會認識夏醫師吧！」劉淑眞用過分活潑的語調說。

她可以說不好奇嗎？她是眞的不好奇啊，程宥寧在心中又是一嘆，如果她今天還年少輕狂，或許不會願意接話，可她現在已經三十三歲，是個成年人了。

「嗯，你們爲什麼會認識？」程宥寧意興闌珊地用筷子把碗裡檸檬魚的魚皮和白色魚肉分開，配合地問。

「上個禮拜我在菜市場遇到夏醫師他母親，兩個人愈聊愈投緣，後來聊到了各自的孩子，就發現妳和夏醫師年紀相仿，才想說找個機會讓你們認識認識。」

聞言，程宥寧忍不住朝夏沐禮投去鄙視的一眼。這種由初次見面的大嬸所提出的邀約他也敢來參加，就不怕她媽媽是詐騙集團嗎？

「那夏醫師的母親今天怎麼沒來？」程宥寧邊說邊將除去魚皮的魚肉送進嘴裡，雖然早有心理準備，但辣椒一沾到舌頭還是辣得她頭皮發麻。她勉強嚥下那口魚肉，像小狗般吐出舌頭呵氣，坐在對面的夏沐禮舉著筷子怔怔地望著她。

至少毀壞自己形象的目的達到了，程宥寧在心裡安慰著如此自虐的自己。

「聽夏醫師說他母親今天跟朋友有重要聚會，所以沒辦法過來一起吃飯。」程一華替發愣的夏沐禮解釋。

夏沐禮這才回神，放下筷子彎身從腳邊拿起一袋包裝精美的禮物，「媽媽說她很遺憾沒能出席，這是她的一點小心意。」

「哎唷，怎麼那麼客氣！你來我們就很開心了。」劉淑貞笑著接過禮物，「總是夏醫師夏醫師地叫感覺好生疏，你跟我們家姊姊差不多大，我直接叫你沐禮可以嗎？」

「當然可以。」夏沐禮靦腆一笑，露出了兩頰淺淺的酒窩。

「沐禮，你條件這麼好，人長得又帥，爲什麼到現在還沒對象？」劉淑貞笑吟吟地看著夏沐禮，一副丈母娘看女婿，愈看愈滿意的姿態。

程宥寧翻了個大白眼。終於來了，她媽又要開始了！

「呃，應該是因爲沒有遇到適合的人吧。」夏沐禮臉上的微笑漸漸由靦腆轉爲尷尬。

「唉，我們家姊姊也一樣，都遇不到適合的對象呢。」劉淑貞哀怨地嘆了口氣，「別看她長得還算規規矩矩的，其實個性就跟男孩子一樣大剌剌，也不知道是不是這樣，一直都沒有什麼男人緣……」

「媽，妳說這些幹麼啦。」程宥寧受不了地打斷她。

她沒有男人緣她自己曉得就好，不需要昭告天下！

劉淑貞沒有理會她，眉角一挑，語氣滿是期盼，「沐禮，你覺得我們家姊姊怎麼樣？」

好歹也繞個圈子問得委婉些吧，這種開門見山的推銷不嚇跑人才怪。

程宥寧勸阻無效，只能絕望地將頭埋進雙掌間，眼不見爲淨。

「程小姐，」夏沐禮頓了頓，好像在尋找合適的措辭，「很……率眞。」

這麼不計形象還叫做「率眞」，您人眞是太好了。

程宥寧在心裡吐槽，又聽對面傳來一句低低的補充：「也很有趣。」

有趣？她怔了怔，抬頭望向對面的那人，夏沐禮的神情似乎有幾分難爲情，面上泛著一層薄紅，不知道是辣出來的或是有其他的原因。

一個男人說一個女人有趣，那是什麼意思？程宥寧試著以她身爲女性流行雜誌總編輯的專業來分析，大致歸納出三點：

第一，他實在找不出什麼褒義詞來讚美程宥寧，「有趣」是最安全的回答，意思和「特別」相似。

第二，他用的是一種倒反手法，其實是在諷刺她是個怪咖。

第三，他被她勾起了興趣，眞心認爲她很有趣。

儘管才初次謀面，程宥寧直覺就認定夏沐禮不是個會暗諷別人的人，況且如果只是客套，稱讚她率眞就夠了，何必再補上這句？

難道他是被虐狂，她愈欺負他，他對她愈感興趣？假如眞是如此，那這還是第一次有男人在她面前坦承說對她感興趣。

程宥寧悄悄將手按在心口，有些期待又有些緊張地等待那傳說中的「心跳加速」、「呼吸紊亂」等反應到來，她終於能體會小鹿亂撞是什麼感覺了嗎？

然而等了好一會兒，別說小鹿亂撞了，就連小鹿路過她都沒感應到。感受著自己穩健一如往常的心跳，程宥寧忽然覺得比起銷不出去，這點反而讓她更想哭。

她的身體裡是不是沒有「少女心」這種東西存在啊？

Chapter 04

程宥寧從浴室出來，拿了一條半舊不新的大浴巾隨意擦著濕髮。

自留學歸國後，她一直在外租屋，因此這幾年回到老家，她都感覺自己愈來愈像個借住的旅客。

平均兩個月才回家一趟，她在老家殘存的痕跡漸漸淡去，留在房間裡的東西也很少，連套像樣的睡衣也沒有。好在她的身材維持得和以前差不多，洗完澡後就隨便套件高中班服和學校運動褲，權充睡衣。

程宥寧一邊擦頭髮，一邊抱著筆記型電腦跳上床，伸手取過床頭櫃上的黑框眼鏡戴上，盤著腿開始確認有沒有新的電子郵件，接著打開搜尋引擎，輸入「舒揚」這個名字。

即使明知公私該涇渭分明，但她還是希望能談成SNY點子銀行執行長的專訪。

如果最後要採訪夏沐禮……唉，光想就覺得彆扭。

「姊！我可以進來嗎？」搜尋引擎才剛跑出舒揚的資料，她便聽門板上傳來兩聲清脆的敲響，程宥心的聲音隨即怯怯地響起。

「進來。」程宥寧話音一落，程宥心就打開門走進房間，而程宥寧依舊盯著螢幕，頭也沒抬地說：「真虧妳忍得到現在。」

「我怕妳生氣不想理我嘛……」程宥心諂媚地擠出笑容，小碎步踱到床邊，「反正妳禮物都準備了，不給我也是浪費啊，對不對？」

「喲，妳有了iPhone還怕我生氣啊？」程宥寧沒好氣地瞪她一眼，下床到包裡翻出了一個寶藍色的精美提袋，塞進程宥心手裡，「虧我這次這麼用心準備，眞是好心沒好報。」

「我最愛妳了。」程宥心一拿到禮物，原先戰戰兢兢的表情立刻消失無蹤。她本來對程宥寧送的禮物不抱太大期望，只想說不拿白不拿，不過這次光是包裝就和以往的禮物不在同一個級別。

果然，當她打開盒子，看見那條天鵝造型粉晶項鍊時，頓時兩眼發光，「哇塞，也太美了吧！姊妳今年終於開竅會挑禮物了。」

「那是因爲有高人指點。這條項鍊花了妳老姊不少心血，妳給我抱著感恩的心戴它。」程宥寧伸了個懶腰，走回床邊坐下，「生日快樂，長了一歲人也要成熟些知道嗎？大學都要畢業了，妳也該認眞想想以後要做什麼了吧。」

程宥心抱著禮物，委屈地嘛著嘴在程宥寧身旁坐下，「我一直都曉得自己以後要做什麼啊。」

程宥寧伸手撈回躺在床中央的筆記型電腦，本想繼續查資料，聽到妹妹這麼說，手上的動作一頓，頗感欣慰地望著她，「哦？說來聽聽。」

「我要努力釣到高富帥，當豪門少奶奶啊，我不是早就跟妳說過了嗎？」

程宥寧毫不客氣地翻了個大白眼，「妳在跟我開玩笑嗎？」

「我很認眞欸。」程宥心嘖了嘖嘴，「有人立志當總統，有人立志當醫生，爲什麼我不能

立志當貴婦？」

程宥寧做了幾次深呼吸，平復想要揍人的衝動後，才語重心長地對妹妹說：「妳當然可以當貴婦，可是貴婦的頭銜是由妳自己創造的，而非仰賴男人給予。妳記得我們雜誌爲何會叫做《玻璃鞋》嗎？就是希望每個女人都能擁有灰姑娘那雙精緻美麗的玻璃鞋，但玻璃鞋並非由神仙教母贈送，而是靠自己得來的，妳懂我的意思嗎？」

程宥心臉上寫滿不服氣，「有男人可以依靠不是很好嗎？女人幹麼活得那麼累？」

「爲什麼女人就得依靠男人？連身爲女人的妳都看不起自己了，又憑什麼讓男人、讓這個社會看得起妳？」程宥寧知道她聽不進去，便換了個說法，「好吧，就拿豪門少奶奶來說吧，即使妳眞的嫁入豪門，妳沒有強而有力的家庭背景，也沒有能養活自己的技能，等哪天妳老公不愛妳、拋棄妳了，妳要怎麼辦？」

「唉，這個還不簡單。」程宥心信心滿滿地挑眉，「只要先把兒子生出來，管他愛不愛我、在外面有沒有女人，有了兒子就有繼承權，就算他要離婚也得給我一筆龐大的贍養費啊！」

程宥寧實在是不曉得該說些什麼了，比起糾正妹妹的價值觀，她更想譴責的是無形間灌輸年輕女生這類思想的電視劇和言情小說，「媽每天看的那些狗血韓劇，妳還是少看爲妙。」

「少牽拖到我身上。」劉淑眞略帶不悅的聲音從門口傳來，「她想當少奶奶不是一天兩天的事了，跟韓劇有什麼關係？」

「妳知道這不是一天兩天的事了還不勸勸她？」程宥寧眞是服了這對母女。

劉淑貞走進房裡，拉過一張電腦椅坐下，「至少她還有決心去追求幸福，妳看看妳，比妳妹妹大多少歲啊，居然連個男朋友都沒交過，我都不好意思告訴別人。」

「這有什麼好告訴別人的。」聽母親又扯到這個話題，程宥寧只覺煩躁無比，她緊盯著電腦螢幕，藉此表示自己不想再談下去了。

但劉淑貞顯然不打算放過女兒，「說回正經事，今天也見過面了，妳覺得沐禮怎麼樣？」

「沒有怎麼樣。」

劉淑貞恨鐵不成鋼地嘖了聲，「妳給我認真一點回答，對他的第一印象到底如何？」

「第一印象嗎？」程宥寧正專心瀏覽網頁，沒多想便脫口答：「他讓我想解開他的襯衫扣子。」

察覺到房裡突然被一片詭異的沉默籠罩，程宥寧疑惑地從螢幕中抬起頭，就見劉淑貞和程宥心都用一種曖昧又深沉的眼神盯著她。

「姊，原來妳已經寂寞飢渴到這種地步了。」程宥心感慨地搖頭。

「好，解開、去解開吧！難得有讓妳想撲倒的男人出現，絕對不能放過。」劉淑貞誇張地抬手去擦眼角根本不存在的眼淚，「總算是等到這一天了。」

「妳們想到哪裡去了！」程宥寧這才發覺自己方才說的話被她們誤解得有多兒童不宜，縱使她一貫淡定，此刻耳根也不禁微微發燙，「我是說我看他穿衣服的方式很不順眼，哪有人襯衫扣子會扣到最上面一顆啊。」

「妳管人家怎麼穿衣服，」劉淑貞氣不打一處來，「人家扣子要扣到哪裡是他的自由。」

「所以我尊重他啊，我又沒有當面跟他說。」

劉淑眞無言了好一會兒，才僵硬地轉頭看向程宥心，「這個女人眞的是我生的嗎？」

「可能是抱來的。」程宥心心有戚戚焉地補刀。

「我還有工作要處理，沒事的話妳們就快點回去睡覺吧。」程宥寧索性下了逐客令。

劉淑眞咬咬牙再開口：「好吧，先別管扣子。沐禮這個人長得端正、品行又好，而且還是位醫生，如果妳嫁給他……」

「醫生？」程宥寧深吸了一口氣，「好，妳眞要談，我們就來談！妳究竟是去哪裡找來這種奇葩？精神科醫生？妳是覺得我有病需要治療嗎？」

「要是單身也是一種病，妳已經是單身癌末期了……」程宥心低低地補了一句。

「妳別添亂。」劉淑眞警告地瞪了程宥心一眼，回過頭望向程宥寧，「精神科醫生又如何？妳怎麼能瞧不起精神科醫生？」

「我沒有瞧不起精神科醫生。」程宥寧輕嘆一聲，「但是當老公？妳曉得精神科醫生罹患憂鬱症，甚至是自殺的機率有多高嗎？他們每天都處於高風險的工作環境，很有可能會被失控的病人襲擊；況且他們每天都得接收許多心靈垃圾，又該如何調適？難道下班累得半死，回家我還得撫慰老公的心靈？我承認我沒這麼賢慧，做不來這種事。」

其實劉淑眞心裡也頗爲認同，可實在不願放棄這個把程宥寧推銷出去的大好機會，只得再奮力一搏，「妳這是偏見，也不是所有精神科醫生都會這樣……」

「對，我知道我有偏見，也知道這麼想對夏沐禮很不公平，不過這些都不是重點。」程宥

寧誠懇而堅定地解釋：「假設我愛他，就算他的工作再危險。我都會試著去體諒和接受。但問題是，夏沐禮根本就不是我的菜，既然我不喜歡他，又何必自找罪受？這對我或他來說都是負擔。」

「我這不也是走投無路了嗎？難道妳要永遠單身下去？我曉得妳獨立，總像個男人一樣一肩扛起許多事，可是有哪個母親不希望自己的女兒能被一個男人好好寵著？」劉淑貞眼眶一紅，「我是希望妳不要這麼累，凡事都自己撐著，有個伴可以依靠不是很好嗎？姊姊，妳不是沒有緣分，是一直不肯嘗試。即使不是沐禮也沒關係，只要一次就好，妳就試著打開自己的心房，感情是能夠培養的，先不要急著下定論，好不好？」

聞言，程宥寧心裡頓時有些悲哀，又有些苦澀，更混雜著鬱悶及委屈，然而更多的是感動，她忍不住展臂摟住母親，「我知道啦，我會自己看著辦的，妳不要再瞎操心了。」

劉淑貞在她懷裡點了點頭，本該是難得的母女相擁溫馨畫面，維持沒多久便再次被劉淑貞破壞了。

她倏地跳起，狐疑地望著程宥寧問：「姊姊妳……該不會是同性戀吧？」

♥

一般來說，大部分女人的「失心瘋」會在兩種場合發作：一是逛網拍；二是答應劈腿前男友的復合請求。

在購物方面，程宥寧總自詡爲理性的女人；至於前男友？她連戀愛都沒談過，自然不會在這方面有所謂失心瘋的可能。

只是，儘管理性淡定如她，還是會有陷入失心瘋的時候，而這通常都是拜她老媽所賜。

就像昨天晚上，程宥寧在被她媽認眞地質疑她的性取向後，便一時衝動撂下了狠話保證年底前一定會帶個女婿回家給她看。現在已經是八月中旬了，距離期限只剩下三個半月，她連個曖昧的對象都沒有，又該去哪裡生出個女婿給她媽？莫非她最後仍舊只能跟余晉冬多元成家？

程宥寧愈想頭愈痛，她明白反悔耍賴對她老媽來說一點用都沒有，到時肯定會以此爲把柄替她安排相親車輪戰。於是她決定用一個晚上的時間來好好擬定作戰計畫。

程宥寧住的套房裡充滿普通單身女子不會擁有的物品，其中一樣，就是一面附有滑輪的白板牆。這面白板牆原先放在公司裡的會議室，因爲滾輪壞掉而遭淘汰，她把它撿回來自己試著修理，沒想到還眞被她修好了，就一直留到現在。

在思考複雜的事情時，她常會仿照警察辦案，把每個可能的選項用樹狀圖一一列出，再從中刪去或發想其他新的可能，進而得到結論。

她將白板牆從角落拖出來，推到客廳中央的空地，拿起一支藍色的白板筆。

「試分析程宥寧爲何會單身三十三年……」她邊說邊在白板上寫下標題。

她在標題下方畫了兩條分岔線，在左邊那條線底下寫下「沒機會認識男人」，在另一邊則寫下「有機會認識男人」。

雖然她高中讀女校，大學讀的科系也是以女生居多，但並不是完全沒有機會接觸異性。而在進入《玻璃鞋》任職後，爲了工作出席一些上流社會的宴會時，也曾有幾次被所謂的富二代搭訕過。

於是她提筆在左邊的選項上打了個大叉，接著在右邊「有機會認識男人」的選項底下畫出兩條線。有機會認識男人，卻沒有進一步發展，這是爲何？

她想了一會兒，分別寫下了「被拒絕」、「不敢告白」，又拉出一條線，寫下「沒感覺」。這次她很快就在前面兩個選項上畫了叉，然後在「沒感覺」的選項下再畫出兩條線。

到底爲什麼會對這些男人沒感覺？難道她眞的喜歡女人？

程宥寧迅速否定在腦中一閃而過的假設，儘管沒談過戀愛，她仍能確定自己喜歡的是異性。

這次她停滯了很久，握著筆好一會兒，就是想不出該在白板上寫下什麼答案。

她試著回想最近一次遇見的男人——夏沐禮，當他說他覺得她很有趣時，爲什麼她完全不會激動或者是害羞，心跳和呼吸也依然平穩？當時她心裡在想什麼呢？

過了許久，她遲疑地提起筆，才在白板上寫下「缺乏少女心」五個字，身後便響起一道熟悉的低沉嗓音，「正解！」

程宥寧嚇得全身一抖，扭頭朝余晉冬那張因爲憋笑而漲紅的俊臉看去。

「你神經病啊，大半夜跑來別人家裡，是想嚇死人嗎？」程宥寧撫著胸口怒罵：「明知道我在家，好歹也先摁個門鈴吧！」

「我都摁了幾百遍了好嗎，是某人沉浸在自己的世界裡聾了沒聽到。」余晉冬雙手交疊在胸前，從鼻子裡冷哼一聲。

程宥寧頓時心虛了起來，「你也知道嘛，我只要一認眞思考事情，就算地震來了也不會發現。」

「這個問題倒是很値得好好深思。」余晉冬的目光輕輕掃過白板上的標題，本想維持冷傲的姿態，肩膀抖動的幅度卻愈來愈大，最後忍不住抱著肚子大笑，「不行，程宥寧妳實在是太搞笑了，我都不曉得妳已經走投無路到這種地步了，哈哈哈。」

「笑屁啊！」程宥寧惱羞成怒，用力在他背上甩下一記鐵砂掌，忿忿地在沙發上坐下。

「不過好笑歸好笑，就結果而論還是很令人欣慰的。」余晉冬終於止住笑，用正經八百的語調語重心長地說：「至少妳總算正視自己缺乏少女心的問題了。」

程宥寧像隻小貓一樣可憐兮兮地抬頭看他，「你也覺得我缺乏少女心？」

「這不是覺得不覺得的問題……」他頓了頓，平靜地補了一槍，「全世界應該只有妳自己沒意識到這點。」

「有這麼明顯？」

余晉冬眉角一抽，「妳要我證明給妳看嗎？」

「別再提起我傳給你的LINE訊息。」程宥寧悻悻然道。

余晉冬詭異地冷笑一聲。

程宥寧朝他投去困惑的眼神，下一刻就被對方放倒在沙發上，男人精壯結實的手臂撐在她耳朵兩側，那張俊美帶著點邪氣的臉孔距離她的鼻尖不過五公分，淡色的眼眸流淌著點點微光，他溫熱的呼吸噴灑在她臉上，彷彿被一根羽毛輕柔地撓著。

「我知道，這個叫做……沙咚？」程宥寧有些不確定地說，見余晉冬沒有反應，她又思考了一會兒，「還是發咚？」

余晉冬嘴角抽了抽，一語不發。

程宥寧等了半天等不到他回話，居然就惱羞成怒了，「那些年輕人的流行用語我怎麼可能每個都清楚啊？你爲什麼不考我壁咚？我至少知道那個啊。」

「妳有沒有感到心跳加速、呼吸急促、全身燥熱？」

「我對一個gay心跳加速、呼吸急促、全身燥熱幹麼？」

「那妳就假設我不是gay啊！」

程宥寧安靜下來，抬眼再次凝視著略微抓狂的余晉冬，仔細端詳許久，才淡定地開口：「不行，我早就曉得你是gay了，這個假設不成立。」

余晉冬靜默了好一陣子，然後緩緩直起身，「妳就承認吧，即使今天對妳這麼做的不是gay，妳一樣會是這種反應。」

「這樣就叫做缺乏少女心？」程宥寧很是不服。

「這只是舉例。」余晉冬雙手枕在腦後，在沙發上喬了個舒適的坐姿，「妳的罪狀罄竹難書，不是三言兩語就能說完的。」

「喲，還用上了成語呢。」程宥寧也跟著起身，懶懶地靠在沙發上，「你今天爲什麼又跑過來？」

「房間太亂了，沒地方可以睡覺。」明明不是什麼光榮的事，卻被余晉冬說得理直氣壯。

「能把房間弄到那種地步，也算是你的天賦了，真不曉得你們這些設計師怎麼會有這種，把不要的草圖揉成紙團隨地亂丟的壞習慣。你之前不是會請人打掃？」

「三更半夜叫人來打掃很沒良心。」

「那你三更半夜跑來打擾我難道就有良心？」程宥寧傾身向前，鼻子湊到他身上嗅了嗅，「而且也還沒洗澡，每次都要浪費我的水費跟瓦斯費。」

「我發妳多少薪水，妳跟我計較這一點水費和瓦斯費？」余晉冬不可思議地盯著她。

「我的薪水是耗費我的青春年華辛苦賺來的，和你有什麼關係？」程宥寧嗤了一聲，從桌上拿起遙控器打開電視，「對了，你的展覽還順利嗎？」

「連束花都不送的人竟然會關心我的展覽順不順利？」

程宥寧轉過頭認真地看著他，「那我問你，那些花最後你都怎麼處理？」

「呃，丟掉了。」

「那不就對了。」程宥寧彈了個響指，「明知會被丟掉的東西，我幹麼要浪費錢去買？」

余晉冬簡直哭笑不得，「如果今天妳男朋友送妳玫瑰花，妳也覺得他是在浪費錢？」

「當然啊，花好好長在土裡招誰惹誰了？況且收到花束還得找個瓶子把花插起來，花瓣掉了又要去清理，更要時不時注意花有沒有枯掉，這不是給我找罪受嗎？要是真要送的話，」程宥寧頓了一會兒，「啊，最近韓國不是很流行炸雞花束嗎？就是把一隻隻炸雞腿像玫瑰花一樣包成一束，我寧願收到那種花束，至少可以吃，吃完又不占空間，吃不完還能分給同事做人情……幹麼？你那是什麼鄙視的眼神？」

「妳好自爲之吧。」他嘆了口氣，熟門熟路地走入廚房，從冰箱拿出一瓶柳橙汁，「下禮拜有辦法空出一頓飯的時間嗎？」

「你怎麼忽然心血來潮要約我吃飯？」見沒什麼節目好看，程宥寧便關上電視。

「書騏想見見妳。」余晉冬斜靠在廚房與客廳之間的隔牆上。

程宥寧愣了幾秒，臉上浮出個玩味的笑容，「喲，這是醜媳婦終於要見公婆了嗎？」

「他臉皮薄、開不起玩笑，見到他時留點口德。」余晉冬笑著搖搖頭，灌下一口果汁。

「嘖嘖，看看你這維護媳婦的墮落模樣，眞讓人寒心……」她笑罵著點頭應下，「放心，只要你時間定下來，我就會設法把行程排開的，一定要親眼看看讓余晉冬變得如此重色輕友的究竟是何方神聖！」

♥

向SNY點子銀行執行長舒揚提出的採訪邀約，被對方透過祕書室婉拒了，老實說，程宥寧並不驚訝，假如他破天荒答應了，她才反倒會覺得奇怪。但基於舒揚可以替雜誌帶來的話題性與關注度，當然，也有一「小」部分是因爲私心，她決定親自再向對方提出一次邀請。

要讓舒揚願意破例受訪，首先自然要使他感受到己方的誠意。知己知彼百戰百勝，程宥寧想了想，只透過文字資料了解可能還是會有不足，最好直接去一趟SNY親自體驗服務，於是她挑了一個下午去到SNY總公司。

她並非以《玻璃鞋》總編輯的身分過去，畢竟不先打一聲招呼，就貿然跑去人家公司說要見執行長也太失禮了，她是以顧客的身分造訪。

雖然SNY如今大部分是透過網路或電話爲顧客服務，不過總公司一到九樓仍設有服務處，九樓以上才是員工辦公室。

即便程宥寧早看過SNY總公司的照片，實際到訪後，依然不由得大吃一驚。她站在門口，抬頭往上看去，足足有三十五層樓的大廈高聳直入雲霄。

SNY這間新興公司能在這種精華地段獨占一棟大樓，到底是因爲老闆是個大土豪，或是因爲SNY在這短短幾年內以光速成長？

樓層說明牌上清楚標示著一到九樓每層樓各自提供的服務類別，例如二樓是生活雜務類，三樓是財經商務類，四樓是愛情婚姻類，而最有趣的是九樓——連上帝也束手無策的疑難雜症類。

程宥寧盯著這行字，站在原地笑了快一分鐘。

上帝也束手無策的疑難雜症？她很好奇，這層樓究竟經手了哪些奇葩業務？要是眞能成功採訪到舒揚，她絕對要好好問個清楚。

SNY的分工十分明確，顧客先在一樓櫃臺進行基礎諮詢，初步了解顧客的需求後，再由服務人員將案子分配到合適的部門進行下一步處理。儘管今天不是假日，而且還沒到下班時間，前來諮詢的人卻超乎程宥寧想像得多，她抽完號碼牌後，等了大約十五分鐘才輪到她。

服務人員是個笑容可掬的年輕男孩，向程宥寧大致介紹完服務流程後，便切入主題，「請問需要我們幫助您解決的是什麼樣的問題呢？」

程宥寧強忍著心虛和羞恥，直接答了：「我想學習怎麼開發少女心。」

「呃，不好意思，可能是我聽錯了，您說的是開發……少女心嗎？」

程宥寧看見對方面露遲疑，即使早在預料之中，還是讓她生出了想挖個地洞將自己埋起來的念頭。

她面上淺笑有些僵硬，「你沒聽錯，我說的就是開發少女心。我缺乏少女心，所以想要學習該如何開發出少女心，這樣的解釋是否能讓你比較容易理解？」

Chapter 05

程宥寧算是個務實的女人，尤其喜歡精打細算，做事一向秉持著以最少成本達到最高效益的態度。在評估過這次造訪SNY，既可以親身觀察這間公司的營運模式，又可以解決她的人生難題，她才終於願意拋開自尊心，請求專家協助開發她缺失的少女心。

她自覺這是個難以啓齒又莫名其妙的蠢要求，沒想到SNY的工作人員只在一開始略有錯愕，隨後便極其專業及認眞地處理她的請求。

她的案件被分配到負責愛情婚姻類的部門，接著就有專人爲她進行分析、規畫目標及估價。程宥寧提出的請求和一般能立竿見影的案件不同，而且不像那種協助提升英語能力的要求，能夠用考取證照等方式來證明。

最後，程宥寧和服務專員協議，決定先免費試用服務兩個禮拜，若是有成效，再付一半訂金，待目標達成後，才把剩下的餘款結清。以她的案件來說，開發少女心的最終目的，不外乎就是學會怎麼去愛人，以及擁有一位穩定的伴侶。

程宥寧覺得，自己有點像是來到了一種新型態的婚姻仲介事務所，因爲終極目標其實都一樣是找到對象，只不過SNY選擇教她愛人的方法，而不是直接介紹對象給她，在某種程度上她仍擁有相當大的愛情選擇權，所以她並不排斥接受SNY的幫助。

現實已經逼得她不得不意識到，就算命運帶著她的眞命天子來敲門，如果她的門鎖壞掉打不開，一切都是空談。

隔天早上，程宥寧一如往常準備開車上班，卻在剛走到一樓大廳時，被一個小鮮肉叫住。她迅速打量過小鮮肉全身上下，從他的穿著打扮看來，他應該才剛大學畢業，身上尚未沾染職場的氣息，或許還在讀研究所。

這個男孩穿著簡單的T恤、牛仔褲，短袖下的手臂肌肉線條明顯，寬鬆T恤也隱藏不住胸肌起伏，可以看出他平時有健身的習慣。而男孩的長相陽剛英氣，眉毛濃密，鼻子挺直，看起來就是個深受小女生歡迎的小鮮肉。

這個帥氣的小伙子對她笑出了一口潔白的牙齒，「早。」

「早。」雖然不明所以，程宥寧還是禮貌性地回話，「你剛剛是在和我說話嗎？」

「是的，是程宥寧小姐沒錯吧？」

「呃，我是，請問有什麼事？」

「妳好，我是阿杰。」小鮮肉笑著朝她伸出手，「我接受SNY的委託，從今天開始協助程小姐開發少女心。」

♥

「莉莉姊，Boss忙完了嗎？」小漢對莉莉禮貌地打了個招呼，但一向開朗活潑的他這時的神情卻很是侷促不安。

SNY執行長祕書莉莉從成堆的文件中抬頭看了他一眼，下巴往廁所的方向揚了揚，「還在忙，你先坐著等一下。」

小漢也將目光朝廁所方向投去，緊張的情緒瞬間少了許多，取而代之的是一股淡淡的同情，「看來英國那邊的案子眞的讓Boss壓力很大呢，不過有時候還眞羨慕Boss都不會有便祕的困擾。」

「我會向Boss轉告你對他的羨慕之情。」

「不、不用，我開玩笑的，哈哈。」小漢連忙擺手阻止，額角默默冒出一滴冷汗。儘管這不是他第一次見識到莉莉姊一本正經地發動毒舌攻擊，可怎麼還是覺得很可怕呢。

他正想著，便忽地聽到廁所那邊傳來動靜，一個男人推門走了出來。

「這裡有幾份檔案需要Boss立刻簽名。」莉莉將一疊文件遞給舒揚，「三十分鐘後和EA有個視訊會議，三點要跟普新銀行簽約，還請Boss及早做好準備。」

「……妳就不能先等我喘口氣嗎？」SNY點子銀行執行長舒揚斜睨了她一眼，本就白皙的臉龐此刻因爲虛脫而略顯蒼白，被汗水浸濕的瀏海微微凌亂地貼在額上。他接過鋼筆，在文件上飛快地落下簽名。

小漢看著舒揚握筆的手指雖還有些無力，落在紙上的簽名卻依然工整遒勁，頓覺自家老闆果然是眞男人。

「如果Boss今天沒有拉三次肚子耽誤了時間，我想我也沒必要這麼趕。」莉莉面無表情地說。

我到底爲什麼要花錢請個祕書來找自己碴！舒揚在心裡悲憤大喊，而他每天至少都會這樣問自己一遍。

「對了，《玻璃鞋》的採訪Boss確定要推掉？」莉莉無視舒揚的滿臉黑線，繼續公事公辦地問。

「這種事妳不是一向都自己看著辦，怎麼會特地問我？」舒揚簽字的手頓了頓，詫異地看向莉莉。

「因爲這次是對方的總編輯親自發信，我想還是需要再跟您確認一次。」

「推掉吧，我哪有那個美國時間接受那些無聊採訪。」舒揚將文件交還給莉莉，然後把視線轉向一旁始終不敢發話的小漢，「你，給我進來。」

舒揚長腿交疊，靠坐在皮椅上，一手搭著扶手，一手摩娑下巴，懶洋洋地審視著站在辦公桌前的小漢，「說吧，那個最近成爲全公司笑柄的案子究竟有多難辦？」

小漢立刻癟起嘴裝可憐，「Boss，眞的不是我的問題，嗚嗚嗚………」

舒揚蹙眉，「到底是什麼樣的案子還能難倒你？」

小漢有些吞吞吐吐：「有位女客戶，希望我們可以幫助她開發少女心。」

「什麼鬼？」

小漢以爲引起了共鳴，更加有底氣地哭訴：「眞的很莫名其妙對吧！」

「我的意思是，你都跟著我做事幾年了，居然能因爲這種案件，把自己搞到這麼狼狽？」

舒揚略微嚴肅地板起臉孔，「炸彈我們拆過了，間諜我們也當過了，現在只不過是開發少女心就把你難住了？」

「Boss，那是因爲你沒親耳聽過那位客戶的事蹟，才能說得那麼輕鬆。」小漢不禁反駁。

舒揚雙手抱在胸前，瞇眼微笑，「好啊，我就聽你匯報。」

小漢背脊不由得滲出冷汗，在腦中迅速組織了一下，才小心翼翼地開口：「客戶希望我們能協助她『開發少女心』，經過評估，我認爲首要之事是讓她體驗心跳加速的感覺，所以一開始先派了阿杰過去。」

SNY每天接下的大小案件眾多，不可能每樁都一一向舒揚匯報，除非是牽扯到政商利益、黑白兩道或是極其棘手的案件，他才會過問。

舒揚點頭，「阿杰是那個還在讀研究所的弟弟吧？他不是SNY裡出名的撩妹高手嗎？然後呢？客戶不買他的帳？」

小漢在心中暗自舒了一口氣。通常Boss會問「然後呢」，就表示他對目前爲止的處理方式沒有太大意見，也就是說並不是因爲自己的決策有誤，進而導致這個案子會到如今這般悽悽慘慘慼慼的局面。

但想到阿杰經歷的慘劇，小漢剛放下的鬱氣又重新提到胸口，「阿杰才跟她相處一天，隔天馬上跑來告訴我他沒辦法接這個任務，這個女人他招架不來。」

「招架不來？」

「阿杰的優勢就在於他那副好身材，沒想到客戶不僅不受吸引，還……」小漢說到這裡便說不下去了，一臉無奈憤慨，嘴角忍不住抽搐。

「幹麼，你那是什麼便祕表情？」舒揚不悅地皺眉，正聽到興頭處，對方卻突然不說了，這讓人渾身有種說不出的鬱悶。

小漢做了幾個深呼吸後，總算能用平穩的語氣將事情經過娓娓道來，「那位客戶指正阿杰在健身上的錯誤習慣，比如說上胸肌的訓練不該被忽略，還有他的右胸肌比左邊大一點，建議加強一些什麼左手單臂的夾胸訓練之類的，又叮嚀他關於健身後的飲食禁忌，更離譜的是，她一聊到興頭，竟掀開上衣與他分享她的腹肌。」

舒揚聽小漢說完這一大串，不由得瞠目結舌，不知怎地腦中頓時浮現出筋肉女超人舉著啞鈴咧嘴燦笑的畫面，他打了個哆嗦，乾咳了幾聲，故作平靜地說：「嗯，或許這個客戶只是剛好也很熱衷於健身罷了，如今運動型的女生愈來愈多了，說不定她是個體育老師。」

「她不是體育老師，她從事時尚流行產業。」小漢開口糾正。

一個從事時尚流行業的筋肉女超人，舒揚不禁再次想起那幕恐怖的畫面，眞心認爲自己再想下去晚上可能就要作惡夢了，於是趕緊帶過這個話題，「然後呢？阿杰不幹了你就沒轍了？」

「我想客戶也許是對小鮮肉這類型沒興趣，所以隔天改派大她幾歲的穩重型暖男阿笙過去，結果當天晚上阿笙就告訴我，客戶讓他終於認清自己喜歡的其實是男人。」

舒揚差點從椅子上滑下來，「你確定客戶眞的是女性？」

「其實我也開始懷疑了……」

縱使清楚這樁案子不好處理，舒揚依然心虛地板起臉吩咐：「無論如何，SNY從未發生過這種試用期沒滿就踢到鐵板的丟臉事，不管怎樣都要想辦法解決！」

那是因爲你沒正面跟那個奇葩女客戶接觸過，才能說這種風涼話。小漢在心裡腹誹，他已經爲這個案子焦頭爛額好幾天，實在提不出其他解決方案，便有些自暴自棄地隨口說：「乾脆找醫療團隊來看看可不可以改造她的大腦迴路好了。」

舒揚冷冷瞥了他一眼，「你現在是在跟我鬧脾氣嗎？」

「小人怎麼敢？」小漢哭喪著臉哀號，「我是眞的想不到辦法了，求偉大的Boss大發慈悲，爲小人指點迷津吧。」

「連古裝劇的腔調都出來了，看來的確是被搞瘋了。」舒揚低聲咕噥，思索了片刻，終於拋出一句對小漢來說無異於天籟的話，「把她的案子轉到九樓來吧。」

「Boss你要親自出馬？」小漢嘴邊的笑容已快裂到耳際，「雖然Boss英俊瀟灑聰明絕頂前無古人後無來者，是正義與美麗……不，與帥氣的化身，但這個客戶實在不是一般的難搞，我怕連Boss都不是她的對手啊。」

「少來，以爲用激將法我就會掉進你的圈套？告訴你，接下這個案子是爲了不讓別人覺得我們公司連這種程度的問題都解決不了，我才打算親自接手！」

「是是是。」

「不過是個缺乏少女心的女人，哥多少大風大浪沒見過，還怕搞不定她？」

「當然當然。」

「問她明天下午能不能來公司一趟，我直接和她談。」

舒揚翻了翻桌曆，儘管接下來到年底他的行程滿檔，可應付這種小案子應該不需要花費多少心力才是，說不定不到一個月就能將她徹底調教成浪漫愛情的忠實信徒。

很久以後舒揚回想起這一天，他認爲這大概是自己三十四年來的人生裡，頭一次眞正意義上的「失算」。

♥

程宥寧覺得自己最近的運勢不是很好，似乎全世界都在和她作對。

她親自寫了一封文情並茂的採訪邀請函給SNY執行長舒揚，卻仍被婉拒。雖說在意料之內，但還是有些受打擊。

既然舒揚不願受訪，程宥寧只能將目標轉向備案人選——精神科醫師夏沐禮。

夏沐禮一開始也不太願意，幸好經過子翔百般說服外加懇求之後，他總算勉爲其難答應了。程宥寧想，他應該是那種不懂得拒絕別人的濫好人，要不然也不會隨隨便便就答應跟媽媽在菜市場遇到的大媽的女兒吃飯。

另一件令她氣悶的事則是關於自己的少女心開發，進展也一點都不順利。

去SNY做完諮詢隔日，一位名爲阿杰的陽光帥哥就找上她了，他說他是由SNY派來協助她開發少女心的，這讓她頗感意外。

倒不是以爲對方是詐騙集團，而是她原本以爲過來指導她的「老師」，會是個像她的助理

小芸一樣少女心爆棚的妹妹，要不然就是個馭男有術的情場老手，怎麼樣都沒想到竟會派一個年輕小鮮肉過來。

這使她頓時感覺自己就像那種孤單寂寞覺得冷的有錢老女人，耐不住空閨寂寞，花錢找男人陪伴，尤其當她與阿杰並肩走過管理室時，管理員大叔一直用詭異的目光盯著他們，更加證實了程宥寧的想法。儘管如此，她還是選擇相信SNY的安排，畢竟在沒嘗試過之前就輕易否定，並非明智之舉。

阿杰說要載她去上班，雖然她自己有車，可她依然同意了。程宥寧忘了曾經在哪裡聽過一種說法——談戀愛就是讓對方為你做你自己就能做到的事。

她滿懷期待地想，或許這將是她少女心萌發的開端。

誰知阿杰騎的是重機，重機當然沒有什麼不好，像阿杰這種年輕健壯的帥哥騎著重機，畫面的確養眼，不過前提是她不是上面的乘客。

程宥寧承認她早已過了追求速度感的年紀，在市區騎重機除了廢氣和喇叭聲外，別的她都感受不到，而且才剛吹整好的髮型被安全帽一壓就等於毀了，幸虧她今天穿的是褲子，要不然在撥開紛飛的亂髮時，還得顧及被風吹得揚起的裙子，她真怕自己忙不過來。

坐在後座的程宥寧，一手抓著座椅後方的握柄，一手壓住頭髮，在一次停紅燈時，阿杰忽然拉起她的雙手環住他的腰，她不得不緊貼他只穿著單薄T恤的後背，再次確認了他的身材確實練得很不錯，而這讓她感到……很熱。

不是因為肢體碰觸而使心跳加快的燥熱，也不是因為害羞使得臉頰發燙，是單純因為氣溫

過高而黏膩難耐的那種熱。

在炎熱的八月天裡與他人身體緊貼，在這種情況下還能覺得浪漫的女生才是眞的有病啊！熱死人的重機之旅體驗過一次就夠了，所以當阿杰說中午再過來接她去用餐時，她委婉地提議不妨改坐公車。

程宥寧自認在公車上表現不錯，儘管年紀有差距，但在看出阿杰有健身習慣後，順利找到了共同話題。她認爲運動能分泌腦內啡，使心情愉悅，並提升工作效率，於是一有空閒便會前往健身房，多少累積出一些心得。

雙方聊得頗爲投契……嗯，至少在程宥寧看來是如此，本以爲這是個不錯的開始，也許健身話題未來將會成爲她成功拓展異性緣的一項利器，誰知隔天早上過來接她上班的就換成另一個人。

雖然程宥寧有點困惑，不過轉念一想，或許SNY的策略是讓她每日練習和不一樣類型的男人相處，就沒有提出異議。

阿笙比她大五歲，看起來是個事業有成的穩重男人，體態維持良好，散發出成熟魅力，給人一種溫暖舒服的安全感。

連著兩日都有不同帥哥在大廳等她，驚得管理員大叔的眼珠子差點掉下來，程宥寧對此已能淡定看待，她的適應力一向媲美小強。

阿笙約了程宥寧中午一起吃飯，她自然爽快地答應了。沒想到兩人一同步行至附近一間日式餐廳的途中，竟忽然下起傾盆大雨。

程宥寧永遠都會在包包裡放一把傘，因此那種白馬王子撐著一把傘前來搭救的浪漫情節從來不可能降臨在她身上，這一次也一樣，而且她還搶了「白馬王子」的角色。

當她帥氣地從包包中找出摺傘爲阿笙遮風擋雨時，他怔了怔，用微妙的表情看著她好一會兒，才趕緊從她手中接過雨傘。沒過多久，突然一輛機車從兩人身畔呼嘯而過，程宥寧下意識地把站在馬路外側的阿笙拉到身後，卻發現阿笙又用那種微妙的表情呆愣地望著她。

隔天早上，阿笙沒再出現，這點程宥寧並不意外，讓她訝異的是，也沒有出現另一個男人。下午她就接到SNY來電，告訴她爲了提供更有效的服務，已將她的案件轉至九樓部門，請她隔天下午四點半再到他們的總公司一趟。

程宥寧其實已經有些意興闌珊了，前兩天的嘗試都不怎麼順利，原本期望可以藉此了解SNY的運作，也因爲執行長舒揚拒絕受訪而失去了繼續下去的必要。

她想，要是對方這次沒能提出什麼有建設性的方案，似乎就不必再浪費時間了。

程宥寧不曉得SNY爲何要將自己的案件轉交至九樓部門處理，也記不太得九樓部門負責處理的案件類型，直到她再次來到SNY總公司，站在樓層說明牌前，才終於憶起。

九樓，連上帝也束手無策的疑難雜症類。

Chapter 06

舒揚第一次見到程宥寧本人時，著實嚇了一大跳。

倒不是程宥寧長得多驚天地泣鬼神，而是事實和想像之間的差距太大了，就像你網購了一個水桶包，結果快遞送來的卻是一袋水煎包，叫人怎能不驚嚇？

舒揚以爲自己會見到一位「筋肉女超人」，不過考量到程宥寧從事時尚產業，所以也曾臆測過對方可能是位穿著裙子蹬著高跟鞋的筋肉女超人。

其實舒揚有看過程宥寧的照片。在會面之前，舒揚已經大略讀過一遍程宥寧的資料，但資料裡附的照片他只隨便掃過一眼，並未放在心上，因爲他十分清楚女人的照片從來就只能當作參考，這點從毛延壽爲王昭君繪製的畫像，到現今臉書上無數沒有最騙只有更騙的網美照片皆可見一斑。

從透明玻璃牆外看進去，坐在會議室裡滑手機的程宥寧，短裙之下穠纖合度的雙腿交疊，一頭淺褐色及肩長髮全披在左肩上，露出了白皙修長的頸子及形狀漂亮的鎖骨，隱隱約約流露出的性感，可以吸引大多數男人的目光。

舒揚不明白，爲什麼一個外貌如此出色的女人會從未談過戀愛，再想到小漢口中對她那些令人匪夷所思行徑的描述，又感到更加不可思議了。

然而這念頭才剛在他腦中一閃而過，便見會議室裡面的程宥寧肩膀詭異地抖動了起來，且

抖動的幅度愈來愈大，精心描繪的紅唇伴隨著豪邁的笑聲扯出一個大大的弧度。

這位小姐笑得還眞是旁若無人……舒揚額角默默冒出一滴冷汗，他竟莫名有些好奇到底是什麼事能讓她笑成這樣。

舒揚正了正神色，推門走入會議室。

程宥寧聽見門被推開的聲響，抬頭看了過來，她眼中閃著濕潤的水光，似乎是方才被大笑逼出的眼淚。

那是雙我見猶憐的盈盈水眸，然而一想到成因實在是讓人無法我見猶憐。

舒揚覺得這女人身上眞是無一處不透著莫名其妙。

「妳好，是程宥寧小姐吧？」舒揚禮貌微笑，拉開椅子在她對面坐下。

「嗯，我是。」程宥寧收起手機看向舒揚，待看清對方的長相，她垂下肩膀，無奈地嘆了一口氣。

「怎麼了？」舒揚坐直身子，錯愕地問。

程宥寧這個女人，居然第一次見面就對他嘆氣，而且貌似是在嫌惡他，眞是豈有此理！

「我說弟弟啊，姊姊對吃嫩草沒興趣，你們再換一個人過來，我還是不會有感覺的。」程宥寧搖頭，「有沒有別的方法啊?這招眞的對我不管用。」

「弟、弟弟？」舒揚發覺自己的身軀微顫，但仍盡量維持得體的笑容。

他一定是聽錯了，怎麼可能不是聽錯呢？

「你應該才剛出社會吧！」程宥寧對他勾起嘴角，「姊姊我好歹也年過三十了，叫你一聲弟弟不過分吧？」

舒揚攥緊放在桌下的拳頭，做了幾個深呼吸，面上依舊掛著微笑，語氣卻有些僵硬，「我今年三十四歲了，程小姐。」

「喔？眞的嗎？」程宥寧吃驚地低呼一聲，「抱歉，你看起來還很年輕。」

在職場上很多時候都需要說些客套話，可是這次倒是她發自肺腑的大實話。

其實不能怪她誤會，舒揚臉龐的膚質宛如新剝的水煮蛋般光滑細嫩，雙眼皮褶子很深，一雙圓大的眼睛好似天眞無辜的小鹿，活脫脫就是個乖巧的大男孩，讓人想要……摸摸他的頭。

「你眞的三十四歲了？」程宥寧微微傾身向前，想要將他的臉看得更仔細些，「你有打過肉毒桿菌或是做過微整形嗎？」

「沒有。」舒揚仍保持著笑臉，因爲他的面部肌肉已經僵掉了，「程小姐想繼續討論這個話題嗎？還是可以進入正題了呢？」

「呃，那就進入正題吧。」程宥寧坐直身子。

「首先，我先向程小姐自我介紹。」他遞了一張名片過去，「我叫Nick，是SNY團隊的專業顧問，從今天起由我接手程小姐委託的案子。之所以會臨時更改負責人，是希望能爲妳提供更優質的服務，如果造成妳的不便，還請多見諒。」

提供更優質的服務？程宥寧默默地思索著，難道是幫她找來顏值更高的帥哥？但她又沒有多付錢，爲什麼會忽然想要替她「升級服務」？

天下沒有白吃的午餐，也不知道這當中有沒有什麼不可告人的內情。

程宥寧悄悄升起警戒心，決定以不變應萬變，先看看對方怎麼說，再判斷要不要繼續進行委託。

她接下舒揚的名片，放進皮夾裡收好，「不便倒是沒有，只是覺得有點突然。對了，有個問題想請教你。」

「程小姐請說。」舒揚雙手交疊放在桌上，眼神鼓勵地朝程宥寧看去。

程宥寧環顧四周，接著不自覺壓低聲音問：「九樓平時處理的案件多嗎？我發現這層樓除了我以外，好像就沒有其他客戶了。」

「最近這一兩個月，被分配到九樓的案子的確只有程小姐這一件。」舒揚頓了頓，似乎在斟酌適合的措辭，「一般來說，這裡處理的都是比較棘手的案件，多半一年不會超過十件。」

「棘手……」程宥寧抽了抽眉角，那她的案子也算是SNY年度十大棘手案件了，某種程度上來說，自己還是挺了不起的。

「方便問一下，最近一樁九樓處理的『連上帝也束手無策的疑難雜症』是什麼樣的案子？」她見舒揚面露遲疑，趕緊擺擺手解釋：「純粹只是好奇而已，不方便說就算了。」

「三個月前破解了一樁懸了十五年的連環分屍殺人案，半年前接了一個高空拯救人質，同時拆除電磁脈衝炸彈的案子。」舒揚微微一笑，「程小姐不必擔心，相較於這些案件，妳的委託並不算太難辦，只要盡量配合我的指示，相信很快就能幫助妳達成目標。」

看著舒揚寫滿眞誠的大眼，程宥寧只覺她的少女心開發之路大概就交代在這裡了。

她大致猜到了她的案子爲何會被轉到九樓來，不外乎就是案子太難辦，需要換個部門處理，這也無妨，重點是新任負責人Nick看起來一點也不可靠啊！

雖說人不可貌相，但要相信這一臉呆萌的新顧問經驗老道，就像要她相信挖鼻孔能變聰明、吃鼻屎能增加免疫力一樣，著實太爲難人了。程宥寧想著，還是先去問問余晉冬的小男友葉書騏介不介意跟她一起多元成家比較保險。

自創立SNY以來，舒揚接觸過的客戶不勝枚舉，他一眼就看出程宥寧對他能力的不信任，而且是因爲他的娃娃臉。儘管心中有氣，不過他也不會幼稚到跟她在這件事上計較，他相信自己的專業可以證明一切，最終讓她爲曾經的質疑感到羞愧。

「程小姐，我再和妳確認一次，妳的委託需求爲開發少女心，也就是說妳希望我們協助妳養成浪漫情懷，藉此找到適合的對象，並建立一段穩定的感情關係，是這樣沒錯吧？」舒揚翻了翻手中的資料。

「差不多是這樣。」程宥寧點頭，她猶豫了一會兒，略微難爲情地說：「其實我跟我媽保證在年底前會帶個女婿回去給她看。」

「程小姐請放心，時間絕對不是問題。」舒揚嘴角勾起一個自信優雅的笑，「既然妳選擇了我們公司，我們一定不會讓妳失望。當然，前提是妳必須信任我，盡可能地配合我的安排，要不然就算有千百種辦法能夠幫妳，妳不願意執行也只是空談。」

程宥寧的心思被對方一針見血地識破，一時之間有些尷尬，看來這位長相呆萌的新顧問沒有她想像中那麼簡單。

「我知道了。我會努力配合，可是希望你們能提出一些有效率的方案，畢竟我工作繁忙，抽不出太多時間在這件事上。」程宥寧鄭重地點頭，她看舒揚微微皺眉，以爲他不懂自己的意思，又補充說明：「比如說前幾天輪番派不同類型男生來跟我約會，這個辦法對我來說可能不太有效，或許可以直接試試別的方法？」

不是小漢的作法有問題，是妳這個人本身就存在著大大的問題！

舒揚在心裡腹誹，但面上依舊一派客氣，「關於這一點，我認爲程小姐的情況比較特殊，之前的作法對妳來說也許太……打個比方，就像連英文字母都還沒認全便要求妳跟外國人對話，實在太爲難妳了。先前是我們設想不夠周到，這次我打算從基礎開始，第一步，就是先讓我認識妳，當然，也讓妳重新認識自己。」

「認識我自己？」程宥寧狐疑地挑眉，「我還不夠了解自己嗎？」

「沒有一個人能眞正認識自己。」舒揚輕輕搖頭，「不只是妳，我也一樣。有句話叫做知己知彼，百戰百勝，既然妳今天要戰勝的對象是自己，那怎能不先徹底了解自己呢？」

程宥寧深思了片刻，認爲他說的也不無道理，「好吧，那我應該怎麼做？」

接下來，舒揚問了她一些問題，聽到她說起自己在《玻璃鞋》任職時，只覺得這間公司的名字似曾相識，壓根兒忘了幾天前剛被他拒絕的採訪邀約，恰好是由《玻璃鞋》的總編輯程宥寧所提出的。

「妳從小到大連一次戀愛經驗都沒有？」舒揚問到這裡，對程宥寧的印象已經從不可思議到無法置信了，不把她做成標本供科學家研究簡直可惜啊。

「這種事我沒必要騙你。」程宥寧無所謂地聳了聳肩。剛開始要對別人說起這件事時的確會有些窘迫，不過如今她已能坦然相告。

沒談過戀愛又不是罪，她沒有對不起誰。

見程宥寧態度坦蕩大方，舒揚頓覺自己太過大驚小怪了，他輕咳一聲掩飾那股古怪的負罪感，繼續問：「連暗戀的經驗也沒有？從來都沒有爲一個人怦然心動過？」

程宥寧的指尖在桌面輕敲，陷入思考，「啊，也不是沒有。有次和同事去看一部愛情電影，男主角彭于晏回頭一笑的那個鏡頭讓我的呼吸頓了一拍。」

「原來是藝人啊……」雖然和預期中的答案不太一樣，但至少她還有欣賞的男明星，也不算是完全沒有少女情懷，舒揚滿心期待地追問：「然後呢？」

「然後？會有什麼然後嗎？」程宥寧奇怪地看了他一眼。

「妳不會對彭于晏有憧憬，希望未來的另一半能和他有相似的特質嗎？」舒揚努力尋找合適的措辭，企圖讓程宥寧理解，其困難程度不亞於他上個月用才學了不到一個星期的阿拉伯語，與一個杜拜商人洽談合作案。

「不會啊，只是純粹覺得對方很帥、很賞心悅目而已。」她看舒揚一臉茫然，便貼心地向他解釋：「你看，現在不是很流行把欣賞的藝人稱爲男神或女神嗎？你會崇拜他們，可是不會有跟他們交往甚至是結婚的欲望啊！就像你難道會想跟玉皇大帝或是媽祖娘娘在一起？」

在客戶面前一向舌粲蓮花的舒揚，此時已經被程宥寧的神邏輯搞得無言以對，索性換了個話題，「妳單身至今，都沒有感到寂寞或困擾的時候嗎？」

「寂寞倒是還好，困擾嘛……」程宥寧垂眸細思良久，以至於舒揚差點以爲她在計算什麼數學難題。

他決定試著給她點提示，至少讓她有個方向，「一個人去餐廳吃飯，不會覺得彆扭嗎？」

「不會啊，一個人去排隊餐廳吃飯，多半不太需要候位就有位子，多方便啊。」她說得很眞誠，半點酸葡萄心理都沒有。

「那麼家裡燈泡壞掉的時候呢？會不會希望能有一個可靠的男人幫妳？」

「換燈泡有什麼困難的？我們家的燈泡都是我在換的啊。」程宥寧微微皺眉，「我一直無法理解爲什麼這個社會總是認爲女人不會換燈泡，明明只要把燈泡轉開換上新的就好，女人知道怎麼轉開睫毛膏的蓋子，又爲什麼會不知道怎麼換燈泡？兩者的動作根本一模一樣。而且要是有心摸索，連馬桶、水管和瓦斯爐都可以自己修。」

大姊，妳好歹給水電工留點工作機會吧，舒揚在心裡嘆息。他絕望到早就忘記最初會問這個問題的目的了，思緒開始偏離主軸。

「啊，說到困擾，我突然想到一件事。」程宥寧彈了記響指，「單身這麼多年，我最大的困擾大概就是這個了。」

「是什麼呢？」舒揚已經不期待程宥寧的回答會在正常人類預料範圍內了。

「便利商店咖啡的第二件七折活動！」她握起拳頭，愈說愈憤慨，「明明直接做單杯八五折的優惠，算起來價錢也會一樣啊，幹麼老是要逼人買兩杯？自己一個人喝咖啡就活該不能打折嗎？」

「妳知道嗎？其實可以寄杯。」舒揚話聲平板：「先付兩杯的錢，當天只取一杯，另一杯日後再去兌換即可。」

「我當然知道。」程宥寧從鼻子裡哼出一聲，「但還是很不方便啊，不僅非要到當初結帳的那間便利商店才能兌換，還要特地把發票保存好，而且有時忘了自己有寄杯，下次又會重新再買，我不曉得在這上頭花了多少冤枉錢。」

舒揚忽然覺得小腹湧起了熟悉的翻攪感，「或許妳下次可以試試一次喝兩杯？」

「過猶不及。」程宥寧認眞地搖搖頭，「一天喝太多咖啡對身體不好。」

媽的，這女人爲什麼這麼難搞？舒揚要自己冷靜下來，「據我所知，雜誌總編輯的薪水應該不錯吧？」

「還過得去。」她眼神帶著些防備，「怎麼突然問起這個？」

「我只是好奇，既然妳的經濟條件不錯，爲什麼會對便利商店的咖啡折扣如此耿耿於懷？」

「這是兩回事。」程宥寧搖搖手指，「這只是單純的心情問題。」

「我們來聊聊別的吧！」舒揚怕再聽下去自己會忍不住衝去廁所，便又換了個話題，「妳的興趣是什麼？」

「興趣？」程宥寧手指輕敲桌面，「工作算嗎？」

「除了工作以外。」舒揚額角上的青筋跳了跳，「閒暇之餘，妳都喜歡做什麼？」

「閒暇的時候啊……喔，我有空就會去健身房，最近把十一字肌練得很不錯，你想看看嗎？」

「我不想看！」舒揚暴喝一聲，止住正要掀開上衣展現腹肌的程宥寧。

程宥寧手指還拽著上衣下襬，愣愣地望向驀地進入狂暴狀態的舒揚。

下一秒，他才意識到自己竟然失控了。就算再刁鑽的顧客，他也總有辦法四兩撥千斤從容應對，他對自己的修養與進退應對一向很有信心，然而不知為何，面對眼前這位初次謀面的女顧客，他腦中的理智線卻忽然啪地一聲斷裂了。

舒揚輕咳了幾聲，故作若無其事地說：「我的意思是，妳能練出腹肌，這點令我很……佩服。這樣就可以了，不需要讓我眼見為憑。」

「好吧。」程宥寧感覺得出他對她的腹肌不是很感興趣，自然不會勉強對方繼續討論這個話題，那樣就太白目了。她迅速整理好衣服下襬。

「妳還有其他嗜好嗎？比如說妳通常會從事些什麼活動，紓解工作疲勞？」舒揚怕程宥寧再說出什麼驚天地泣鬼神的答案，連忙補上一句：「例如看看書、聽聽音樂之類的？」

「說到紓解疲勞，我倒是有蒐集紓壓神物的習慣。」程宥寧頓了頓，有些遲疑地問：「你想看嗎？」

「當然好啊！妳有帶在身上嗎？」舒揚以為她指的是香氛蠟燭、精油一類的物品。

「我一直存在手機裡。」她拿起放在桌上的手機，正準備滑開密碼鎖，動作卻倏地停了下來，抿唇低語：「還是算了，我覺得你不會感興趣……」

「不不不，我非常想知道！如果妳今天不告訴我，我晚上恐怕會睡不著覺。」舒揚輕而易舉地說出一串違心之論，眼睛都沒眨一下。

程宥寧等得就是這句話，聽他說完，立刻興沖沖地解開密碼，滑動手機螢幕翻找著。

「看在你那麼好奇的分上，我就直接給你看我最厲害的珍藏。有了，聽好了喔！」她清了清嗓子，挺直腰桿朗聲問：「達文西密碼的上面是什麼？」

「什麼？」舒揚被她突如其來的古怪問題搞得一頭霧水，但看她一臉正經，便認真思考了起來。

達文西密碼的上面？指的是美國作家丹．布朗所著的暢銷小說《達文西密碼》的前傳嗎？假如他沒記錯的話，應該是——

「《天使與魔鬼》？」舒揚不確定地答道。

「錯！」程宥寧搖搖頭，「是達文西『帳號』。」

「……」

「那達文西密碼的下面是什麼？」程宥寧興致勃勃地接著提問。

直到此刻，舒揚才明白原來她所謂的紓壓神物是冷笑話。他覺得認真答題的自己簡直智障到不能再智障。

「我猜不出來。」他面無表情地說。

「答案是……文西，忘記密碼了嗎？」程宥寧沒等舒揚反應，就已笑得人仰馬翻，她抹去眼角笑出的淚水，滿心期待地問：「是不是很白痴？你還要再聽聽別的嗎？」

「好啊。」舒揚依舊面無表情。

「一隻海獅會害怕，那三隻海獅呢？」

「……不知道。」

「會不知所措！就是韋禮安的那首〈還是會〉啊，哈哈哈。」

「……給我一分鐘，我想去一趟洗手間。」說完，舒揚隨即起身衝出會議室。

待舒揚再次回到會議室，程宥寧低頭瞥了手上的腕表一眼，不多不少，正好一分鐘。由此可見他是個極爲守信的人，那他先前保證能幫她開發少女心，應該不是隨便說說而已，她心裡對他的質疑又少了些。

「抱歉，肚子突然有點不舒服。」舒揚對她歉然一笑，拉開對面的椅子坐下。

程宥寧臉上頓時露出了同情之色，「要保重啊，會不會是得了腸胃型流感？」

妳才得腸胃型流感！妳全家都得腸胃型流感！舒揚在心裡念了聲阿彌陀佛，以免不小心造下殺孽。

「多謝關心，我想應該不是。說回正題吧，接下來三天我要出差，沒辦法跟妳碰面，所以想先幫妳出項作業，我回來後會驗收。」舒揚堆起笑容，注意到程宥寧緊蹙著眉頭後，放柔語氣解釋：「不必有太大的壓力，作業並不會很困難。妳大概多少有看過一些漫畫吧？」

「有。」程宥寧輕舒一口氣，幸好他出的作業不是要她去搭訕男人。

「這段時間妳把那些漫畫再大略看過一遍，下次跟我說說妳有沒有從中得到什麼想法或啓發。」舒揚說到一半，腦中忽然閃過一個念頭，「我還是先確認一下好了，妳看的都是哪些漫畫？」

「《航海王》。」程宥寧如實回答：「以前還看過《灌籃高手》和《火影忍者》，最近幾年工作忙就比較少看了。」

我就曉得……舒揚眉角的那根筋跳得歡快，「我指的是少女漫畫。」

「少女漫畫？我從不看那種東西。」

不意外，不然妳也不會有今天。舒揚暗自腹誹，「能不能和身邊的人借來看看呢？或者SNY也能爲妳準備。」

程宥寧想起她那少女心爆棚的助理小芸，不情不願地說：「我大概借得到，不過一定要看那種東西嗎？我覺得少女漫畫的情節都太不切實際了。」

「爲了讓讀者懷抱憧憬，少女漫畫裡的情節確實是過於夢幻了些。可是現在的妳，連什麼是浪漫都不懂，少女漫畫應該可以爲妳帶來一些啓發，然後我們再一起討論，看看是否可以從中挑選出某些妳較能接受的部分來學習。」

程宥寧聽得滿臉鬱悶，害舒揚差點以爲自己是在逼良爲娼。

他想了想，又循循善誘道：「妳就當成在看教科書吧！就像以前讀書時，即使再討厭還不是必須看《論語》、《孟子》才能考試？」

比起看少女漫畫，我寧願讀《論語》和《孟子》……程宥寧在心中嘆息，卻不得不認命。天下沒有白吃的午餐，她想要找回她那打從娘胎出來就離家出走的少女心，必然得付出努力。她一直都對讀書很在行，這次就當作來到補習班吧，補習的科目是「少女心開發」，教材是「少女漫畫」，以前連微積分和牛頓三大運動定律都克服了，沒道理這一科過不了關。

「我明白了，我會努力研究的！」程宥寧鬥志滿滿地應下。

「很好，不只是少女漫畫，偶像劇和言情小說也在學習範圍內。」舒揚感受到程宥寧的決心，覺得總算在愁雲慘霧中瞥見一絲光明，「期待妳三天後的蛻變！」

❤

「以上是夏沐禮醫師專題採訪的最後細節確認報告。」子翔說完之後長舒了一口氣，他的頂頭上司美妝組組長Nancy朝他眨眨眼，讚賞地豎起大拇指。

他看向程宥寧，小心翼翼又帶著點期盼地問：「宥哥，還有哪邊需要修改的嗎？」

「大致上都差不多了，第一次能做到這樣很不錯，辛苦你了。」程宥寧朝他贊許一笑，「但是那間出借衣服的贊助廠商一向龜毛，照片拍完之後記得要馬上把衣服還回去，否則下次就很難再借了。關於這一點，巧薇，你們時尚組也幫著多注意些。」

「好的。」巧薇點頭。

「對了，宥哥妳下午三點會過來拍攝現場嗎？」子翔看著程宥寧問：「需不需要替妳引見夏醫師？」

「千萬不要！」程宥寧立刻回絕。

子翔被她這激烈的反應搞得一頭霧水。

程宥寧勉強解釋：「我不想耽誤你們的拍攝時間，你做事我放心，就不去現場確認了。」

「我知道了，我不會讓宥哥失望的！」子翔見程宥寧對他如此「寄予厚望」，激動不已。

程宥寧望著他臉龐寫滿的感謝，默默心虛了一下……什麼不想耽誤拍攝時間、放心他做事全是胡扯。

她只是不想再和夏沐禮扯上關係。

Chapter 07

程宥寧果眞說話算話，明明就在同一棟大樓裡，夏沐禮的專題採訪她連瞧都沒去瞧一眼。

其實這次也不能說她是因爲私人因素而逃避工作，既然都坐到總編輯這個位子了，很多事大方向確認過沒問題就行了，執行的細節並不需要她一一過問。不過她做事一向謹慎，所以以往她就算再忙，也會抽空過去看看拍攝過程，然而這次……她給自己的藉口是：該開始學著放手了，信任手下即使沒有她盯梢也能將事情辦得妥貼。

程宥寧本以爲待這次的專題拍攝結束，她和夏沐禮就再也不會有交集，卻沒料到老天爺，還有她那位「値得信任」的員工，聯手跟她開了個大玩笑。

再次見到夏沐禮的那一刻，程宥寧在心中下了兩個結論：第一，過年她老媽要她去安太歲時，她不該一口咬定那只是廟方賺錢的玩意兒就當耳邊風，人可以不吃飯，但不能不信邪；第二，《玻璃鞋》的員工教育是應該重新檢討了，手下不會看臉色也就罷了，至少視力不要這麼好。

這天她難得提早完成手邊的工作，想回家研究一下向小芸借來的「少女心開發教材」，卻在公司一樓好死不死遇上剛結束拍攝的子翔等人，當然也包括了夏沐禮。

程宥寧遠遠就看見夏沐禮，暗罵了句髒話後，連忙背過身去，打算繞後門出去，沒想到子翔突然該死地喊了她一聲「宥哥」。

程宥寧故意裝作沒聽到，甚至加快了腳步，但子翔仍不肯輕易放棄，接著高喊：「宥哥！宥哥！」

程宥寧哀怨地轉過身，舉起包包對子翔揮了揮，示意他快走。

子翔誤以為程宥寧是在跟他打招呼，聲音更加熱情了，「宥哥！妳要不要過來跟夏醫師打聲招呼？」

她抬起雙手大大比了個「叉」，正用著氣音吐出「不要」兩個字，就對上夏沐禮那雙藏在眼鏡後的淺棕色眼睛。

嗯，他今天戴了眼鏡。

程宥寧動作一頓，和夏沐禮安靜地對視了大約三秒鐘，才將比著「大叉」的雙手硬是改成了拉筋的姿勢，尷尬地僵笑道：「哈哈！真巧，又見面了！」

「真巧。」夏沐禮眼中帶著微訝，「程小姐……也在這裡工作嗎？」

「我媽竟然沒告訴你？」程宥寧比他更吃驚，她還以為老媽已經把她的身家資料向他徹底交代清楚了。

「原來你們早就認識了？」站在一旁的子翔詫異程度又更上一層樓了。他看了看靦腆的夏沐禮，再轉頭看著笑容略顯不自然的程宥寧，一陣短暫而詭異的沉默過後，他腦中倏地閃過一道靈光。

這不正是展現他善解長官意的最好時機嗎？

「宥哥、夏醫師，我忽然想起還有工作沒完成。我先上樓去，你們慢聊。」

程宥寧根本來不及回應，就見子翔腳底抹油溜了，動作敏捷至極。

她揉了揉隱隱作痛的太陽穴，發現夏沐禮還站在原地看著她，似乎在等著她發話。

「採訪結束了吧！一切都順利嗎？」她只能先客套應付幾句，再找藉口離開。

「很順利。」夏沐禮點頭，猶豫了半晌，有些遲疑又有些小心翼翼地提問：「妳待會兒有空嗎？」

程宥寧心中警鈴大響，雖面色依舊，眼神卻帶著一絲戒備。

被初次見面或剛認識不久的男人問出這句話，即便男人運奇差如她，也曾有過類似的經歷，程宥寧欲言又止了片刻，還是忍不住問：「你的副業應該不是賣保險或直銷吧？」

夏沐禮一愣，反應過來後不禁莞爾，兩頰出現了淺淺的小酒窩，「我只有醫師這份工作，程小姐不用擔心。只是希望能借用妳一杯咖啡的時間……有個問題想問問妳。」

程宥寧鬆了一口氣，夏沐禮要問她的事，很可能跟方才的採訪有關。他習慣將襯衫扣子扣到最上面一顆，某種程度上來說，可以推斷他大概是個完美主義者，想要針對採訪再作探詢，也是能夠理解的。

既然都碰上了，那麼也沒必要再繼續躲他了，而且她倒是十分樂意與夏沐禮商討工作，讓他對《玻璃鞋》多留下一些好印象不是壞事。

想到這裡，她便爽快地點頭，「好啊，去附近的咖啡廳怎麼樣？」

等待服務生送上咖啡的期間，程宥寧不動聲色地打量著坐在對面的夏沐禮。

他的坐姿依然端正到不行，但看起來好像沒有初次見面時那麼礙眼了。也不知道跟從事醫生這個職業有沒有關係，他似乎偏好素淨的淺色衣服，今天穿著熨燙得沒有一絲皺褶的淺米色襯衫，扣子仍規規矩矩地扣到了最上面一顆。

唯一和上次不太一樣的是，他戴了眼鏡，細框的金絲眼鏡架在他高挺的鼻梁上，使他多了幾分沉靜的書卷氣。

「你今天為什麼會戴眼鏡？」明明是夏沐禮說要問她問題才過來咖啡廳，可他遲遲沒有開口相詢的意思，她也不好開門見山直接進入主題，這樣不就顯得她一副急著要結束這場會面的樣子，只好隨意挑揀話題閒聊。

「妳還記得我上次沒戴眼鏡？」夏沐禮的語氣帶了點意外。

程宥寧怕他誤會自己對他別有用心，趕緊解釋：「可能是因為以前讀的是服裝設計，現在又從事時尚產業，所以對穿搭造型比較敏銳，對人的長相反而不一定能記得那麼清楚。」

「原來如此。」他理解地點點頭，「其實我平時都戴眼鏡，上次是眼鏡恰好壞掉拿去送修，才會戴隱形眼鏡。」

見夏沐禮還是沒有要切入正題的跡象，程宥寧只能硬著頭皮繼續瞎扯，「你是在臺北的醫院服務，那上次怎麼會出現在臺中？你也是臺中人？」

「嗯。」夏沐禮又點了一下頭，「那天剛好放假，我媽問我要不要回家一趟，才知道……」

後面的話夏沐禮沒有說出來，程宥寧卻明白他的意思了，看他的眼神頓時柔和許多，頗有種同是天涯淪落人之感。

看來這位夏慕尼先生承受的壓力不比她少……

過沒多久服務生便送上咖啡，程宥寧端起法式榛果拿鐵啜了一口，在放下杯子抬起頭後，不由得一愣。

只見夏沐禮眉頭微皺，拿起紙巾將攪拌匙仔細擦了一遍，接著高舉過頭，把它放在燈光下左右翻看，似乎是在檢視還有沒有哪裡不乾淨，再將湯匙斜放在底盤上。然後他再抽了張紙巾，俯下身讓視線與咖啡杯杯緣齊平，沿著杯口擦了一圈，又檢查了一會兒，才心滿意足地直起身。

他對上程宥寧怔愣的目光，白淨的臉上倏地掠過一抹緋紅，心虛得像是做了壞事被人撞見，解釋的話語也有些坑坑巴巴的，「我只是、只是看這湯匙和杯緣上有水漬，覺得不太乾淨而已……」

程宥寧點點頭表示理解，直接下了結論：「原來你有潔癖。」

她這麼一說，夏沐禮面上的困窘更明顯了，略帶急迫地反駁：「其實沒有很嚴重。」

「嗯嗯，沒有很嚴重。」程宥寧的嘴角情不自禁勾起，掙扎了片刻，仍是敵不過好奇心發問：「我一直很好奇，像你們這種有潔癖的人是從小就這樣嗎？」

夏沐禮垂下眼眸，「我不是一開始就這樣的……」

他那既懊惱又挫敗的模樣看在程宥寧眼中竟有幾分可愛。

「那是因爲受到什麼刺激嗎？」程宥寧興致勃勃地追問。

夏沐禮輕嘆了一口氣，「國小一年級的時候，我很喜歡坐在我隔壁的女生，但是我有很嚴重的過敏性鼻炎，所以經常流鼻涕，她嫌我髒，就跟老師說要換座位。那時我心裡非常難過，便下定決心要讓自己變乾淨，結果後來……就變成現在這樣了。」

「那之後呢？你有再遇過那個女生嗎？」

夏沐禮點頭，語氣更加幽怨了，「遇見她後，我以爲她會喜歡我乾淨的樣子，沒想到她又嫌棄我是潔癖怪人。」

程宥寧的嘴角抽了幾回，終究還是控制不住，大大地咧開，「那眞是太可憐了……」

夏沐禮見程宥寧嘴上說著安慰之語，肩膀卻劇烈地抖動著，他突然覺得這件慘烈的往事好像也沒什麼大不了的，甚至連自己都感到有點好笑。

「妳也認爲我很奇怪吧。」他朝她無奈地笑了笑，拿起湯匙緩緩攪拌咖啡。

「這又沒什麼，我一天到晚都被人家說奇怪啊！」她也笑了，「換個角度想，別人說你奇怪，就表示他們承認你很特別，大家都想與眾不同，卻不肯當個奇怪的人，這不是自相矛盾嗎？」

夏沐禮沒料到程宥寧會如此雲淡風輕地解讀此事，仔細想想，似乎眞的挺有道理的。

「妳說得沒錯。」他心中彷彿有什麼東西清明了些，不禁淺淺笑開，兩頰上的小酒窩隱約浮現。

程宥寧看著他輕鬆的笑容，卻不自覺地想，夏沐禮竟然是那麼可憐的孩子啊！好不容易情竇初開一回，居然被喜歡的人嫌棄；爲了對方努力改變，又不小心到了走火入魔的境地，結果仍是被嫌棄，他對愛情和這個世界該有多絕望？

說不定正是因爲如此，他開始懷疑起自己活在人世間的價值，最後承受不住跑去看了精神科。幸好他終究還是挺過來了，才會決定成爲精神科醫師，用過來人的經驗去幫助更多和他一樣受苦受難的患者……

程宥寧愈想愈覺得這推論可信度很高，望著夏沐禮的眼神不由得更柔軟了些。她雖然沒有少女心，但生長在一個父母都不太可靠的家庭中，她自然而然成了家中的決策者，對待妹妹程宥心時，更不知不覺身兼了家長的角色；在職場上，她同樣把下屬都當成自己的孩子，做錯事她自會嚴厲指正，不過絕不允許旁人讓他們受到半點委屈。

因此，程宥寧身上其實潛藏了驚人的母愛，表面看起來理性到近乎無情，事實上卻非常容易心軟。

一席談話下來，夏沐禮在她眼中看來，就是隻可憐得需要多加照拂的小動物，最初的警戒心和疏離感早已退去，對他的態度也輕鬆了起來。

「話說回來，你找我來咖啡廳是要說什麼事？」程宥寧邊端起咖啡邊隨意問。

聞言，夏沐禮收起淺笑，挺直了原本就坐得很直的腰桿，扶了扶眼鏡，雙手端正交疊放在桌上，鄭重地開口：「我想問程小姐願不願意跟我結婚？」

「噗——」程宥寧剛含進嘴裡的法式榛果拿鐵，就這麼噴灑在有潔癖的夏沐禮臉上。她瞪大眼睛，愣了大約三秒，才回過神來急忙道歉：「對不起，我不是故意的！」

夏沐禮的雙眼仍反射性地緊緊閉著，臉龐大略可用慘不忍睹四個字來形容，有幾滴咖啡從鏡框邊緣滑落，沿著臉頰、下巴蜿蜒流過白皙的頸子，最後在襯衫領口暈染開來。

「抱歉，我可能要先去一趟洗手間。」他說話的口吻依然彬彬有禮，然而程宥寧並沒有忽略他語調中的微微顫音，以及過度僵直的身軀。

「好的……」她有些手足無措地迅速抽了幾張衛生紙塞到夏沐禮手裡，「你先擦擦眼鏡才看得到路……真的很抱歉，有什麼我能幫你的嗎？需不需要我現在去買一件替換衣物給你？」

「沒關係。」夏沐禮勉強扯出一個僵硬的微笑，「我醫院裡還有衣服可換，先處理一下就好。」

夏沐禮所謂的「處理一下」，其實是「處理好幾下」，程宥寧又瞥了眼手表，不禁有點擔憂。他已經待在廁所快半小時了，該不會承受不住打擊，暈在廁所裡了吧？

如果是被廚餘或糞便噴到才比較有可能會昏倒吧，方才只是咖啡……好吧，這對於潔癖患者來說大概還是很嚴重。

程宥寧心裡閃過各式各樣可怕的念頭，正當她掙扎著要不要直接衝去男廁確認情況時，她的手機響了，是余晉冬打來的。

「我訂了明晚七點的餐廳，到時候跟書騏一起吃個飯，這時間妳可以嗎？」

「嗯……應該可以吧。」程宥寧心不在焉地隨口回應，伸長了脖子緊盯著廁所的方向。

「怎麼了？妳聲音聽起來怪怪的。」

「怎麼辦，我怕我搞出人命了……」她緊握著手機，壓低嗓音道。

「妳懷孕了？」

程宥寧翻了個白眼，「那也得先有個孩子的爸出現吧！」

「難道是車禍撞到人？」余晉冬收起了玩笑態度，嚴肅地問。

「不是，我剛才喝咖啡時不小心噴出來，濺到對面的人臉上！」

「……這樣就會出人命？」

「重點是他有潔癖。」程宥寧加重語氣強調最後兩個字。

「他對妳做了什麼，讓妳這樣對他？」

「喔，他問我要不要跟他結婚。」程宥寧這才總算想起「噴咖啡事件」的源頭。她頓了頓，不安感稍稍退去了點，取而代之的是一股糾結又彆扭的情緒湧上心頭，「我問你，這種情況……你說我該如何應對比較好？」

「爲什麼我從來都不曉得，妳有個論及婚嫁的對象？」

「我也不曉得啊！事實上……我和那個男人根本不熟，今天才第二次見面，誰知道他會突然說出這麼驚悚的話。」電話那頭陡然陷入沉默，程宥寧嘖了一聲，「你是在憋笑？還是嚇傻了？快點告訴我要怎麼辦啊。」

「妳該對他跪下叩拜，感謝他捨生取義拯救全世界。」

「喂！我跟你說認眞的。」程宥寧忍下摔手機的衝動。

「我也是認眞的。妳不是答應妳媽要在年底前找到對象嗎？現在有個百年難得一見的對象……喔，我不是說他百年難得一見的好，而是有人跟妳求婚這件事簡直就是百年難得一見。總之，妳偷笑都來不及了，還在猶豫什麼？」

「可是……」就算知道好友說得沒錯，程宥寧心裡卻不知怎地有點堵堵的，她只是覺得事情不該是這樣發展。

「我問妳，妳對那個男人評價如何？是個適合作爲伴侶的對象嗎？」

程宥寧誠實地答：「他應該會是個可靠的好男人……至少家裡的打掃工作不用擔心了。」

「那妳爲什麼沒有立刻答應？」

程宥寧想要辯駁，卻發現不曉得該從何辯起。

她忽然感覺自己很矛盾，明明去SNY請求專家協助她開發少女心，爲的就是這一刻，那她還在遲疑什麼？

余晉冬似乎輕嘆了口氣，語氣不再咄咄逼人，「宥寧，一旦妳心中出現了『這樣做眞的好嗎』的疑問，就表示妳也明白這並不是最好的選擇。」

程宥寧沒有回話，正準備靜下心仔細咀嚼這番論調時，終於瞥見夏沐禮從廁所步出。

「我會好好想想的，改天聊，先掛了。」她掛斷電話，望著朝她走來的夏沐禮，心底隱隱有了答案。

「抱歉，妳等很久了吧。」夏沐禮站在桌邊，眼眸低垂，有些懊惱又有些欣喜地低聲說：

「我有時候洗起東西就會忘記時間……我還以爲妳早就走了。」

禍是她闖下的，怎麼敢肇事逃逸？程宥寧這麼想著，嘴上當然不可能這麼直白說出來，便僵笑著搖了搖頭，「沒有，也沒等太久。而且不打一聲招呼就走太沒禮貌了，不是我的風格。」

她邊說邊悄悄打量起夏沐禮……的衣服，不知道他是如何處理的，原本領口處的咖啡漬如今已經淡得幾乎看不見，雖然不能說完全看不出痕跡，但在這種情況下能清洗成這樣，簡直該稱他一聲洗衣大師。

他的襯衫領口被水打濕，比旁邊的布料深了一個色階，儘管如此，最上面一顆扣子仍被妥貼地扣著，這種雷打不動的堅持著實也是一種能耐。

夏沐禮拉開椅子再度入坐，程宥寧同時從錢包掏出一張鈔票遞到他面前，「沒能賠你一件衣服，至少讓我來出乾洗費，實在是很不好意思。」

他看見程宥寧手上的鈔票，頓時猶如目睹什麼可怕的東西似地驚慌擺手，「不用，眞的不用！不過是個意外而已，妳不必放在心上。」

「可是……」

程宥寧還想再說些什麼，可夏沐禮已慌忙地將鈔票連帶她的手推回去，「求妳了，眞的不用賠我錢。」

「喔……好吧。」程宥寧聽他都用上「求」這個字眼了，只能勉爲其難地點點頭，她想把錢收回皮夾，卻發現夏沐禮的手依然按在她的手背上，「那個……」

一開始夏沐禮還疑惑地看著她，等到他終於意會過來，才像是碰到熱鐵般急忙抽回手，耳根更是泛起一陣薄紅，「對不起！」

「沒關係。」程宥寧無所謂地笑了笑。眼前這位連碰個小手都會面紅耳赤的純情男子，和剛剛單刀直入向她求婚的是同一個人嗎？難道他患有人格分裂？

「對了，我幫你重新點了杯同樣的咖啡。」她指向他面前的那杯熱美式，「我不確定原本那杯有沒有被濺到，換杯新的比較保險。」

夏沐禮盯著那杯咖啡，略微怔愣。

程宥寧連忙補充：「你放心，咖啡匙跟杯緣我都擦過了，絕對乾淨。」

他靜默半晌，就像想到什麼似的，逕自搖頭笑了起來，兩頰的酒窩在燈光的渲染下看起來竟有些迷人，「好的，謝謝妳。」

這次他直接拿起湯匙放入杯中攪拌，啜飲了一口咖啡，目光再度投向程宥寧，確認她並未處於「正要喝咖啡」、「正在喝咖啡」、「正吞下咖啡」這三種過程中後，才清了清喉嚨重新開口：「關於我剛才提的……結婚的事，不知道程小姐考慮得怎麼樣？」

程宥寧心中喀登一聲，終於還是來了。她方才暗想，如果夏沐禮經過這一番折騰，忘記了或是不願意重新提起這件事，那就表示他們兩個沒有緣分，她就當自己先前只是幻聽，讓這事平靜地被帶過；然而要是他沒忘……也只能走一步算一步了。

「夏醫師，我沒記錯的話，我們總共只見過兩次面吧？」

「是的。」夏沐禮點點頭。

「我們只見過兩次面，你就問我要不要跟你結婚，老實說我很驚訝……呃，我的確也用行動表示了，哈哈。」她乾笑兩聲，「根據我的猜測，在我們彼此都不太了解對方、更不用說產生情愫的情況下，你提出要跟我結婚，莫非是想要協議結婚，好對雙方父母有個交代？」

夏沐禮一臉茫然，顯然是不明白程宥寧所言。

「我們年紀都不小了，也都有來自父母期盼的結婚壓力，或許在你看來，我還算是個不錯的結婚對象，才會跟我求婚對吧？」她耐心地把話說白，見夏沐禮仍沒有回應，她思索了片刻，直接問：「你愛我嗎？」

夏沐禮不答，只微微瞠大了眼睛。

程宥寧本就沒打算眞的要聽他的答案，接著說：「所以說嘛，你不愛我，卻想跟我結婚，這樁婚姻不就是建構在合作的基礎上嗎？當然，我不是說這樣不好，只是……還需要再思考一下。」

他又靜默了一會兒，似乎花了一段時間消化完她的話，才緩緩開口，低沉的嗓音穩重且誠懇，「我承認我有結婚壓力，也承認選擇程小姐作爲結婚對象並非出於愛情，而是從各方面考量都覺得十分適合。我是位精神科醫師，工作常有突發狀況，因此有很多時間必須在醫院度過。我希望我的妻子能擁有自己熱愛的事業，這樣我沒辦法陪伴她時，她也不會孤單。不過要是我能選擇，我一定會盡可能把最多的時間留給我的妻子以及小孩。雖然的確是因爲源自長輩的壓力才想要快點結婚，但對我來說，這段婚姻關係並不只是個協議，我會跟其他因愛情而結婚的夫妻一樣，用我全部的努力好好愛護我的妻子……愛護妳。」

Chapter 08

一踏出公司大門，程宥寧就被外面的滂沱大雨困住腳步。這場豪雨彷彿是從天下潑下來的，整座城市都被浸在水中，路上行人明明撐著傘，身子卻大半都濕透了。

一個小時前她有傳簡訊給余晉冬，說她的車送去車廠保養，只能搭計程車前往餐廳，可能會遲到幾分鐘。

她撐起傘衝進雨幕準備攔車，沒想到她的手才剛抬起，就馬上攔到了一輛車。不是小黃，而是一輛寶藍色的跑車。

那是余晉冬的車，程宥寧想也沒想，打開前座的門便彎身坐進去。

「你這矯情的賤人，剛剛在簡訊裡還叫我自生自滅，沒想到竟然偷偷玩溫馨接送這……」她本來一邊收傘一邊笑罵，但在餘光瞄見坐在駕駛座上的人後，嘴邊的話驀然止住，僵硬地笑了笑，「不好意思，我認錯車了。」

她的手剛搭上門把打算要開門出去，一旁就傳來一個冷淡的聲音，「坐好。」

程宥寧遲疑了幾秒，最後還是從善如流地乖乖坐好。車子發動，重新駛進雨幕中，相較於外面潮濕又混合了土腥味的空氣，車裡的味道很乾爽，依稀帶著余晉冬慣用香水的氣味。

她繫好安全帶，目光偷偷投向後照鏡，想要探究身旁的駕駛到底是何方神聖，無奈從鏡中只能窺見一副頗有設計感的墨鏡，以及微抿著的好看薄唇。

難道余晉冬心血來潮雇了一個司機？不過如果是領人薪水的司機，這種冷淡的態度未免太沒有職業道德了。她十分確定這是余晉冬的跑車，所以這人究竟是誰啊……

程宥寧想了半天卻依然毫無頭緒，這人也沒問她要去哪裡，雖然她不至於怕被他載去賣掉，但還是得問清對方是誰吧？

「請問你是？」

「矯情的賤人。」男人冷漠的口吻裡隱隱有幾分咬牙切齒。

程宥寧抽了抽眉角。這麼愛記仇，八九不離十是個年輕男人；明明是第一次見面，卻似乎對她帶著股莫名其妙的敵意……

她腦中靈光一閃，望著後照鏡中那張戴墨鏡戴得很有明星架勢的瓜子臉，不確定地開口：「你是……葉書騏？」

葉書騏從鼻子裡輕輕哼出一聲，勉強算是回應。

程宥寧睜大眼睛，索性直接扭頭興奮地打量起正充當司機的野生大明星。她一直沒有往這方面去想，就是不相信拍戲拍到連睡覺都沒時間的葉書騏，居然會親自開車來接她，沒想到余晉冬還眞捨得使喚他家小男友。

「你爲什麼認得出我？」她好奇地發問：「我指的是剛才在公司大門外的時候。」

「我看過照片。」葉書騏沒好氣地回答。

察覺到葉書騏不太喜歡她，程宥寧並不意外。余晉冬每任男友都不喜歡她，總把她當頭號情敵看待。

只是這位葉小朋友既然主動提出要跟她吃頓飯，看來是有心想要和她拉近關係，今天余晉冬要他開車來載她，恐怕也是試圖讓他們兩個熟稔些吧！

難得見余晉冬對一個人這麼用心，程宥寧決定看在好友的面子上主動搭話，熱絡一下兩人之間的氣氛。

「我可以跟你要簽名嗎？」程宥寧話剛說完，葉書騏便急踩剎車，輪胎在馬路上刮出刺耳的聲響。

「怎麼了？」

程宥寧連忙握緊安全帶，以爲前方路況有異，卻沒想到葉書騏竟側過頭望向她，語氣彆扭地問：「原來……妳是我的粉絲？我從來沒聽阿冬說過……」

「噗！怎麼可能，哈哈哈……少在那邊自作多……」那句「自作多情」尚未說出口，她就察覺到身旁傳來一陣陣寒意。

一時沒注意就忘了有時候說實話是會傷到人的……

程宥寧立刻強迫自己止住笑聲，憋著笑解釋：「是這樣的，我的助理很喜歡你，是你的瘋狂粉絲。要是方便的話，我能不能幫她要個簽名？余晉冬最討厭處理這些瑣事，所以之前我才沒有請他幫忙。」

「……」

程宥寧感覺車內的氣氛有點僵，葉書騏看起來好像並沒有要幫她簽名的意思。

她只得乾笑幾聲，「不方便也沒關係，總之你先開車吧，這樣突然停在馬路中間會擋到別人……」

「剛剛是紅燈。」葉書騏又開始咬牙切齒，似乎是做了個深呼吸，才冷冷地發話：「打開妳前面的抽屜，想拿多少自己拿。」

程宥寧聽從指示打開座位前方的抽屜，在發現裡面躺著一疊厚厚的簽名照後，終於克制不住放聲大笑，「有事嗎？哈哈哈，在別人車裡放自己的簽名照，而且還是裸上身的簽名照，哈哈哈……」

「我再說一次，那是公司要我簽給粉絲的簽名照，只是先暫放在阿冬的車裡，只是暫放，暫放！」

「我知道我知道，你說過很多次了……」程宥寧連連點頭，嘴角的弧度卻始終上揚得很放肆。

「妳知道還一直笑？不要笑！」葉書騏整個人像隻被激怒的小刺蝟，渾身尖銳帶刺，但在程宥寧眼中就只是虛張聲勢，根本起不了任何威脅作用，反倒覺得他可愛得緊。

「笑口常開才老得慢啊！」見葉書騏氣得渾身發抖，程宥寧不由得想再逗逗他，「話說回來，你身材練得還不錯嘛！那簽名照滿厲害的……」

這類話葉書騏明明聽過不下千百遍了，可不知怎地，此刻聽在他耳裡，心中竟生出一種猥瑣大叔在調戲良家少女的感覺。他縮了縮脖子，把身上那件黑色飛行夾克的拉鍊高高拉起，彷彿這麼做可以多少遮擋一點對面那人銳利的打量視線。

程宥寧見狀，笑得更歡了，甚至故意賤賤地挑眉，「嘖嘖，老娘又不是沒見過男人的裸體，余晉冬在我家的時候……」

「程宥寧，不要玩得太過火。」一個熟悉的嗓音忽然在包廂門口響起。

「還不是你家小男友太可愛，激起了我濃濃的欺負欲。」程宥寧沒有半點反省的意思。

「阿冬！」

葉書騏一看余晉冬來了，馬上在程宥寧面前淋漓盡致地展現了他榮獲多次獎項肯定的精湛演技，原先死板著的臉上綻開一個燦爛的笑容，並摘下了他一直戴著的墨鏡，上前挽住余晉冬的手臂，將他帶到自己身旁的空位坐下，眼神更有意無意地往程宥寧瞥去，帶著點示威意味。

程宥寧又一次失笑，「我還想說你幹麼不肯摘下墨鏡，原來是素顏。」

其實葉書騏素顏的樣子很拿得出去，他膚質好得不得了，那雙桃花電眼炯炯有神。不過可能是因爲程宥寧對他的印象都來自於影像作品或是廣告，畫面裡的他都經過化妝打造，因此初見這樣素淨宛如鄰家男孩的他，一時間有些不習慣。

「看來你們已經處得不錯了。」余晉冬出言調侃。他說的倒也不完全是反話，程宥寧的性子他比誰都了解，她不是個沒分寸的人，會這樣逗葉書騏玩，就表示她已把對方當自己人看待了。

一頓飯吃得很順利，儘管談不上和樂融融，但也不會尷尬冷場。程宥寧邊切著盤裡的羊小排邊想，如果她眞的跟余晉冬多元成家，「一家人」吃飯大概就會像現在這樣吧。

別看余晉冬外貌和氣質都屬於腐女口中的「帝王攻」類型，對待葉小朋友可說是呵護體貼到無微不至，看得程宥寧雞皮疙瘩掉滿地，差點忍不住開口問葉書騏能不能把墨鏡借她戴一會兒。

只見余晉冬將葉書騏點的那盤菲力牛排移到自己面前，耐心地全切成小塊後再遞回去，而葉書騏嘴上雖說自己會切，卻嘴角帶笑地咬下每一口牛排。

程宥寧在心裡碎念，自己到底是造了什麼孽才要在這裡看他們放閃啊。

「對了，昨天妳被求婚那件事，後來怎麼樣？」余晉冬吃到一半忽然問。

葉書騏正喝著紅酒，聞言被小小嗆了一下，即使沒有說什麼，但他看向程宥寧的眼神擺明寫著：哪位壯士這麼想不開敢跟妳求婚啊？

不過才第二次見面就向自己求婚的夏沐禮也不能用常理來看待，難怪別人會揶揄，連程宥寧自己都覺得荒唐。她語氣有些意興闌珊，「沒有怎麼樣，我跟他說我會再考慮一下，請他給我一點時間。」

「距離年底沒剩多少時間了吧。」余晉冬拿起餐巾擦了擦嘴，動作優雅如行雲流水，「妳確定他會一直等妳？」

「不是你跟我說一旦心中出現懷疑的聲音，就表示自己也明白這不是最好的決定嗎？」

「那妳爲什麼不立刻拒絕？」

程宥寧用叉子沾了點羊小排的醬汁，在盤子的空白處有一下沒一下地亂畫，「我在想，是不是因爲我還沒找到自己的少女心，才會下意識認爲就這樣跟他結婚不太妥當？也許當我比較了解愛情是什麼之後，就會發現夏沐禮是個値得我去愛的人，並心甘情願和他步入婚姻。」

「夏沐禮？那個和妳求婚的男人？」余晉冬抿了一口紅酒，「他是做什麼的？」

「醫生。其實上次回臺中時，我媽就有試圖撮合我們了。」程宥寧輕嘆一口氣，「也算是有緣吧！我決定把他當成練習對象，學著該如何去愛一個人。」

余晉冬點點頭，「雖然進展比較慢，不過好歹終於有個開端了。你們開始交往了？」

「交往？」程宥寧擰起了眉，彷彿聽到什麼天大的笑話，「怎麼可能？我們兩個從頭到尾都沒提到這件事，就只是先當朋友熟悉熟悉吧，再看看有沒有感覺。」

「還沒交往就直接談到結婚，你們兩個眞的很奇葩……」余晉冬搖頭失笑，「話說回來，妳的少女心開發課程現在進行到什麼程度了？」

「喔，顧問老師出了功課給我，明天要驗收。」想到堆在家裡角落的那一疊少女漫畫，程宥寧的頭又開始隱隱作痛。她昨晚試著翻閱，一本都還沒認眞看完，自己的白眼就已經快翻到後腦勺去了。

「功課？什麼樣的功課？」聽到這裡余晉冬頓時來了些興致，畢竟所謂的「少女心開發課程」他也是第一次聽說。

程宥寧糾結了好半晌，才含糊不清地低喃：「看少女漫畫……」

縱使她講得再小聲，對面兩人依然聽得清清楚楚。

「哈哈哈……」一直沉默聽著兩人對話的葉書騏，再也顧不得形象地放聲大笑，一如她早先在車上對他做過的那樣。

♥

舒揚一踏進九樓會議室，看見的就是程宥寧一副要死不活的樣子。

「昨天很晚睡？」他抱著平板電腦在她對面坐下。

「很明顯嗎？」程宥寧用手機螢幕充當鏡子，邊檢查妝容邊哀怨道：「這黑眼圈眞是太叛逆了，我已經用了很多遮瑕產品還是奈何不了它。」

「爲了工作熬夜？」

「不是，是在看少女漫畫。」程宥寧長嘆一口氣，「昨晚一口氣衝刺才總算把借來的漫畫都看過一遍。唉，女人過了二十五歲以後新陳代謝會變差，果然是眞的，我只不過是熬夜苦讀一天，黑眼圈就這麼明顯了。」

見過沉迷少女漫畫整夜不睡的女人，沒見過這種把少女漫畫當課本熬夜研讀的女人……出差三天不見，差點就忘了程宥寧那不容小覷的威力。儘管在心中瘋狂吐槽，舒揚臉上卻揚起一個鼓勵的微笑，「既然妳讀得這麼認眞，想必收穫不少，那我們就直接開始吧。」

程宥寧從皮包裡拿出一個隨身硬碟，轉頭打量四周，「這裡有投影設備嗎？」

「……妳該不會還準備了簡報？」

「當然。」

「非常好……」

在程宥寧操作電腦的期間，舒揚正糾結著到底該不該繼續這個案子。今天是試用期最後一天，還不算正式簽約，乾脆想辦法引導她放棄合作好了……

雖說人的一生中不可能永遠都不碰上失敗，他舒揚也不是軟弱到無法面對失敗的人，但失敗在這種案子上實在太丟臉了！這樣身爲執行長的他該怎麼在SNY立足？不，輕易放棄顧客是不負責任的行爲，況且當初接手這個案子時，自己還在小漢面前發下豪語，如果選擇逃避，豈不是會落得被大家恥笑的下場？可是、可是……

在閱讀少女漫畫時，仍能冷靜理性地進行分析並做出簡報，就像男女在做愛時還一邊研究著人體構造學。這個女人的病情已經藥石罔效，只能等待奇蹟出現了啊！

「老師，我準備好了。」

程宥寧的聲音將舒揚從煩雜的思緒裡拉了回來。他揉了揉眉心，暗自嘆氣，要是連他都放棄她了，那她該如何是好？衝著她這聲老師，他就……再多堅持一會兒吧。

「請開始吧。」他交疊起雙腿，朝她微微頷首。

「接下來的報告會從三大主題著手，分別是少女漫畫、言情小說以及浪漫偶像劇，我將探討從這幾項主題裡所觀察到的現象。」程宥寧縱然一夜沒睡，精神萎靡，做起報告依然從容不迫、條理分明，這是她在職場多年積累下來的功夫，也幾乎成了一種本能。

與現實脫節的浪漫才是浪漫？

論少女漫畫、言情小說、浪漫偶像劇中的經典橋段運用。

舒揚看著簡報上那斗大的標題，方才燃起的那一丁點熱情又被當頭澆熄了。

「首先先看少女漫畫。」程宥寧絲毫沒察覺到舒揚的絕望，接著侃侃而談：「第一，女主角雖然都是高中生，但健康年齡基本上和老年人相差無幾。她們下樓梯會跌倒，跑步會跌倒，走在平地上也會跌倒。根據資料顯示，老化會造成視力不良、肌力衰退，而巴金森氏症、失智症、退化性關節炎等疾病也可能是導致跌倒的成因，甚至會使病患產生挫敗感，進而罹患憂鬱症，不過少女漫畫中的女主角普遍都很樂觀開朗，所以應該可以排除這種發展的可能性。看著那些女主角臉上燦爛的笑容，再想到她們將來也許會遭遇病痛折磨，就讓人唏噓萬分……」

妳唏噓個屁啊！舒揚額角上的青筋跳了跳，他在心裡默念了十次愛是恆久忍耐又有恩慈後，才僵硬地彎起嘴角說：「非常有趣的見解……還有其他看法嗎？」

「嗯，男主角十個裡面有八個是轉學生，而且都帥得人見人愛花見花開，然後百分之八十會擁有一段傷心的過往，例如父母離婚或過世，這些先姑且不論，重點是，女主角身旁的座位絕對都是空的，而男主角永遠會被老師分配到那個剛好沒人坐的位子。」

「爲了劇情需要，有時候過分的巧合是避免不了的，基本上讀者心裡也都有數。」

程宥寧卻不同意，「就算眞的這麼巧好了，可是這種情節根本不合理。你想想，教室的座位通常是按照身高排定，而女主角普遍嬌小可人，男主角普遍高大帥氣，該是怎麼樣的巧合兩人才會坐在一起啊！我要是那個坐在男主角後面的同學，光顧著伸長脖子抄筆記就累壞了，還有辦法好好上課嗎？」

「或許他們可以一起坐在最後一排?這樣就不會擋到任何人了。」舒揚淡淡地回應。

他這話本是帶著點諷刺意味,沒想到程宥寧竟陷入了深思。

她想了半晌,才打了個響指,「坐最後一排也不行,這樣女主角就看不到黑板啦,那她要如何學習?」

「妳難道不曉得,在少女漫畫裡,讀書本來就不是重點嗎?」舒揚這會兒連出言諷刺都提不起勁了。他突然覺得自己的情緒管理又提升了一個層次,已能淡定應對這一切。

「說到這點我就更無法理解了。」程宥寧握起拳頭,頗有種恨鐵不成鋼的架勢,「儘管讀書並不是最重要的事,成績好也不代表人生就會成功,但這些孩子完全沒在念書啊!不喜歡念書沒關係,選擇發展有興趣的技能將來走技職體系也很好,不過女主角們卻整天只想著戀愛,這世上有多少人是跟高中時期的男朋友結婚過一輩子?少之又少!既然早晚都會分手,就該懂得為自己打算,多花點時間充實自己,免得最後落得愛情事業兩頭空。」

妳就是太理性地為自己打算,才會落到今天這種下場……舒揚抬頭望向窗外的天空,幽幽地吐出了一口氣,「還有其他觀點嗎?」

「有!這也是我認為巧合得最離奇的一點。」程宥寧切換到下一張投影片,藉由圖片佐證解說,「為什麼十個在開學典禮遲到的女主角,就有十個嘴裡叼著吐司當早餐呢?」

「……妳對吐司有什麼意見嗎?」

「不可能每家每戶早餐都吃吐司啊!明明每個國家每個地區的早餐文化皆不盡相同。」

「照妳這麼說,難道臺灣漫畫裡的女主角要叼著永和豆漿去上學?」

「啊，這個時候就可以加入置入性行銷。」程宥寧雙眼發亮，「既能替贊助廠商打廣告，又不會顯得刻意。」

舒揚腦中不知怎地頓時浮現出少女叼著印有「麥×登」、「美×美」字樣的早餐飲料杯在馬路上狂奔的景象。他打了個哆嗦，才不過聽了她三分鐘的簡報，爲什麼自己的思考頻率已經不知不覺被她調到同一個頻道去了？這女人將來會統治地球吧！

他甩了甩頭，把那些可怕的畫面甩出腦袋，「好吧，看來少女漫畫對妳幫助不大，說說其他的類別吧，妳看的言情小說大都是哪一類？」

「……總裁系列。」回想起自己帶著助理小芸借給她的滿滿一袋頂級私藏回家時發生的慘劇，程宥寧的太陽穴又抽痛了起來。

那天下班後她停好車，拎著那袋小說經過管理室時，不曉得是紙袋太脆弱，或是小芸塞了太多本，裝著小說的紙袋忽地唰啦一聲從底部破開，裡頭的小說全掉了出來散落一地。

管理員大叔熱心地上前幫她一起收拾，卻在看到那一本本小說的書名後，邊撿書邊用奇異的目光打量程宥寧。

「《霸道總裁的小白兔祕書》、《總裁不壞女人不愛》、《總裁大人請狠狠愛我》，程小姐的理想對象是不是總裁啊？」管理員大叔意味深長地問。

「沒有啦，這些都是我朋友的。」程宥寧面紅耳赤地解釋，要不是這些書是跟別人借來的，她早就棄書逃逸了。

「當然當然，是朋友的！現在人不好意思承認的時候，都嘛賴給朋友，哈哈。」

想到管理員大叔當時那種理解的眼神，程宥寧滿腹心酸再次湧起。她都丟了這麼大的臉，這次再不成功就太不應該了！

舒揚一聽到是總裁系列小說，也做好了準備，他在心裡不斷告訴自己，不管待會兒聽到什麼，都要保持淡定。

「好的，請開始吐槽……呃，不是，請開始分享吧！」

「首先，總裁小說裡最不合理的設定就是總裁們的年紀，即使是富二代好了，也不可能每個都年紀輕輕風華正茂便坐上總裁的位子，看看郭台銘、再看看張忠謀，臺灣的CEO幾乎都是名符其實的老董啊！要求這些長輩總裁還要能狠狠愛女主角，也實在太爲難他們了。」

雖然是這麼說，程宥寧身邊倒有一個符合小說條件的年輕帥總裁，就是她的頂頭老闆。但這種情況終歸是少數，就不列入統計了。

舒揚簡直欲哭無淚，差點忍不住指著自己大喊：誰說沒有年輕英俊的CEO？妳眼前這位就是SNY的執行長，是貨眞價實的總裁啊！

然而他終究是忍住了，爲了這一點小事揭露自己的身分並不划算。

他像喝啤酒般一口氣飲盡手邊的黑咖啡，鎭定地開口：「一個故事要吸引人，一般具有兩種特點，一是引發共鳴，二是勾起讀者的妄想。畢竟這是一個要用來賺錢的故事，男主角的設定自然愈夢幻愈好，這樣才能讓女性讀者把自己代入女主角，幻想自己也能經歷這樣的人生。妳想想，如果有一本總裁小說裡的男主角高齡六十五歲，美好的早晨是從量血壓、吃葡萄糖胺錠開始；而另一本的男主角則是三十四歲，美好的早晨是從晨泳、品紅酒開始。這兩本小說妳會想買哪一本？」

即使知道前者才是現實，程宥寧也不得不承認站在讀者的立場，不切實際的虛幻總裁確實比較有吸引力。

「我好像有點理解老師的意思了……」程宥寧緩緩地點頭，舒揚才剛爲好不容易扳回一城舒了口氣，又聽她悶聲說：「可是就算如此，我還是沒辦法把自己代入那些女主角啊，情節太不合理了。」

差點就忘記眼前這個女人是程宥寧，怎麼能放鬆戒備呢？

舒揚無奈地揉了揉額角，「不然直接來討論偶像劇吧，配合畫面妳應該比較能想像吧？」

程宥寧卻垮下了臉，「偶像劇簡直就是災難片。」

「願聞其詳。」

「第一，男主角都超愛洗澡。十部偶像劇男主角有九部在第一集一定要洗澡，想事情也洗，準備上班也洗，煩躁也洗，開心也洗，爲什麼女主角就沒有這麼愛乾淨？」

「那是因爲要賣肉。第二點呢？」

「第二，總裁滿天下。小漁村裡失憶的男主角會變總裁，山裡被狼養大的男主角會變總裁，照這樣的比率，走在西門町街頭隨隨便便撞到一個男生都有可能是將來某大企業的總裁吧！」

「這點和剛才說過的要引起觀眾的妄想有關，還有嗎？」

「第三，男主角會對女主角產生好奇就算了，但無時無刻都在關注她的一舉一動，女主角走到哪他便跟到哪，要不是因爲他帥，早就被當成變態跟蹤狂了吧！」

「妳也說了，要不是因爲他帥就完了，這個故事告訴我們人帥眞好。」

「……老師，我忽然覺得現實好令人絕望。」

「……我也覺得很絕望。」

舒揚在心中告訴自己，不要再遲疑了，就是現在！現在就是個好時機，說服程宥寧放棄少女心開發計畫，這女人沒救了！

他正想開口，就聽程宥寧沒頭沒尾地問了一句：「聽說SNY若是沒達成客戶的要求，會賠給顧客五倍簽約金做爲補償？」

一陣不安倏地竄上舒揚的心頭，他嚥了口口水，小心翼翼地問：「基本上是這樣沒錯，怎麼會突然問起這個？」

「老師，我們正式簽約吧，我先付十萬做爲訂金，不夠還可以再加。」程宥寧嘴裡雖是這樣說，語氣卻像是篤定這樁案子百分之百絕對會失敗。

「不要放棄治療啊！」這次舒揚再也忍不住將內心的吐槽高喊出聲。

Chapter 09

「……以上是英華航空合作案本週的進度。」小漢做完例行報告，就上前將新一版企畫書與進度表遞給辦公桌後的舒揚。

因爲已經聽過小漢簡報，舒揚拿到資料後只是快速瀏覽過一遍，「預算還是太高，告訴財務部至少要再壓下兩成，其他部分沒什麼問題了。對了，程宥寧的合約處理好了嗎？」

小漢點點頭，卻面露猶豫，「好是好了，不過Boss，你眞的要接這個案子？」

「合約都簽了，你還問這種廢話？」

「是沒錯，但我沒想到Boss這麼想不開……呃，不是，我的意思是，Boss爲什麼不再考慮一下啊？畢竟案子要是失敗了，我們可是要賠五倍的賠償金耶。」

舒揚從企畫書中抬起頭，冷冷瞥了他一眼，「你覺得我會失敗？」

小漢連忙搖頭否認，「怎麼可能？Boss大人英明神武，有什麼案子搞不定？」

舒揚冷哼一聲，「那個白痴女人妄想把賠償金當作穩賺不賠的投資，我就陪她玩，看看誰能笑到最後。」

Boss，我知道公司很會賺錢，可也不能隨隨便便把五十萬投進水溝啊！

小漢正在心裡淚流滿面，忽地又聽舒揚補充：「而且上次面談時，她說最近有個男人跟她求婚了，我想情況並沒有想像中那麼糟。」

「欸？」小漢驚訝地瞪大眼睛，「那這樣我們不就能收工了嗎？」

「她沒答應，說是要再考慮一下。」舒揚立刻澆他一頭涼水。

「Boss一定有好好勸她吧！依您的三寸不爛之舌……」

「我沒勸她。」舒揚有些不耐地打斷小漢，他自己也不曉得這突如其來的煩躁從何而來，「這是程序問題，她應該是要在經過我的指導後，開發自身的女性魅力，然後遇上追求者，一步一步邁向婚姻殿堂，而不是在一開始就直接論及婚嫁，那這樣我這個導師還有存在的必要嗎？這麼得不到成就感的案子我何必浪費時間接手，根本是大材小用……」

「您老幹麼突然鑽牛角尖啊，偶爾大材小用一下又不會死……」小漢垂下頭，沒有注意到舒揚臉上閃過一絲黯淡。

「再說，草率的婚姻……帶來的只有不幸而已。」舒揚望向落地窗外灰濛不明的天空，嘴角扯出帶著幾分苦澀的冷笑。

❤

「妳居然比約定時間還早到十五分鐘？」舒揚看著腕表，痛心疾首道。

上回面談的時候，程宥寧提到向她求婚的那位壯士，約了她這週末去看電影，舒揚確信依程宥寧目前的德性，把這場約會搞砸的機率高達百分百，便決定抽出一個晚上的時間帶她實戰演練一下。

「讓男人等待遲到的女人並不是件浪漫的事。」程宥寧義正詞嚴地說：「時間就是生命，浪費別人的時間就和間接謀殺沒兩樣。」

「不，我說的不是這件事。」舒揚以一種驚奇的眼神將她從頭到腳、再從腳到頭打量一遍，「我的意思是，妳有辦法提早十五分鐘赴約，居然還素顏出門？」

「素顏怎麼了？」程宥寧推了推鼻梁上的黑框眼鏡，「我今天的膚況挺不錯的啊。」

程宥寧的一張臉龐素淨得可以，身上穿了件印著「寶寶心裡苦，但寶寶不說」字樣的灰色T恤，配上一條黑色牛仔短褲，幸好她腳上穿的是涼鞋而不是夾腳拖，不然他絕對會以為她只是想出門倒個垃圾。

誠然如程宥寧自己所說，她的膚況是滿不錯的，而且如今是講求自然就是美的裸妝時代，但她也自然過了頭，簡直就像直接在臉上寫著：我不想浪費時間打扮！

他目光停在她身上因身材太好而些微變形的T恤字樣，面上閃過一絲尷尬，又迅速將視線別開，「還有，妳為什麼麼穿這種衣服？」

「啊……這件衣服是有點中二啦，不過穿起來真的挺舒服，是我同事之前為了湊免運，問我要不要一起團購買的。」程宥寧低頭看了看自己身上的T恤，又興奮地補充：「我家有另一件T恤，上面寫著『哎呀！我的眼睛業障重啊！』下次再穿給你看。」

我才不想看！舒揚咬緊牙關忍下罵髒話的衝動，深深做了幾個呼吸後，用勉強平靜下來的嗓音問：「妳沒聽過女為悅己者容這句話嗎？一般女人和男人約出來看電影，通常不都會提前一個小時化妝、為該穿哪件衣服出門煩惱大半天？」

「你愛我嗎？」

「什麼？」

「這就對了嘛！你又不『悅』我，我幹麼爲你『容』？」程宥寧撇了撇嘴，「再說了，女爲悅己者容是幾百年前的沙文主義思想？我們女人化妝是因爲工作上需要，或是爲了讓自己更開心，現在是女爲『自己』容，憑什麼認定我們花大把時間打扮就是爲了取悅男人啊！」

「……妳就承認吧，講了這麼多，其實純粹只是因爲懶。」

程宥寧雙頰一熱，有些心虛地乾咳了兩聲，「我從昨晚加班忙到今天中午都沒闔眼，下午睡了一覺，醒來發現時間快來不及了，就沒打算打扮了……」

「這次是跟我出來，所以沒關係，可是妳要記得，以後有曖昧對象約妳看電影，多少也打扮一下，至少不要穿得那麼居家。不是爲了取悅誰，而是藉此讓他曉得妳爲他費了些心思。」舒揚輕嘆一口氣，「雖然男人不需要梳妝打扮，但如果是和心儀的女孩子出去約會，也會特地搭配衣服、打理頭髮，擔心自己會不會不夠體面。無關取悅，這是一份心意，這段過程是很快樂的。」

他本想提醒她這週末和那位求婚壯士看電影時千萬不要再穿這種惡搞T恤，不過轉念一想，若那位壯士看見她穿著印有那種字樣的T恤，依然能對她生出好感的話，那大概就是眞愛了，便決定不再多說。

程宥寧正了正神色，恭謹地垂下頭，「受教了，老師。」

舒揚頗感欣慰地拍了拍她的腦袋，「記住就好。走吧，去挑一部妳想看的電影。」

兩人來到影城售票口前，抬頭望向售票臺上方顯示電影播映時刻的螢幕。儘管舒揚沒有明說，可是程宥寧知道，這是她今天的第一項考驗。

鄰近放映時間的電影有三部，剛好分屬不同類型，分別爲動作片、愛情片及恐怖片。

若是程宥寧自己一個人來看電影，她肯定會選動作片。但她擔心看到精采處，會忍不住低吼出「揍爆他」、「爽啦」之類的話，便忍痛放棄。

她盯著那張拍得很是文藝很是青春的愛情片海報，嗯，根據少女漫畫、言情小說和偶像劇帶給她的慘痛經驗，要是到時候不小心在電影院裡睡死，又要被老師教訓一頓了。

最後程宥寧只能將目標鎖定在恐怖片上，從片名看來似乎不太有趣，不過……她之前在惡補腦殘偶像劇時，有一段情節是男女主角一同看恐怖片，女主角因害怕而下意識緊握住男主角的手，男主角則順勢將女主角摟進懷中……雖然她認爲這樣的橋段很蠢，可萬用老梗之所以爲老梗，肯定是有其原因。

她能想到這點，老師一定會覺得她大有長進！

於此同時，舒揚心裡想的卻是：他記得程宥寧喜歡看《航海王》和《灌籃高手》一類的熱血少年漫畫，依她的個性八成會選動作片。如果她今天突然腦袋抽風想要看愛情片觀摩學習也沒關係，總之，只要不是恐怖片就好……

「老師，我們就看那部《鬼打牆》吧！」程宥寧眼神晶亮無比。

「……好、好啊。」

「老師，為什麼我們不看3D版的？這樣比較刺激欸！說不定還能看到鬼從銀幕裡衝出來……」等待電影開演前，程宥寧抱著爆米花，壓低聲音頗為失落地詢問坐在一旁的舒揚。

對於她的決定，老師通常都是抱持著鼓勵的態度，就算不贊同，也會用委婉的方式建議她再多考慮考慮。然而這次老師幾乎想也不想便出聲反對觀看3D版本，態度之堅決前所未見。

她一時被他的氣勢唬住了，也忘了繼續說服，就愣愣地看著老師以異常驚人的效率買好兩張普通版的電影票。

現在坐在影廳裡，回想起來才覺得可惜，難得能抽空好好看一場電影，花費同樣的時間卻能享受更豐富的感官刺激不好嗎？

「妳都活到這把年紀了，難道還不明白什麼叫做過猶不及？這個社會就是一味追求刺激才會這麼亂！我們做人應該樸實一點，不要被那些表象所惑，該多花點時間靜下心跟自己對話。」

「什麼？」

看著程宥寧一臉迷茫，舒揚恨不得挖個洞把自己埋起來。

她當然聽不懂他在說什麼，連他都不知道自己在說什麼了……

「沒什麼，不要再去想那些無關緊要的事，專心看電影吧！」舒揚懊惱地長嘆了一口氣。

「喔……」程宥寧似懂非懂地點頭，本打算再追問，但燈光已漸漸暗下，電影開演了。

片子一開始便聲光效果十足，影廳的環繞音響設備不錯，詭異陰森的電影配樂使觀眾迅速進入片中緊張的氛圍。

程宥寧嗑著爆米花看得津津有味，忽然想起該問舒揚要不要吃一點，扭頭望去，卻見他雙手搭在額上，雙眼緊閉。

「老師，你是不是哪裡不舒服？」

「沒事，只是……眼睛有點畏光。」

「我包包裡有墨鏡，老師需要嗎？」

「好啊！」

「……老師你聽不出來我其實是在開玩笑嗎？」

「呵呵，我當然知道……戴了墨鏡就什麼都看不到了。」舒揚睜眼努力向她擠出笑容。

就在這一剎那間，前方銀幕裡突然竄出一隻斷頭鬼，那畫面猛地閃進他眼底。

他在心裡暗罵了聲髒話，從程宥寧手中搶過爆米花，藉此製造光明正大低頭的機會，「沒事，妳看妳的電影，別管我！」

舒揚看電影的次數不算少，卻從來沒有像此刻這般專注地吃著爆米花，還意外發現爆米花的味道很不錯，他決定在電影播映的一百二十分鐘裡將他的身心靈全奉獻給手上這桶爆米花。

然而就算眼睛不看，耳朵還是無可避免地傳進電影驚悚的配樂和主角高分貝的尖叫聲。他只能一邊將爆米花塞進嘴裡，一邊在心中不斷告訴自己：一切都是假的，只是假的。

就在片中主角一聲驚天動地的淒厲尖叫之後，影廳裡驀地響起一陣突兀的爆笑聲。

舒揚愣了愣，僵硬地扭過脖子看向一旁。

不是他的錯覺，笑聲的來源正是程宥寧。

「怎麼了嗎？」察覺到其他觀眾紛紛朝他們投來譴責的目光，舒揚非常不想承認自己認識這個女人。

可是始作俑者程宥寧本人卻渾然未覺，指著銀幕笑到岔氣，「這太扯了！他砍他肚子，為什麼、為什麼血會從脖子噴出來，哈哈哈……」

舒揚下意識地順著她指的方向看去，當血腥的畫面再度映入眼簾時，他再次罵了一聲髒話，連忙別開視線。

「妳冷靜一點，現在是在電影院……」他話還沒說完，又被程宥寧的另一陣爆笑打斷。

「哈哈哈，這血太假了……這是蕃茄醬吧！」程宥寧抱著肚子笑到眼淚都快流出來了。眼看愈來愈多人往他們兩人看過來，舒揚腦子一熱，就伸出手摀住程宥寧的嘴，她的笑聲總算收斂了些。

自此舒揚將他原先奉獻給爆米花的專注眼神，轉移到程宥寧臉上，死命地盯著她看，只要一發現她有將要大笑的跡象，便立刻快狠準地抬手摀住她的嘴巴。

也不知道程宥寧怎麼有辦法把一部恐怖片看成搞笑片。總之，待電影播畢，舒揚已練就一身敏捷的摀嘴神功，動作熟練得彷彿反射動作。

跟著散場人潮走出影廳，舒揚才驚覺這是他第一次看完恐怖片後沒有半點不適的感覺，因為他根本不清楚這部片究竟在演些什麼，儘管他整整在影廳裡坐了兩個小時，而且完全沒有打瞌睡。

每個人都有罩門，舒揚的罩門就是恐怖片。當然，他從未讓任何人知情。

SNY開創初期，他曾爲了陪一個喜歡看恐怖片的客戶，一個月至少看上二十部恐怖電影，那時的他幾乎一整天都吃不下飯，甚至夜不成眠。

即便如此，他還是不得不陪客戶看完一場又一場恐怖電影，畢竟那是工作。

這次之所以會答應程宥寧的提議，也是因爲他認爲這是他應盡的工作義務。

然而一場恐怖電影看完，比起痛苦的感受，停留在他腦中更久的反倒是程宥寧的側臉，以及他掌心無意間觸碰到她雙唇的柔軟觸感。

舒揚對於恐怖片的種種壞印象，在這個夜晚，似乎被程宥寧「更新」了。

步出電影院，程宥寧正準備和舒揚道別，卻無意間瞥見位於百貨公司戶外廣場的摩天輪。

她停下腳步，透過落地窗望向在夜色裡絢爛無比，不停變換著色彩的巨大摩天輪，喃喃地說：「原來都市裡的摩天輪是這個樣子啊……」

舒揚順著她的視線看過去，不看還好，一看他的臉色又慘白了幾分。他加快了步伐繼續前行，「時間有點晚了，妳肚子餓不餓？我們去找些東西吃吧。」

程宥寧搖了搖頭，指著摩天輪問：「我還不太餓。老師，我們去坐那個好不好？」

「妳是不是被恐怖片嚇傻了？妳，程宥寧，居然會想坐摩天輪？」舒揚的語調不自覺提高，「這麼少女心的東西不適合妳，買票坐上去也是浪費錢，不如在這邊看看就好。」

「票錢我出，老師不用擔心。」她凝視著摩天輪，目光幽幽，「剛才電影裡恰巧發生了一樁摩天輪殺人事件，害我突然好想坐摩天輪。」

舒揚端坐在摩天輪車廂裡，不斷跟自己精神喊話：方才一百二十分鐘都忍過去了，再多忍二十分鐘也無妨，坐在他對面的是客戶、客戶！

雖然案子失敗的五倍賠償金對他來說根本不足掛齒，可就像程宥寧之前所言的超商咖啡折扣論，這跟金錢無關，純粹是心情問題。

他看著坐在對面像個小女孩般雀躍地東張西望的程宥寧，實在無法理解爲什麼她能對摩天輪有那麼大的興趣，忍不住開口詢問：「妳第一次坐摩天輪？」

「不是啊！」程宥寧邊哼著小曲邊搖頭，「小時候畢旅去遊樂園就坐過了。」

「那妳怎麼坐得這麼開心？」舒揚頓了頓，有些遲疑地問：「妳該不會是想體驗看看……孤男寡女在一個密閉的空間裡會擦出什麼火花吧？」

「火花？如果我這麼容易就可以和別人擦出火花，我會淪落到如今這種地步嗎？」程宥寧理所當然地反問。

「……妳還真有自知之明。」

「不說這個了，老師你看，那邊是不是機場跑道啊？」程宥寧倏地站起，指著舒揚身後興奮大叫。

「可能是吧……妳能不能先坐好，車廂會晃！」

「你又沒看爲什麼知道我在說什麼。」程宥寧不情不願地坐回位子，「話說現在這種氛圍，好適合……」

迎向她晶亮的眼神，舒揚心底陡然湧起一股不好的預感。

「拍鬼片！」程宥寧傾身向前，口氣頓時變得陰森低沉，「想像一下，男女主角雙雙沉浸在美好夜景裡，殊不知有個披著長髮的女鬼正抵著車窗，靜靜地看著他們！」

「好了，不要再說嘍。」舒揚僵硬地笑了笑，「都花錢來坐摩天輪了，說這些很破壞氣氛。」

程宥寧看著舒揚端正的坐姿和蒼白的臉色，以及始終緊盯著她的視線，沉思了片刻，忽然發問：「老師你該不會有懼高症吧？」

「怎麼可能！」舒揚幾乎不加思索便答。

這讓程宥寧瞬間起了捉弄之心，「那你爲什麼不看看窗外的風景啊？我們的車廂快要到最高點嘍。」

「……夜景還不都長那樣，沒什麼特別好看的。」

「前陣子有個新聞，美國某間遊樂園設施故障，遊客被困在高空中四個小時不得動彈，不曉得我們會不會也遇上這種事。」

「不要再說了……」

「欸?車廂上貼著的注意事項沒有寫不能站起來耶，老師你要不要……」

舒揚連忙出聲打斷她的話，「拜託妳不要鬧了，快點坐下！」

「機場那邊有飛機要降落了耶，你說如果飛機不小心偏離軌道飛過來，我們會不會成爲史上頭兩個坐摩天輪被飛機撞落的受害者啊?這樣會登上新聞頭版吧。」

程宥寧喋喋不休的聲音在舒揚耳中聽來逐漸模糊，像是連續不斷的嗡嗡聲，他的意識渾沌了起來，眼中只剩下面前那張不斷開闔的唇。

那張唇沒有擦口紅，自然的唇色卻足夠紅潤，下唇略比上唇豐厚了些，看起來性感誘人。

舒揚注視著那張唇掀了又闔，闔了又掀，掀了又闔，闔了又掀……

她眞的吵死了！下一刻，她的聲音終於消停了，而他嘗到了殘留在她唇瓣間的可樂氣味，這個吻就像沙塵暴般席捲了他所有的思緒。

不知過了多久，他放開捧著她雙頰的手，跌坐回自己的位子上，腦子暈乎乎的。

「這樣總該安靜了吧。」他望向尙未從呆愣中恢復過來的程宥寧，低聲說。

❤

「老師，你現在有女朋友嗎？」

舒揚緊盯著手機螢幕，痛苦地抱頭哀號了一聲。

那晚他回到家不久，程宥寧就傳來了封訊息，他煩惱了整整一夜，仍不願點開面對。這是他第一個不敢已讀不回的女人，因爲他實在是不曉得該如何回覆。

莉莉恰好在這時送咖啡進來，聽見舒揚的哀號聲後腳步頓了一下，隨後神色如常地將咖啡放在舒揚面前的桌上，「廁所堵住了？」

舒揚抬頭白了她一眼，「我早晚會把妳解雇。」

莉莉站直身子，勾起得體的微笑，「好的，我會拭目以待。」

儘管舒揚一天到晚宣稱要開除莉莉，可兩人都很清楚他不是真心這麼想，畢竟要找到像莉莉這樣能幹的祕書並不容易，而且她從來不對他發花痴，只專注於工作，光是這點她就足以甩開其他祕書候選人好幾條街。

舒揚咬牙凝視著莉莉，猶豫了片刻，才終於開口：「我問妳，假如一個女人被男人吻了之後，問對方現在有沒有女朋友，這是什麼意思？」

莉莉只思考了三秒便篤定地回答：「就是問那個男人要不要交往的意思。」

舒揚如遭雷擊，絕望地趴在辦公桌上又慘叫了一聲，「沒有別種可能嗎？」

莉莉皺眉沉思，「這是那個女人的初吻嗎？」

「我不確定，不過我想……呃，大概是吧。」

「那就是問那個男人要不要結婚的意思。」莉莉想也沒想便回。

舒揚這回直接石化，好一會兒才回神，無力地揮了揮手，「妳去忙吧。」

他捏了捏眉心，向後仰躺在寬大舒適的皮椅上。雖然莉莉說得有些過於浮誇，然而他的猜測也和她所言相去不遠，程宥寧那封訊息的言下之意應該就是要他負責。

這都什麼年代了，若說接個吻就必須負責，一般人聽了只會當作笑話看待。重點是，程宥寧不是普通女人啊！她是個都三十三歲了，卻搞不好還沒和男人牽過手的奇葩！

話說回來，那天晚上他到底是中了什麼邪，怎麼會突然吻了她？難道是他空窗期太久，程宥寧又勉強算是個美人，所以他才會在賀爾蒙的驅使下做出傻事？

嗯，一定是這樣，除了萬惡的男性本能，不會有其他可能。

得出結論後，舒揚紛亂的思緒總算回歸清明。和程宥寧交往絕對是不可能的選項，即使他目前確實是單身，但他跟程宥寧的情況天差地遠，只要他想，他身邊從來不缺女人，只是他不需要。

男女關係對他來說更像是一種利益交換，如今他的地位已不再需要如此，而且若是和程宥寧交往，除了給自己添堵外，他不曉得能從她身上得到什麼。

他緩緩坐直身子，拿起手機點開和程宥寧的聊天頁面。

有些事終究還是得說清楚。

「沒有。」他又補上一句，「別想太多。」

她不是個笨女人，這樣她大概就能明白。

過了大約五分鐘，程宥寧的回覆很快傳來：

「那就好。如果老師有女朋友，請務必向她坦承，並誠摯地道歉。」

舒揚握著手機，再一次石化了。

Chapter 10

舒揚並不知道，坐完摩天輪的那天晚上，程宥寧和他一樣夜不成眠。

「老師，你現在有女朋友嗎？」

回家洗完澡後，她盯著手機螢幕猶豫了好一會兒，才按下傳送鍵，將這則訊息發送出去。

高空上那個突如其來的吻，使程宥寧的腦袋陷入混沌，有點輕飄飄的，這種情緒對她來說既陌生又難解。但她唯一能確定的是，倘若Nick老師並非單身，她不會再跟他單獨出去。

雖然明白自己和Nick老師還沒熟到可以直接了當地問起對方的感情狀態，可程宥寧還是覺得有些話得趁早攤開來說清楚。

其實，程宥寧和夏沐禮一樣有潔癖，只不過她的潔癖在於男女關係。

不曉得爲什麼，程宥寧在和男生相處時有種莫名的堅持，要是對方有女友，或是她身邊有某位好姊妹對他有意，她就會自動與對方拉開距離。

Nancy察覺到這一點後非常不以爲然，她表示：現在是什麼時代了，難道男人有了女朋友就再也不能結交女性朋友嗎？

據Nancy分析，正是這種莫名的堅持讓程宥寧錯失了許多發展的可能性。她認爲男女在結婚之前的交往對象都只是人生中的過客罷了。就像電視劇《我可能不會愛你》裡的李大仁和程又青，如果他們因爲對方有了另一半而絕交，又怎會發現原來身邊多年的好友才是最適合彼此的伴侶？

程宥寧聽完只笑回了句：那我明天去找妳男友聊聊，看看我和他適不適合。Nancy就立刻閉嘴了。

因爲是課程需要，程宥寧沒想太多便同意和Nick老師單獨出去看電影，更忘了要和這個感情狀態尚且不明的男人保持安全距離，直到他吻了她之後才……

站在客廳裡，她再度拖出那面「分析專用」的白板牆，決定好好釐清紛雜的思緒。

試分析男人爲何會吻一個才見過三次面的女人。

她先在白板寫上斗大的標題，接著在底下拉出兩條線，分別寫上「生理因素」、「心理因素」。她的視線定在「生理因素」四個字上久久無法離去，原本摩娑著下巴的手指竟不知不覺移到了唇上……

所謂接吻，原來就是這種感覺嗎？

光是唇瓣相貼，就有一股奇異的感覺迅速流竄進她的血液裡，那柔軟的、溫熱的、細緻的、陌生的觸感讓她心神一顫。

在法國念書時，程宥寧不是沒被熱情的男同學親吻過臉頰，不過和男人雙唇相貼，這卻是第一次。

她曾在書上讀過，嘴唇是人類最爲裸露的性器官，上面布滿細微的神經末梢，而刺激這些末梢便能勾起人類最原始的欲望。網路上也有種說法，人類接吻時會動用十二對腦神經中的五對，是因爲這樣，當老師吻她時，她腦中才會一片空白無法思考嗎？

純粹以客觀面而論，程宥寧承認接吻是件神奇而美妙的事，怪不得那些愛情小說老愛用「百花盛開」、「煙火綻放」之類的詞語來描述男女主角接吻的感受。

那動機呢？老師親吻她的動機又是什麼？

莫非他只是想體驗這種百花齊放的感覺，而她剛好就在他眼前？

程宥寧放在一旁小桌上的手機忽地響起訊息通知聲，她拿起手機一看，是她妹程宥心傳來的。思索片刻後，她按下了通話鍵。

「姊，妳怎麼突然打過來？」電話那頭程宥心的聲音裡帶著微訝，「回訊息就好啦。」

「懶得打字。」程宥寧只說了一半原因，「找我幹麼？」

「喔，這禮拜天我要到臺北參加握手會，當天來回太趕了，想問問禮拜六我可以借住妳家一晚嗎？」

「握手會？誰的握手會？」程宥寧皺眉，「爲什麼要大老遠跑來參加那種傳遞細菌的聚會？」

「是韓國最近很紅的小鮮肉樂團，他們第一次來臺辦握手會！」程宥心的音調高了好幾度，「妳不曉得這有多難得，即使會被細菌包圍我也心甘情願。」

「我還眞不曉得有多難得。」程宥寧輕嘆一聲，她明白自己和妹妹在價值觀上有著一道無法跨越的鴻溝，「妳高興就好，但禮拜六白天我跟人有約，不知道晚上幾點才會到家，妳到臺北之後再打電話給我。」

「好，姊我最愛妳了！」

「妳還是把妳的愛留給那些小鮮肉吧。」程宥寧無奈地回，停頓了一下，清了清喉嚨，盡可能使自己的語氣聽起來客觀且事不關己，「我問妳啊……如果有個男人吻了一個才見過三次面的女人，妳覺得這個男人是怎麼想的？」

「他們是情侶嗎？」

「不是。只是……有合作關係，而且那個女人連男人的眞實姓名都不知道。」

「那他有跟那個女人告白嗎？」

「沒有，完全沒有這方面的跡象。」

「那就只有一種可能啦。」程宥心說得斬釘截鐵。

程宥寧吞了口口水，小心翼翼地問：「什麼可能？」

「當然是那個男人想跟她上床啊！」

程宥寧握著手機的手指一顫，僵笑著說：「不會吧……」

「為什麼不會？不然那些在夜店第一次見面就擁吻的男女難道會是眞愛？」程宥心嘖了聲，「縱使不是想上床好了，有時候氣氛對了，接吻就是再自然不過的事，跟愛情無關。」

程宥寧活到這個年紀，沒吃過豬肉也看過豬走路，這些道理她不是不懂，可是……「那假如是初吻呢？最起碼初吻也要跟喜歡的男人一起經歷吧！」

「誰規定的？我的初吻就不是給我的第一任男友啊，在這個時代，接吻和愛情已經不能畫上等號了，連不要愛只要性的砲友都存在了，接吻又算什麼？」

「……妳怎麼那麼了解？」

「經驗多了自然就會懂了嘛。」程宥心乾笑幾聲打哈哈，趕緊轉開話題，「但姊妳爲什麼會忽然問我這個？該不會……」

「是我朋友碰上了這種事。」程宥寧隨即補充：「絕對不是我！」

「妳幹麼特別強調？想也知道不可能是妳嘛，哈哈。」

程宥寧一時無言。

❤

「夏沐禮醫師的專題報導反應超乎想像得好，不僅點擊率漂亮，談論度也很高，廣告部還說有好幾支廣告想要加進來。宥哥妳看我們要不要趁勢幫夏醫師再另開一個新專題？」Nancy眼神晶亮地提議：「美妝組已經有幾個點子了。」

「喂喂，上一期你們的子翔就負責過專題了，這期爲什麼又是你們美妝組要搶專題啊，也該輪到我們時尚組了吧。」時尚組長巧薇出聲抗議。

「你們又排擠美食組！上回專題我們沒地方發揮，再怎麼說這次都該換我們了。」

「夏醫師跟美食有什麼關聯啦，難不成妳想叫夏醫師拍烹飪影片？」

「這個不錯耶！最好可以先脫上衣再做菜，前陣子網路上不是有小鮮肉拍過類似的影片，大受好評嗎？」

「這我會想看耶！可是夏醫師的身材可口嗎？」

「我是沒看過他裸上身啦！不過根據姊的火眼金睛，他雖然不是猛男但應該也算結實……」

聽著話題朝著莫名其妙的方向發展，程宥寧蹙眉，用指節敲了敲放在腿上的塑膠文件夾。

「妳們這些飢渴的女人給我差不多一點。」見大家安靜下來，她才再次開口：「儘管上期專題成效很好，不過我們不可能連著兩期都找同一個人受訪。或許這麼做，成效跟收益會比做其他主題更爲亮眼，可這就違背了《玻璃鞋》創刊的初衷。人氣這種東西來得快去得也快，不如認眞做好每一期雜誌，這樣才能眞的走得長久，懂嗎？」

眾人沉默地點頭，即使知道總編的話有其道理，但多少還是會覺得可惜啊……

程宥寧看氣氛倏地凝重起來，便拍了拍手朗聲說：「別沮喪了，大家都是爲了讓《玻璃鞋》變得更好，我能理解你們的心情。無論如何，所有人都辛苦了，上期專題幹得漂亮！下一期我們也要繼續加油，再用另一個主題創造話題，好嗎？」

她先帶頭鼓掌，接著其他人的掌聲也漸漸加了進來，大家臉色終於輕快了些。

「對了，有件事要跟你們說一聲。」程宥寧目光一一掃過會議室裡的眾人，「我們單位副總編的位子空了很久，下個禮拜即將有人過來接任，初來乍到難免會有些不適應，到時還請大家給這位新任副總編一點面子。」

程宥寧直到現在才曉得，原來精神科急性病房和一般病房有多麼不一樣。病房的出入口有兩道沉重的鐵門，門上都有安裝電子鎖，進出皆須刷卡，就連電梯也在控管之下。

要進入精神科急性病房所在的樓層之前，不只要先登記押證件，還得做安全檢查，確認身上沒有攜帶任何可能造成危險的物品，以免被病人偷走釀下大禍。通過層層關卡後，程宥寧終於在工作人員的陪同下踏進病房走廊。

她之所以會出現在這裡，是源自於夏沐禮的一通電話。本來兩人約好今天要一起去看電影，但在約定時間前一個小時，夏沐禮卻忽然來電，說是工作上出了問題，一時之間走不開，聲音聽來滿是歉意。

程宥寧知道夏沐禮是個很有禮貌的男人，若非萬不得已，絕對不會臨時取消約會，她自然要他不必介意，不過她驀地對夏沐禮的工作產生了好奇心。

既然她有考慮把他當作結婚對象，那麼深入理解他的工作似乎也是必要的。她感覺得出夏沐禮會是個體貼的好丈夫，可是假如最後眞要嫁給一位精神科醫師，這項工作會對兩人的夫妻生活產生多大影響，她需要先有個底。

「站住，不要跑！」程宥寧遠遠就聽見護士尖銳的喊聲從走廊另一頭傳來。伴隨著一陣紛亂的腳步聲，一名身著病人服的中年女人往她的方向跑過來，而她心中迅速有了定見。

當那位病人通過程宥寧身旁時，她馬上伸出長腿絆倒對方，趁病人腳步踉蹌之際，飛快閃身至對方身後，反折住她的雙手。

這一幕令眾人頓時都看愣了。

經過上一次和老師模擬約會得到的教訓，程宥寧明白在赴約之前好好打扮自己，對男方來說是一種尊重，因此今天穿上了一件印花小洋裝，纖細筆直的長腿下蹬著一雙白色踝帶高跟鞋，頭髮柔順地披在背後，臉上的妝容更是光彩照人。

看在外人眼中，外型如此美麗的她，竟可以輕而易舉地壓制住陷入狂暴狀態中的病人，這自然讓他們不由得大驚。

「請問……接下來該怎麼處理？」程宥寧咬牙環顧四周問道。身前的病人不斷掙扎，她必須使盡全力才能壓制住她，然而發起狂來的病人力大如牛，程宥寧不曉得自己還能撐多久。

「立刻將病患送進保護室。」夏沐禮那張俊秀斯文的臉孔難得嚴肅地板著。

聽到主治醫師的話，眾人這才回過神來，趕緊上前從程宥寧手中接過病患，合力將病人帶往保護室。

臉色和緩不少的夏沐禮看向程宥寧，淺棕色眼眸裡盛滿歉意，「對不起，嚇到妳了吧。今天病房的人手不足，所以……」

夏沐禮話說到一半倏地頓住了，微張著嘴盯著程宥寧的身後看。與此同時，程宥寧也感覺到自己後背貼上了一個溫熱的物體。她慢慢轉頭往背後看去，就見一個紮著兩條小辮子、嬌小卻肥胖的女人從背後擁住她，樂呵呵地對她傻笑。

「呃，這裡的病人都好熱情啊！」程宥寧不知該如何處理，只能回過頭對夏沐禮尷尬地笑笑，等著他發話解救她。

怎知夏沐禮就愣愣地看著她好半晌，居然噗哧一聲笑了出來，兩頰上的酒窩愈來愈深，眼睛更彎成了半月形，周圍的護士也跟著掩嘴竊笑。

「這有什麼好笑的嗎？」程宥寧一頭霧水，試著想要掙脫，但背後那個女病人像隻無尾熊般緊抱住她，怎麼都甩不開。

「抱、抱歉。」夏沐禮別過頭悶笑了幾聲，「水水通常不會隨便抱人，她只抱特定對象。」

程宥寧在腦中思考了片刻，才把「水水」這個名字跟緊抱著她的女人聯想在一起。她突然有股不好的預感，「什麼樣的特定對象？」

「她只抱男人。」夏沐禮試著不讓聲音透出笑意，幽幽地補充：「而且是限定猛男。」

程宥寧呆若木雞。

「夏醫師！小美又哭著要找你了！」一名女護士匆忙跑過來。

夏沐禮的笑容瞬間消失無蹤，略微哀怨地問：「不是才剛哄她睡著嗎？」

「不知道她爲什麼又醒了，醒來後沒看見你，正在病房裡鬧脾氣。」

「好吧，我等等就過去。」夏沐禮無奈地應下，說完他看向程宥寧，嘴角似乎又有抽動的跡象，只好趕緊轉頭指揮起護士將水水從她身上剝開。

最後是一個身材魁梧的男警衛解救了程宥寧。說是解救，其實只是讓水水這隻無尾熊換了棵樹，水水一見對方過來，馬上變心衝上前抱住那名警衛。

程宥寧在離開前朝那位悲慘的警衛看了一眼，就無視他求救的眼神，拍拍衣服往走廊另一頭快步行去。

祝你早日抓到下一個「交替」，下輩子投胎不要再當猛男……程宥寧在心裡對警衛說。

一進到病房，程宥寧又是一陣驚嚇，她情不自禁揉揉眼睛，想要確認側坐在病床邊的那位白袍男子是不是病人假扮的。

「進來吧。」夏沐禮向她招手，笑得有些無奈。

程宥寧愣了三秒鐘，嘴角不受控地逐漸上揚，隨即背過身扶著門板哈哈大笑，過了一會兒，她才止住笑，轉身對夏沐禮豎起拇指，「您眞是……辛苦了！」

夏沐禮身上的白袍潔白如新，熨燙平整，這是程宥寧初次目睹夏沐禮身穿醫師袍，不得不說還挺人模人樣。當然，他白袍底下的襯衫，最上面一顆鈕扣依然雷打不動地妥妥扣著，臉上也依然架著那副斯文的金絲眼鏡。

畫面十分和諧美好，前提是，如果視線沒有往他頭上巡視的話。

只見夏沐禮頭上綁著一撮用粉色蝴蝶結裝飾的沖天炮，並且即將迎來另一撮。負責操刀的美髮大師是一個綁著雙馬尾，身穿特製粉色蕾絲病人服的彪形大漢。

沒錯，「她」是男的，不過很顯然她把自己當成女生。

「小美，哥哥有客人，妳先睡覺好不好？哥哥晚點再陪妳玩。」夏沐禮的頭髮被握在對方手裡，所以無法轉頭，只能僵著脖子柔聲勸道。

那名喚作小美的大漢原本正哼著歌玩得正高興，聽夏沐禮這麼一說，頓時不開心了，雙眼立刻湧上淚水，那副眼淚在眼眶裡打轉的委屈模樣，看得程宥寧嘖嘖稱奇。

然而還沒等到她驚奇完，程宥寧就發覺小美將目光轉投向她，那飽含殺意的眼神彷彿能射穿她的身體。

她打了個哆嗦，趕忙擺手，「是我打擾了，請繼續，繼續！」

小美這才哼了一聲放過她，歡快地朝造型大師之路邁進。

夏沐禮只得歉然地對程宥寧笑了笑，指向床邊一張塑膠椅，「程小姐請坐，很抱歉，妳都特意過來這裡找我了，我還是沒辦法好好招呼妳。」

我已經被你的病人充分招呼了……程宥寧在心裡腹誹，面上卻掛著客氣的笑容，邊往椅子走去邊說：「是我沒說一聲就跑過來，真對不起，你這麼忙，這樣好像打擾到你了。」

「不會的，妳能來我很高興……嘶！」夏沐禮話說到一半突然倒抽了口氣。

程宥寧偷偷往小美的方向瞥去，正好對上她富含殺氣的一瞪。她默默地吞了口口水，對夏沐禮致上十二萬分敬意，就算給她一百億她也絕不要當精神科醫師。

「不過，妳有學過武術？」夏沐禮只好換個相對無害一點的話題。

程宥寧困惑地揚起眉。

「剛才妳不是幫忙壓制住病人了嗎？」

「喔，你說那件事啊。」她怔了片刻才反應過來，「以前去法國留學時，學過一點防身術，想說隻身在外多少可以保護自己。」

夏沐禮理解地點頭，「原來是這樣。」

程宥寧看著夏沐禮與病人相處的和樂情景，嘴角不禁微微上揚。儘管經過上次的專訪，她早就知道很多病人都十分仰賴並喜愛他，但親眼見證又是另一回事。

夏沐禮本就是很受歡迎的人氣醫師，經《玻璃鞋》報導後，聲勢更見上漲，許多橫跨各段年齡層的女性，明明沒什麼毛病卻老愛跑來看診，不僅浪費醫療資源，也影響到眞正需要就醫者的權益，這讓程宥寧有些愧疚。正因如此，她才不願再邀請夏沐禮擔任下一期專題人物。

她剛剛到醫院櫃臺說要找夏沐禮醫師時，就被櫃臺小姐誤認爲是別有目的的花痴女……

程宥寧正在心裡嘆息，忽然聽見夏沐禮低呼一聲，「程小姐，妳受傷了！」

「受傷？」程宥寧順著他的視線低頭看去，才發覺自己的右小腿上竟多了一道三指寬的傷口，微微沁出了血珠，「還眞的受傷了……我都沒發現，哈哈。」

「妳自己沒有感覺？會不會是剛才制伏病患時不小心弄傷的？」夏沐禮的嗓音裡多了幾分焦急。

「可能是吧，我的痛覺神經本來就比較不發達，常常有了傷口也不曉得是怎麼來的。」程宥寧自嘲，從皮包裡翻出衛生紙按在傷口上止血。

「我請護士幫妳處理一下傷口吧。」

程宥寧連忙擺手婉拒，「沒事沒事，傷口又沒多大，不用麻煩了。」

「眞的不用？」夏沐禮不是很贊同地蹙眉，想再試著說服她，「要是細菌感染會留下疤痕的。」

「眞的不用。」程宥寧說得斬釘截鐵，沒有半點商量餘地，「不過是一點小傷罷了，醫療資源不是拿來這樣浪費的。」

她拿起按在傷口上的衛生紙，對摺後用乾淨的一面再次按向傷口，見上面沒有血跡，便獻寶似地遞到夏沐禮面前。

「你看，沒流血了，眞的沒事啦！」

夏沐禮見她態度堅決，也沒再繼續相勸，「好吧，可是不要小看小傷口，有時候一不小心細菌感染，很可能會引發蜂窩性組織炎，到那種情況問題就大了。」

「嗯，我明白了，以後會多注意點。」程宥寧點頭，將衛生紙投入垃圾桶，背起包包，「我這趟過來只是出於好奇，想看看你的工作環境，既然看過了，就不打擾你了，我們改天再約。」

「好。今天臨時失約實在很抱歉，下次有機會再一起看電影！」夏沐禮頰邊又浮現了淺淺的酒窩。

Chapter 11

「大家好，我是今天上任的副總編輯，叫我Nicole就好。」

新官上任的副總編輯Nicole，身著一身俐落黑白褲裝，對著會議室裡的眾人微微欠身，臉上的微笑幾不可見，可也不顯得敷衍客套。

不得不說，這個副總編與程宥寧預期中的不太一樣。

當她的頂頭上司透露，即將有位大股東的女兒接任懸宕已久的副總編之位時，程宥寧以爲對方會是一位嬌氣的大小姐，要不然就是個空具背景又愛指手畫腳的花瓶，誰知Nicole卻在第一次碰面就給程宥寧留下了不錯的印象。

Nicole無疑是個有背景、有臉蛋、有財力的美人，不久前剛從哈佛商學院畢業歸國，從小在國外念書使她說起中文帶著些許洋腔，但不會讓人生厭，反倒帶了種R&B節奏藍調的音韻感。

Nicole是個很有自我風格的女人，程宥寧一向欣賞這種人。

然而不知道爲什麼，程宥寧的直覺卻告訴她，縱然她不討厭、甚至是有些欣賞這個比她年輕五歲的女人，可就是沒辦法和她成爲好朋友。

磁場不合。

這時的程宥寧還不曉得，她們倆的「磁場不合」終有一天會演變成讓她萌發離開《玻璃鞋》念頭的巨大危機。

午休時間，程宥寧一邊啃著從樓下咖啡店買來的燻雞三明治，一邊盯著手機螢幕思索，直到三明治被啃得只剩三分之一時，她總算下定決心，發送了訊息。

「老師，什麼時候要上下一堂課？」

她又附上了一張有著水汪汪大眼、一臉期待狀的貓咪貼圖。

畫面上並沒有立刻顯示已讀，程宥寧也說不出自己是慶幸還是失落，就將手機扔到一旁，吃著三明治，再次投入到先前的工作之中。

自從那晚她用LINE問他有沒有女朋友之後，兩人便再無交集，他們之間好似生出了一道透明的隔膜。

其實在得知老師目前並無女友時，程宥寧心裡需要拉開距離的疙瘩已經消失了，卻也不知該如何修補兩人莫名其妙僵掉的關係。

於是，她決定從她那「經驗多了自然就懂」的妹妹身上尋求協助。

「欸，妳還記得之前我跟妳說過的那個朋友嗎？就是那個被只見過三次面的男人親吻的朋友……」程宥寧躺在床上，對躺在雙人床另一側為了參加「傳遞細菌聚會」前來借宿的妹妹提問。

「記得啊，幹麼？」程宥心閉著眼按了按臉頰，讓臉上的美白面膜更加服貼。

「嗯……就是那個朋友現在跟那個男的之間有點尷尬，妳覺得該怎麼化解？」

「因爲接吻？」

「算是吧。」程宥寧點點頭。

「那個男的在吻過女生後，都沒有表示些什麼嗎？」

「呃，他只有說他現在沒有女朋友。」

「哇塞！這不就是間接告白嗎？」程宥心的音調瞬間提高了幾階，讚歎道：「很會嘛……」

「間接告白？」程宥寧偏頭看向程宥心，微微蹙眉，「應該不是吧，對方會這麼回，是因爲我……因爲我『朋友』先問他有沒有女朋友。」

「這女的更猛啊！」程宥心一把撕下面膜，瞪大眼睛望著程宥寧，口氣滿是恨鐵不成鋼，「妳朋友都這麼生猛直接，妳爲什麼不多少學著點？」

「直接？哪裡直接？」

「這根本就是在暗示那個男的……」程宥心直起身清了清喉嚨，張開雙臂用誇張的表情和語氣說：「來吧寶貝，你親了我就要對我負責！」

「我才不是這個意思！」程宥寧猛地坐起，意識到自己說溜嘴，她老臉一紅，正想解釋，卻突然想到一個更嚴重的問題，「等一下……對方該不會也是這樣理解這句話吧？」

程宥心翻了個白眼，「正常人都會這樣理解好嗎？」

程宥寧馬上就急了，「那怎麼辦？」

「什麼怎麼辦？在一起不就好了？」程宥心輕輕拍打臉部，讓面膜殘留的精華液能被有效地吸收，「不過姊妳幹麼那麼激動？」

程宥寧驚覺自己有些失控，乾咳了幾聲，「咳，反……反正我那個朋友從來都沒有往那方面想。妳說要怎樣才能讓男方消除誤會？」

「那個男的後來沒有再說些什麼嗎？」

程宥寧搖頭，「沒有。」

「嗯……如果男方真對女方有意思，通常回答完這個關鍵問題之後，就會順勢進攻了。」

程宥心摸著下巴思索，她並不曉得自家老姊最後又回了一句大煞風景的話，若男方被狠狠潑了這一盆冷水，仍有辦法「順勢進攻」也是挺了不起的。

過了一會兒，她只是聳了聳肩，「可能那個男生覺得很尷尬，不知該如何是好吧，主動吻了女生還笑嘻嘻地裝沒事就太不要臉了。女方很介意那個吻嗎？還想不想跟對方當朋友？」

「已經不太介意了。」程宥寧又搖了搖頭，「還是朋友。」

上次和程宥心通完電話，再經過這幾天的沉澱，程宥寧已能理解並接受一般男人的確有可能在燈光美氣氛佳的情況下，受到賀爾蒙的驅使，去吻一個他不愛的女人。大家都是成年人了，她自然不會因爲自己的初吻被人莫名奪走，就硬要對方負責。

至於要不要跟Nick老師繼續當朋友，爲什麼不？再說了，不就是嘴巴碰了一下嘛，她又不是身處古代的貞潔烈婦，而且他也沒殺了她全家。

重點是，她訂金都繳了，好歹先把課程好好上完吧！

「那就要靠女方主動出擊了。」程宥心撥了撥頭髮，重新躺下，「看是要裝沒事讓這件事就此揭過，或是要開誠布公說清楚。」

「主動出擊嗎……」程宥寧垂眸深思著。

LINE的訊息通知聲清脆地響起，程宥寧隨即停下敲打鍵盤的手，取過手機。

是老師傳來的。

「明晚有空嗎？」

她翻了翻桌上的行事曆，想了片刻，才緩緩回，「有空。」

「明晚十二點到Mr. Night見面吧。」

「Mr. Night？」程宥寧下意識地將店名念了出來。

剛好進來送資料的Nancy一聽到，便興奮地問：「宥哥妳要去夜店？真的假的，我也要去！」

程宥寧怔了怔，「這是……夜店？」

「嗯，是東區新開的夜店，聽說還滿厲害的，宥哥妳是因爲工作要去那裡嗎？需不需要小幫手？嘿嘿嘿……」

程宥寧思緒依然有點飄忽，沒注意到Nancy不斷朝她擠眉弄眼，忽地又是一條訊息傳來：

「記得穿著合適的衣服過來。請不要穿『業障重』，感謝！」

❤

通常夜店的高峰期爲晚上十二點半至凌晨兩點，現在是晚上十一點半，夜店裡的客人還不算太多，這讓舒揚稍稍自在了些。

他不是沒有夜生活的人，但自從過了三十歲，他就愈來愈不喜歡人多的地方了，比起熱鬧的夜店，如今他反而更常去酒吧，和幾個朋友點杯酒聊天消磨時光。

要不是爲了替程宥寧上課，他才不會來這種專門給年輕人瘋玩的場所。

舒揚獨自坐在吧臺，輕輕搖晃手中的Dry Martini，目光漫不經心地掃過夜店裡紛雜的男男女女。

酷炫刺眼的燈光、震耳欲聾的重節奏音樂、舞池裡扭腰擺臀的辣妹，以及酒杯碰撞酒杯的清脆聲響，一幅幅色彩濃烈的畫面在他面前鋪展開來，令人眼花撩亂。

在這裡，世界如此喧囂卻又如此空虛。

一群寂寞的人們。

他在心裡暗自爲他們下了註解，而他並不否認，這群寂寞的人們，其中也包括了他。

「帥哥，這請你喝。」一道帶著點慵懶磁性的女人嗓音響起。

舒揚回頭一看，一名紮著高馬尾的美女調酒師對他禮貌一笑，將一杯調酒推到他面前的桌上。米白色的液體裡帶著一抹淡淡的紫，杯底點綴著一顆櫻桃，先不論味道如何，光是外觀便足夠賞心悅目。

舒揚微微勾起唇角，「Aviation？沒想到夜店也會賣這種調酒。」

女調酒師卻是搖頭輕笑，傾身湊近他，「沒有賣，是我自己調著玩的。」

「這種酒不好調，不會是想整我吧？」舒揚雖是這麼說，可手指已覆上了杯腳。

女調酒師聳肩，「喝喝看不就知道了？」

他看了她一眼，毫不猶豫地舉起酒杯喝了一口，「口感比我以前喝過的Aviation銳利得多，柑橘和杜松子味也比較強烈……妳用的琴酒是坦奎利十號？」

「內行。」她彈了個響指，臉上綻開一個明媚的笑容，「我覺得這樣的口感比較適合你這種人。」

「哦，我是哪種人？」舒揚笑著反問她，略帶輕佻挑逗的語氣，配上他那張無辜的娃娃臉，強烈反差之下更添了幾分誘惑。

來這之前他才剛結束一場重要會議，所以身上的襯衫算是頗為正式的款式，然而此刻袖子隨興地挽起，襯衫頭兩顆扣子也解了開來，可以從微敞的領口看見兩道形狀優美的鎖骨。

明明乍看之下像是商界菁英，卻散發出猶如情場老手的男性魅力，這使女調酒師不禁一怔，最後還是舒揚出聲，才讓她回過神來。

「客人在叫妳了。」在她窘迫離去前，他朝她舉起酒杯，泛起淺笑，「謝謝妳的酒。」

於是女調酒師離開時的腳步又更凌亂了些。

舒揚重獲寧靜沒多久，另一道嬌柔的女聲從他斜後方響起，「請問這邊有人坐嗎？」

他側身朝聲音主人看過去，那是一位身著黑色低胸緊身包臀洋裝的高䠷辣妹。辣妹指了指他身旁的空位，目光卻緊盯著他的臉。

「沒有。」他漫不經心地搖頭。

那名辣妹立刻坐上那個位子，因爲裙子太短，坐下時洋裝下襬無可避免地往上撩，露出兩條白花花的大腿，她故作難爲情地將裙襬往下拽。

舒揚心下冷笑，眞是做作。

不知道程宥寧今天會穿什麼樣的衣服過來，該不會覺得來夜店要跳舞就穿條運動長褲吧！那女人是有可能會這麼做……想到這裡他不由得彎起嘴角，隨後又被這一刹那閃過腦海的念頭嚇到。

現在距離和程宥寧約定見面的時間還有一陣子，也就是說目前仍不是工作時間，他想那晦氣的女人幹麼？是該快點結束這個案子了，要不然他會被程宥寧那個奇葩搞得愈變愈奇怪！

他正兀自想著，耳朵忽地傳進附近兩個年輕男人伴隨著口哨聲的興奮低語：「欸，那女的腿不錯！」

舒揚以爲他們評論的是坐在他身邊那位辣妹，忍不住搖頭嘆息。

這樣的腿叫做「不錯」？那程宥寧的腿就是「仙品」了！

他不以爲然地抬頭，才發現他們看的不是那位洋裝辣妹，他本著好奇心往他們的視線方向望去……

靠，的確不錯……不過怎麼有種熟悉的感覺？

他順著那雙腿往上看，當他看清美腿主人的面孔時，臉色瞬間垮下，一把無名火從心底熊熊竄起。

這女人！穿成這樣是想勾引誰？

晚上十一點四十分，程宥寧從捷運站出來依照手機導航的指示，步行不到五分鐘就找到這間名爲Mr. Night的夜店。一群群年輕男女聚集在夜店門口抽菸聊天，程宥寧看著那些女生身上少到不能再少的布料和高到不能再高的高跟鞋，暗自搖頭。

果然年輕就是本錢——不怕著涼也不怕扭到腳。

今晚夜店剛好有活動，女生身穿一件式洋裝便可在十二點前免費入場。程宥寧今晚穿的恰恰正是一件式洋裝，發覺自己在無意間省下一筆錢後，總算讓她興致高了些，要不然叫她花錢來折騰自己的耳膜，她還寧願捐去月老廟當香油錢，請神明保佑她早日尋回她那依然在迷路的眞命天子。

她才剛從門口進去，就聽見從舞池傳來的嘈雜音樂聲，她皺起眉頭，仔細搜索著老師的身影，希望今晚的課程能早早結束，早早回家睡覺。

隨著年紀增長，現在只要身處人多的地方她就渾身不對勁，因此她下意識地朝人潮相對稀少的吧臺走去，不一會兒便與坐在吧臺邊的老師對上眼。

程宥寧心中一喜，抬手向他興奮地揮了揮。夜店裡燈光昏暗，所以她沒有察覺老師眸光中意味不明的火焰，直到走近，才注意到他一向和善親切的臉龐此刻竟是板著的。

程宥寧怔住，想起上次見面老師一開口就是挑她衣著打扮的毛病，該不會這次也……

這個念頭才剛浮上她的腦海，不出所料便聽老師沉聲問她：「這就是妳認爲合適的衣服？」

程宥寧低頭端詳起自己的衣著，她既沒穿老師在訊息裡特別提及的那件「業障T」，也沒穿上回讓他很有意見的「寶寶T」，他到底還有什麼不滿？

愈想她心中愈來氣，是，她是沒少女心，在這方面需要他的幫忙，所以稱他一聲老師，可她從事時尚流行產業這麼多年，要如何穿搭這種事，再怎麼說都輪不到他來指正她吧！

於是她怒火頓時升起，扠腰挺胸，揚起下巴不服氣地反問：「這身衣服哪裡不合適了？」

舒揚盯著她因爲這動作而更加明顯的女性曲線，忽然感覺身體某處緩緩湧起一股熱流，他不是沒經歷過這種情況，但沒料到程宥寧居然也能讓他出現這種反應。

他微微別過頭，不自然地乾咳了兩聲，「……太露了。」

「什麼？」音樂聲淹沒了他的話語，程宥寧直覺地彎身靠近，想要聽清楚他在說什麼，舒揚卻在這時回過頭來，兩人的鼻尖差點撞到一塊兒。

「我說太露了！」舒揚提高音量喊，語氣帶著幾分惱羞成怒。

程宥寧望著他那雙近在咫尺、透出莫名怒意的灼亮眼睛呆愣了片刻，接著徐徐直起身，環顧四周，再看向舒揚，眞心不解地開口：「太露？你在跟我開玩笑嗎？」

若指摘程宥寧穿這樣「太露」，那在這間夜店裡的其他女生應該都算是「裸體」了！

她今晚穿了一件一字領櫻桃色針織合身洋裝，裙子長度甚至有到小腿肚，整間夜店放眼望去全是白花花的腿，就只有她一人穿長裙。她不但沒露腿，也沒露溝露背，更沒露腰露肚臍……莫非這世界在她沒有發覺的時候已經變得保守至此？

程宥寧不知道的是，在男人看來——至少在舒揚眼中，她這種全身裹緊緊的打扮反而比起那些只穿小可愛、熱褲的女人更具挑逗意味。

櫻桃紅是很容易顯老的顏色，卻很襯程宥寧的膚色，一字領上半露的香肩雪白圓潤，兩道鎖骨精緻立體，一條小巧簡約的玫瑰金鍊垂落在鎖骨間的凹處，在燈光的照映下閃著幽光，彷彿誘惑著人伸手去碰一碰它，而洋裝的緊身布料完全勾勒出程宥寧玲瓏有致的身材曲線。

這還不夠引人遐想嗎？舒揚在心中咬牙申辯。

程宥寧發現他的目光停留在她裙邊的開衩上，恍然大悟地啊了一聲，「老師是說這個啊！這也不是我願意的，不過這種緊身長裙真的很難走動，來的路上一不小心步伐跨大了點，裙子的接縫就裂開了。我想說乾脆把那條裂縫再撕開些，看起來也比較不突兀，沒想到這樣改造後，不僅行動方便多了，連蹲馬步和弓箭步都能做到！」

她似乎十分滿意自己的急中生智，解釋的話裡滿是得意與炫耀，還怕他不相信，長腿一跨，在眾目睽睽下示範了個豪邁的弓箭步。

「……謝謝妳的分享。」舒揚抽了抽眉角，看著她那雙因這姿勢而從裙衩露出的白皙長腿，所有綺思瞬間飛到外太空去。

引人遐想？他是鬼上身了才會那麼想。

經過這麼一番折騰，舒揚原本躁動的心竟奇妙地平靜下來。他想起幾分鐘前那個反常的自己，只覺陌生又好笑，他跟程宥寧較眞什麼呢……

他輕輕嘆了口氣，「好了，直接進入正題吧，今天晚上妳的任務很簡單。只要成功要到兩個陌生男人的電話，妳就可以回家了。」

「要電話？你是要我主動去搭訕男人嗎？」程宥寧頓時如喪考妣，彷彿舒揚是叫她徒手去拆彈。不，她還寧願去拆彈！

舒揚點點頭，非常滿意程宥寧的反應，他早預料到會是這種情況，「老實告訴我，妳這輩子活到現在，曾主動對哪個男人示好過嗎？」

程宥寧認眞地搜刮著記憶，「國小一年級我有借過隔壁男同學橡皮擦……這個算嗎？」

「廢話，當然不算！」舒揚感覺他的理智再度面臨到嚴峻的威脅。他拿起吧臺上的酒喝了一口，冰涼的液體總算讓他鎭定了點，他重新揚起一個標準的完美笑容，「我的意思是，那種遠古時代發生的事我們就別管了。其實搭訕的技巧不是重點，這個練習是要讓妳找到自己專屬的女性魅力……更確切地說，是『性魅力』。」

「性魅力？」程宥寧一聽到這個名詞，眉頭鎖得更緊了，「不不……你要我在這裡找個男人搞一夜情，就先踩過我的屍體吧！」

舒揚看著她混雜著戒備與壯烈的眼神，失笑出聲，「誰要妳搞一夜情了？兩個陌生男女要對上眼，除了外貌氣質能吸引對方外，更重要的是『性魅力』。妳想想有多少人可以在第一眼就看清對方的內心？當然，妳可能會說一個人的內在比外在重要，但如果對方連想要進一步了解妳內在的欲望都沒有，妳再善良堅強再多才多藝又有誰會看到？」

儘管程宥寧沒有反駁，可是緊抿著的下唇顯示出了她心中的不服。

舒揚並不意外，他一一指向夜店裡的各色女人，耐心地爲她講解：「性魅力並非妳想得那麼極端，有的女人將長髮塞到耳後時的動作最能吸引男人，有的女人則是托腮看人時最有風情。那麼妳呢？妳知道自己什麼時候最吸引人嗎？」

程宥寧張了張唇，半晌後蔫蔫地吐出一句：「我不知道……」

「沒關係，這就是我們今天晚上會來這裡的目的。」舒揚笑眼彎彎，「去吧！我要求不高，拿到兩個男人的電話號碼就行。」

雖然和程宥寧見面的次數屈指可數，不過舒揚自認已對這女人了如指掌，用腳趾頭都能想像出她搭訕男人時的畫面，除了慘不忍睹，不會有第二個形容詞。

他深信自己將會欣賞到一齣世紀搞笑大戲，因此當他看見程宥寧跟陌生男人談笑風生，聊天氣氛融洽愉快，好似多年未見的老友時，他的下巴差點沒掉到地上。

怎麼可能？難道幾天不見她就突然開竅了？

「帥哥，你看起來心情不太好，怎麼了嗎？」嬌柔的女聲再次從一旁傳來，舒揚回過頭，才發覺說話的正是不久前坐到他旁邊空位的辣妹。

她爲什麼還在啊……舒揚按捺住不耐的情緒，禮貌地笑了笑，「沒什麼。」

他拿起吧臺上的酒逕自喝了起來，目光依然牢牢盯著程宥寧所在的方向，愈看愈覺得和她聊天的那個男人很不順眼。

這種男人他見多了，表面上看起來乾淨斯文，實際上卻是玩弄女人於股掌間的情場老手。

程宥寧爲什麼一挑就挑到這種男人？眼光差成這樣，他都不好意思承認自己是她的老師了……

「你朋友是第一次來夜店吧？一看就知道。」舒揚身旁的辣妹湊上前「不經意」地用身體擦過他的手臂，「我剛剛不小心聽到你們聊天了，你朋友眞的很『有趣』呢！」

「有趣」二字被她故意加重音強調，聽在舒揚耳裡怎麼聽怎麼刺耳。程宥寧是很奇葩沒錯，可也輪不到她來說嘴。

心中原先的煩躁忽地被深深的不悅取代，他將酒杯放回桌上，側頭含笑看向那位辣妹。洋裝辣妹以為有戲，暗自欣喜，沒注意到舒揚眸中漸濃的怒氣，等到她大膽地勾住他的手臂正欲進一步發展時，就見他神情瞬間一變。

「滾開！」

她瞪大眼睛怔在原地，而用力甩開她的那個男人早已消失無蹤，只留下一張帶著餘溫的空椅左右晃動著。

「這是要請我喝的？」程宥寧凝視著男人手中那杯在燈光下帶了點螢光綠的雞尾酒，沒有伸手去接。

「嗯，不要客氣。說了這麼多話，口也渴了吧！」男人點了點頭，握著酒杯的手指修長勻稱，笑容親切。

程宥寧憑直覺挑上了這個看起來相對斯文乾淨的男人作為練習對象，本做好了被拒絕的心理準備，沒想到這男人居然花了三分鐘聽她說完五個冷笑話，還告訴她這些笑話一點都不好笑，他有更厲害的。

如果他刻意捧場，拍手叫好，程宥寧反而會提高警戒，但他竟然說她的笑話不好笑，雖然這讓她有些受挫，可也由此看出了對方是位誠實正直的青年。

更重要的是，他說的笑話眞的比她的好笑一百倍，她差點忘了自己置身何處，幾乎想立刻奉茶拜師。

怎知茶還沒奉上，這位準師父反倒先請她喝酒了。

她正猶豫著，面前那杯酒就被一隻男人的大手接過，同時一條強而有力的手臂環上她的腰，將她以充滿宣示主權意味的占有姿勢攬入懷中，熟悉的嗓音在她腦後響起。

「不好意思她有約了。」舒揚的語氣依舊帶著見人三分笑的和善，一字一句裡卻隱含著危險的氣息，「謝謝你的酒，不過她要是渴了我會滿足她的，就不勞你費心了。」

Chapter 12

那個男人瞥了眼處於半呆愣狀態的程宥寧，再看向氣勢逼人的舒揚，低罵了一聲便識相地離開了。

舒揚的手仍搭在程宥寧的側腰上，程宥寧等了片刻未果，便好心出聲提醒：「謝謝老師。戲已經演完，可以放開我了。」

舒揚發覺懷裡的人似乎有些不自在，這還是第一次有女人急著從他的懷抱中離開。

他差點就脫口問她「妳就這麼不情願？」，但這女人很有可能說出「因爲很熱」之類過度忠於事實的回答。

此刻他最不想聽到的就是這種話，儘管他也不明白爲什麼。

待程宥寧察覺到後背那股貼著她的溫熱退去，竟頓時有幾分失落。她爲這瞬間湧上心頭的陌生情緒感到既吃驚又難爲情。畢竟她也是個成年女人，莫非在內心深處，抑或是說她的身體，其實和其他女人一樣渴望著男人的體溫和擁抱？

她的臉頰不由得微微發燙了起來，幸好夜店裡燈光昏暗，老師不會注意到自己的異樣。

她不敢看向老師，只好垂頭盯著自己的高跟鞋鞋尖，一想到自己居然從老師身上感受到「欲望」，她就覺得難堪。

是因爲身處在這個連空氣中都浸著幾絲曖昧氣息的環境裡？還是因爲老師是唯一一個曾和

她雙唇相貼的男人？

程宥寧沉浸在自己的思緒裡，直至額頭忽然被人用力地敲了一下，她下意識罵了句髒話，抬起頭就見老師正站在她面前，惡狠狠地瞪著她。

「怎麼……了嗎？」

「妳還敢問？妳知道這是俗稱的『失身酒』嗎？」舒揚舉起先前從男人手中接過的雞尾酒，咬牙切齒地問。

「我不知道。」程宥寧望著那杯瑩綠的液體，茫然地搖頭，「不過我本來就沒打算要喝啊！」

「沒要喝？要是妳沒有要喝，那個爛梗男問妳的時候，妳爲什麼不立刻拒絕？」

舒揚沒發現自己此刻已撕下了那張面對客戶時一貫彬彬有禮的假面，而程宥寧同樣沒注意到。

她思考了幾秒，才終於把「爛梗男」和差點成爲她冷笑話師父的那個男人聯想在一起。

「呃，我是在想該如何婉拒。連小學生都曉得陌生人給的飲料不能隨便亂喝好嗎？」她頓了頓，「但當下眞的很難直白地拒絕啊，難道我要直接回他『我媽說不能喝陌生人給的飲料』？」

舒揚聽完卻笑不出來，他懊悔了，要不是他注意到情況有異，要不是程宥寧依然足夠清明，後續會發生什麼事他根本無法想像。

他總算意識到，自己一開始之所以會那麼放心地讓她去「勾引」男人，是因爲自己心中認定了程宥寧是朵奇葩，卻忽略了她也是個女人，而且是個臉蛋身材都算正點的女人。

大部分的男人來夜店都只是追求露水情緣，肉體上的歡愉比起靈魂交流對他們來說還重要，說不定在他們眼中，程宥寧這種率直不做作的個性反而很可愛，更能勾起他們在床上……

舒揚不敢再繼續深想，他不曾在工作上質疑自己的決斷，但此時他居然忍不住懷疑，今晚把程宥寧帶到這裡是不是個錯誤的決定？這女人在男女之事上見過的世面太少，要是就這樣傻呼呼地被人騙了清白，身爲間接幫兇的他怎麼對得起她？

「我很……抱歉。」

「啊？抱歉什麼？」

看著一臉茫然的程宥寧，舒揚糾結了片刻，不由得輕嘆了口氣。

他在這裡窮著急，這女人卻完全狀況外啊……

「算了。」他搖搖頭，將那杯失身酒隨手擺在一旁，「到此爲止吧，妳不用再找男人要電話了。」

「欸？可是我連一個都還沒要到……」她以爲老師已經對她徹底失望，不想再浪費時間了，趕緊出言解釋：「其實剛才我差不多就要成功了，我和那個男的聊得很愉快，只差還沒問到電話而已，接下來會愈來愈順利的，而且今天晚上來這裡不就是爲了練習嗎？」

儘管程宥寧對向男人要電話這項練習一點都不熱衷，只是她習慣每件事都全力以赴，要做就要做到最好，半途而廢不是她的風格！

舒揚聽到那句「我和那個男的聊得很愉快」，腦中頓時響起轟地一聲巨響，他幾乎沒多想便脫口而出：「練習照舊，不過對象變了。」

「變了？」程宥寧疑惑地揚起眉毛，雖說眼前的老師還是頂著一張可愛的娃娃臉，可此刻他散發出的氣場竟比余晉冬還更具侵略性。

她的腦袋裡倏地閃過一句形容——披著羊皮的狼。

她吞了口口水，下意識地往後退了一步，略感緊張地問：「變成誰？」

舒揚深深地望著她，程宥寧退一步，他就逼近一步，直到她後背緊貼著牆，再也無路可退。

「我。」他將雙手抵在程宥寧身後的牆上，俯下身子在她耳畔呢喃：「現在想辦法誘惑我，拿到我的電話。」

他溫熱的呼吸挾著淡淡酒氣撲上她的臉頰，彷彿一根蘸了酒的羽毛在她的肌膚上輕輕刷過。程宥寧抬頭盯著近在咫尺的男人，明明沒喝半滴酒，自己卻宛如酒醉般反應遲鈍。

她只能憑本能勉強地說：「但我已經有你的電話了。」

「……那妳就刪掉！」舒揚一時沒忍住便失控怒吼。

程宥寧身子顫了顫，側頭稍微拉開和他之間過近的距離，一邊揉著耳朵一邊弱弱地抱怨：「老師，我才三十三歲沒有重聽，你能不能好好說話？」

舒揚維持著同樣的姿勢，心境卻是一百八十度大轉變。他望著臉上寫滿真誠的程宥寧，從未有過的強烈無力與挫敗感陡然湧上他的心頭。

是他錯了，各人造業各人擔，他不該從小漢那裡接下這個案子……不，或許打從創立SNY

點子銀行開始就是個錯誤……不不，說不定他根本就不適合出生在這個有程宥寧的世界……

舒揚依然深陷在自己的悲觀小宇宙裡無法脫身，被他困在雙臂之間的那人又拋出了一句無異於另一道驚雷的話，將他從思緒裡震了出來。

「老師，你是在示範壁咚嗎？」

「妳居然知道什麼是壁咚，真是出乎我意料之外。」舒揚抽了抽嘴角。

程宥寧似乎沒聽出他話中的諷刺，像是被老師稱讚的小學生般興高采烈地邀功，「我們網站的報導常常會用到這些流行詞語，看多了想不知道也難。」

「既然妳看了這麼多，那妳曉得一個女人被男人壁咚時『通常』會有什麼反應嗎？」舒揚特地將「通常」二字咬得特別重。

她認真地回想了一下，突然想起余晉冬說過的話，不太確定地回答：「心跳加速、呼吸急促、全身燥熱？」

「那妳現在有沒有心跳加速、呼吸急促、全身燥熱呢？」

程宥寧沉默了半晌，抬手覆上自己的心口許久，發現胸腔裡的那顆心臟，跳動的速度好像跟往常差不多。她又伸出右手食指放在鼻下，感受著自己的呼吸頻率，好像也沒什麼不同……

她微微皺起眉頭，正有些洩氣，腦中卻忽地靈光一閃。

是了，條件不符合，難怪她沒有感覺嘛！

她微微抬起下巴和舒揚平視，穿上高跟鞋後的她，個頭其實和他沒差多少，「老師，我知道了！要是你能穿上增高鞋墊，效果可能會好一點，那些少女嚮往的壁咚，男女身高差起碼要在二十公分以上啊！」

「什麼？」舒揚不可置信地睜大眼睛，以為是自己聽錯了。

儘管他早已習慣程宥寧的語不驚人死不休，這個答案卻遠遠超出他的預期……她竟然嫌棄他的身高？她竟敢嫌棄他的身高！

他咬牙，正要念出那句一秒變身狂霸跩總裁的經典臺詞——「女人，妳在玩火」，就聽見程宥寧繼續火上澆油。

「或者我脫掉高跟鞋試試？」

她說完還眞的付諸行動，將腳上那雙漂亮的黑色尖頭高跟鞋脫下，瞬間矮了七公分的她，和舒揚之間的身高差距總算拉開了些。接著她伸手在他們倆的頭頂比劃了一番，好似仍不太滿意，又略略彎下膝蓋，讓兩人的身高差更加明顯。

看著程宥寧這一連串無法用常理解釋的行動，舒揚頓時什麼火氣都沒了，和她生氣有什麼用？估計自己氣死了她也不曉得原因，甚至會誤以為他是不是有什麼先天隱疾。

他輕嘆一口氣，「好了，回家吧。」

❤

夜店大門前的路口不好停車，要穿過斑馬線去到對街，才比較容易攔計程車。舒揚走在前頭，偶然回頭一看，就見程宥寧走得很慢，落後了一段不短的距離。

他停下腳步，「怎麼了？」

「沒事。」程宥寧刻意加快步伐，舒揚卻眼尖地察覺到她走路的樣子有些古怪。

「到底怎麼了？」他皺起眉頭，聲音沉了幾分。

「沒什麼啦，就是這雙鞋有點磨腳……」

「我看看。」舒揚朝她走過去。

「真的沒什麼！」程宥寧趕緊擺手。

「脫下。」

「什麼？」

程宥寧還沒反應過來，舒揚已屈膝半蹲在她腳邊，用指節敲了敲她的高跟鞋，「叫妳脫下。」

「喔。」程宥寧沒辦法，只能順從地脫下高跟鞋。

舒揚看到她雙腳的後腳跟都被磨破皮，甚至隱隱滲出血絲，突地有幾分惱怒，「這樣叫沒事？」

「真的沒事，穿高跟鞋磨腳本來就很正常，多穿幾次應該……」

「妳先到那裡坐下。」他打斷她的話，指向路邊不遠處的一張長椅，「我去便利商店幫妳買OK繃。」

「不用麻煩啦，我回家再處理就行了……」

舒揚瞪了她一眼，用毫無商量餘地的口吻說：「妳這女人怎麼這麼不可愛？」

程宥寧按照指示乖乖地坐在長椅上等待，沒等多久舒揚就把東西買回來了。她本來堅持自己貼OK繃就好，然而舒揚理也不理，逕自抓起她的腳踝，爲她處理傷口。

舒揚先用生理食鹽水沖洗傷口，手上動作輕柔，嘴巴卻毫不留情地碎念：「還說沒事？妳這樣放著不管，回家洗澡碰到水絕對痛死妳！」

程宥寧難得沒有反駁，靜靜望著蹲坐在她腳邊忙碌的男人。

路燈映照下，舒揚低垂的眉眼和他凶巴巴的語氣相反，被籠上了一層溫柔的昏黃，顯得十分柔和。他神情專注，就像在這一刻，世上任何事情都比不上替她處理傷口重要。

她看著看著，驀地鬼使神差地問了句：「老師，在你看來，怎樣的女人才叫可愛？」

舒揚抬眼困惑地看向她。

程宥寧接著補充：「你剛剛不是說我這女人很不可愛嗎？那怎麼樣的女人對你來說才算可愛？」

舒揚靜默，正思索著該如何回答，腦中卻倏地浮出不久之前程宥寧當眾示範弓箭步的畫面，嚇得脫口而出：「總之不是妳這樣的！」

程宥寧被間接嫌棄，也沒覺得羞惱，點點頭表示理解，過了半晌又繼續發問：「老師你應該有交過女朋友吧？」

「廢話。」舒揚處理好傷口後，邊替她穿回鞋子邊理所當然地答：「妳以爲每個人都跟妳一樣？」

程宥寧沒有察覺到舒揚忽然變成了隻刺蝟，處處針對她。

「那……喜歡一個人是什麼樣的感覺？」她緩緩地開口，話中帶了些疑惑。

舒揚一怔，慢慢地站起身，試著從程宥寧的表情分析她提問的動機，「怎麼突然問這個？」

「沒有啦，我只是覺得那些少女漫畫、偶像劇還是離我太遠了，不是很能體會，所以想直接請教有經驗的人，喜歡一個人到底是什麼感覺？」

程宥寧臉上除了好奇就是好奇，宛如課堂上向老師提問的學生，完全不帶一絲試探意味。見到她的神情，不知怎地舒揚心情竟有些低落，但很快就恢復冷靜。

身爲老師，他有責任替學生解惑，他靜下心，開始回溯自己過往的感情經驗。

他交過女朋友……交過幾任呢？

他記得自己最長一段感情維持了兩年多……然而喜歡一個人是什麼感覺？

他不知道，他還眞的不知道。

舒揚直到此刻才清楚意識到，身爲程宥寧的戀愛指導老師，自己居然也不懂「愛」是什麼，他從來沒試著去了解，或者說根本不相信有這種東西存在。

可是他怎麼能跟程宥寧坦白？那樣將會重挫他的專業形象。

舒揚回想著書中對「愛情」的種種定義，一陣手機鈴聲陡然打斷了他的思緒。

「啊，是我的電話。」程宥寧對他歉然一笑，從包包裡翻出手機按下接聽，「喂？」

「姊！媽……媽送急診了……現在在醫院，可是……嗚嗚……」電話那頭程宥心的聲音因為嗚咽變得模糊破碎。

程宥寧心中一慌，焦急之下脾氣也跟著上來，「哭屁啊！快把話說清楚！媽怎麼了？」

「媽從樓梯上跌下來，好像傷到了脊椎，嗚嗚嗚……」

程宥寧渾身的血液彷彿瞬間凍結。脊椎受傷可不是鬧著玩的，嚴重起來甚至會終身癱瘓。

聽著妹妹從電話那端不斷傳來的哭聲，程宥寧握緊手機，做了幾個深呼吸。她明白自己必須冷靜下來，如今沒有多餘的心力讓她害怕。

「爸呢？爸在哪裡？讓爸聽電話。」

「阿寧啊！妳媽媽她今天在擦樓梯上的吊燈時不小心……」

「先不要跟我講這些！」程宥寧攥緊拳頭，指甲深深嵌入掌心，只有這樣的疼痛才能使她保持冷靜，避免在此時對同樣無助的父親發飆，「爸，你先告訴我醫生怎麼說？要手術嗎？現在情況如何？」

「醫生說要立刻手術，但目前沒有可以動脊椎手術的醫師，我也不清楚，似乎要等到明天早上……阿寧，還是我們帶妳媽轉到別間醫院？」

程宥寧握著手機，閉上眼睛，給自己三次呼吸的時間。然後，她睜開眼睛，用略微乾啞的聲音鎮定地說：「先不要轉院，我來想辦法。爸，你繼續跟醫院那邊談，能盡快動手術就盡快，一有別的情況就叫宥心跟我聯絡，我馬上開車回臺中！」

程宥寧掛上電話，隨即收拾東西匆忙起身。

「老師對不起，我家裡有點急事必須要先離開，今天很謝謝你！」

她說完也沒等舒揚反應，拿著包包邁開步伐就要過馬路去攔計程車，舒揚從後面抓住她的手腕，「這麼晚了，妳要自己開夜車回臺中？妳知不知道這樣很危險！」

「我會小心的。」她想要掙脫，可舒揚手上的力道又加強了幾分。她近乎是哀求地軟聲道：「老師，有什麼事我們以後再說，我現在眞的在趕時間！」

「在哪家醫院？」舒揚一手仍緊抓著她，另一手從褲子口袋掏出手機。

「什麼？」

「妳媽在哪家醫院？」舒揚望著她因慌亂而迷濛無神的雙眼，放柔了嗓音，「說不定我有認識的醫生。」

程宥寧幾乎是本能地搖了搖頭，「沒關係，我來想辦法就好，不用麻煩老師。這麼晚了你早點回家休……」

她還沒說完，額上便被人重重一敲。她吃痛地低喊一聲，微惱地望向舒揚，卻發現他眼中竟帶著深深的怒意。

「妳就是這樣，老是把逞強當作堅強！妳說自己想辦法就好，請問妳有什麼辦法？」

「所以才要想啊！」程宥寧情急之下，語氣也開始有些不耐。她已經明白地告訴老師她在趕時間了，爲何他還是不肯放過她？

「那妳的辦法爲什麼不能是『讓我幫妳』？」舒揚鬆開她的手腕，字字句句更加鏗鏘有力，「妳不讓我幫忙，是不想麻煩我，還是不願意欠我人情？」

見程宥寧垂首沉默，他上前一步，雙手搭在她的肩上，強迫她抬起頭看他，「我不覺得麻煩，人情妳也可以之後再慢慢還。難道妳眞打算單打獨鬥過一輩子？就這麼一次，試著依賴別人，不要凡事都自己扛，好嗎？」

程宥寧緊抿下唇，凝視著舒揚在夜色中依然明亮的雙眼，心裡那個鎖著「脆弱」與「恐懼」的櫃子似乎被人撬開了一道縫隙。

她眞打算這樣單打獨鬥一輩子嗎？雖然她一向好強，但只要是人，大部分都會希望在遭逢困境時，身旁能有人陪伴，她也不例外。

在過往陷入絕望害怕時，她也曾想過誰來救救自己，只是從頭到尾都沒有人來救過她，久而久之，她就忘了該如何呼救，反正她只有自己，她也一直以爲只能靠自己。

可如今有人朝她伸出手了，她該抓住嗎？她能抓住嗎？

程宥寧幾乎就要點頭說好了，然而熟悉的手機鈴聲再度響起。

她以爲是妹妹打來告知媽媽病情有變，看也沒看便按下接聽鍵，電話那頭傳來的卻是道男人的嗓音。

「程小姐，我是夏沐禮。妳現在在哪裡？」

❤

「手術非常成功，沒有大問題，大概再留院多觀察個兩三天就能出院了。」

夏沐禮眞誠地道謝，「辛苦老師了！這麼晚還臨時麻煩老師，眞的很抱歉……」

「哪兒的話，醫生救人本來就是應該的，更何況小夏你難得拜託人，我怎麼能不給你這個面子？老實招來，病患是不是你未來丈母娘？」主刀醫師的話中帶了幾分揶揄。

「不、不是的，您誤會了，我跟程小姐不是那種關係。」

程宥寧坐在手術室外的等候區，聽著夏沐禮和主刀醫師的對談。從接到夏沐禮的電話開始，她就彷彿置身於大霧之中般茫茫然，然而還沒等她反應過來，事情便順利解決了。沒過多久，護士從手術室裡推出病床，準備將病患轉移到普通病房。等程宥寧親眼見到躺在病床上睡得安詳寧和的母親，一顆懸著的心才總算放下。

她讓爸爸跟去病房，並吩咐妹妹回家準備住院所需的用品，自己則留下來處理後續手續。夏沐禮本想陪著她一起去辦理住院手續，卻被她婉拒了。

「開了兩個多小時的夜車，又陪著我們留到現在，你一定很累了吧！早點回家休息吧。」程宥寧對夏沐禮露出一個疲憊的微笑，「這次眞的很謝謝你，下次請你吃飯。」

「不用客氣，我是位醫生，看到病患需要幫忙自然不能坐視不管。」他見她只穿著那件單薄的洋裝，想了想，反手脫下身上的淺灰色針織外套罩在她光裸的肩上。

帶著男人體溫的柔軟布料才剛覆上她，程宥寧便反射性地一縮，「沒關係，我……」

「妳穿著吧，醫院冷氣強，妳一夜沒睡，正是免疫力最弱的時候，如果到時候感冒了該怎麼照顧妳媽媽？」夏沐禮少見地用有些強硬的口吻打斷她的話，並伸手將她身上的外套攏緊。

他都這麼說了，程宥寧再拒絕就顯得矯情了。她點頭表示感謝，忽然想起一個嚴重的問題，「你不是有潔癖？外套借我穿沒關係嗎？」

此刻程宥寧臉龐上的妝容微微暈開，身上仍帶著在夜店沾染到的濃重酒氣，然而夏沐禮卻目光柔和地望著她，兩頰酒窩淺淺地浮了出來，「沒關係。」

雖然程宥寧不明白他潔癖的程度爲何有時高有時低，但眼下不是深究的時機，便說：「謝謝你，外套我會洗過再還你，趕快回家休息吧。」

夏沐禮似乎想再說些什麼，張了張唇，最後只輕輕吐出一個字，「好。」

程宥寧坐在病床旁的折疊椅上，背倚著牆，看向窗外已透出些許曙色的天空。

趕來醫院的時候太匆忙，什麼東西都沒帶上，因此她臉上的妝沒卸、隱形眼鏡沒摘，連身上的連身洋裝都沒能換下。她脫下高跟鞋，讓不適的腳指頭得以放鬆片刻。

躺在病床上的母親還沒醒來，儘管知道是因爲麻醉未退，並無大礙，程宥寧也不敢鬆懈。所幸即使她身體像鉛塊一樣沉重疲憊，意識卻依然很清晰，沒有絲毫睡意，她在腦中將多如牛毛的待辦事項一項項按緊急程度排序，再找出電量沒剩多少的手機，給助理小芸傳了訊息，說她家裡臨時出事，今天不會去公司，又請她協助取消今天早上十點半的編輯部會議。

才剛傳出訊息，她就聽見病房房門被人輕敲了兩下。

「請進。」程宥寧邊說邊急忙將鞋穿好，她以爲是護士來巡房，沒想到來人竟出乎她意料。

「夏醫師，你怎麼來了？」程宥寧鞋才穿了一半，困惑地望向夏沐禮。

夏沐禮手上多了兩袋東西，其中一袋飄出了燒餅的香味。他輕手輕腳地闔上房門，把裝著燒餅豆漿的塑膠袋放在床邊的櫃子，環視四周，「我想你們應該也餓了，就買些吃的東西過來……不過為什麼只剩下妳一個人？」

程宥寧被他這麼一問，頓時忘了追問他為何會再來醫院，便如實回答：「我爸年紀大了，體力不好，我妹今早還有課，我就讓他們先回去休息了。」

「可妳不是也整晚沒睡？」夏沐禮微微蹙眉。

程宥寧無所謂地聳肩，彎腰繼續把鞋子穿好，「反正我常為了截稿日熬夜，早就習慣了，也不差這一天，而且我媽的病況已經穩定了，沒必要大家都耗在這裡。」

夏沐禮若有所思地望著程宥寧，靜默了好一會兒，最後輕嘆了口氣，「我幫妳買了拖鞋過來。這個時間點沒有什麼店家營業，所以只能從便利商店買這種最陽春的款式，希望妳不要介意。」

程宥寧看見夏沐禮從另一個塑膠袋取出一雙藍白拖放到她腳邊，怔了片刻才出聲：「當然不會介意？太……太謝謝你了。」

她脫下高跟鞋，換上那雙對她來說略微偏大的藍白拖，突然笑出了聲。

「怎麼了？」夏沐禮以為她不喜歡，有些緊張，「是不是拖鞋太大了？」

「不是。」她搖頭，語氣愉悅，「我從沒想過有個精神科醫生朋友會有這種好處。」

「什麼意思？」

「善解人意，觀察入微，而且體貼溫柔。」程宥寧神情真摯，話中沒有半點客套奉承，「我終於明白為什麼你的病患都離不開你了。」

被她如此誇讚，夏沐禮臉上一紅，他乾咳了幾聲，從桌上拿起燒餅遞給程宥寧，隨後抽了張衛生紙將吸管愼重地擦拭過一遍，才插進溫豆漿杯裡給她，「吃早餐吧，我不知道你們喜歡吃什麼，就在附近隨便買了。」

「謝啦。」昨晚在夜店沒吃東西，又折騰了一夜，程宥寧肚子確實餓了。她爽快地接過豆漿，見塑膠袋裡還有兩份早餐，想來是幫她爸爸和妹妹買的，「你應該也還沒吃早餐吧？坐下來一起吃吧。」

「嗯。」聞言，夏沐禮便拿了份燒餅夾蛋，坐在程宥寧爲他挪出的空位，跟著吃了起來。

兩人就這麼安靜地吃著，一時之間病房內的氣氛寂靜到有點尷尬。

程宥寧吸了口豆漿，率先打破沉默，「話說回來，我妹爲什麼會有你的電話？」

「之前一起吃飯那次，我有給她名片，告訴她以後在醫療方面有需要幫忙的，都可以打電話給我。」

人家是客氣，沒想到妳還眞有臉皮大半夜打電話過去啊……程宥寧在心裡將程宥心罵了千萬遍，不過她不得不承認，多虧了妹妹的厚臉皮，媽媽的手術才能順利完成。

雖然如此，禮貌性的賠罪仍不能少。

程宥寧向夏沐禮鄭重地說：「夏醫師，大半夜把你從睡夢中吵醒實在很抱歉，還麻煩你一路開車送我回來，我都不曉得這個人情該如何還了，請你一定要空出時間讓我請你吃個飯。」

「沒關係，眞的沒關係！反正我今天休假，本來就打算回臺中，只是提早一點回來而已，不用放在心上。」夏沐禮連忙擺手，他頓了頓，表情微變，口氣帶了點遲疑，「對了……」

「怎麼了？」程宥寧揚起眉毛。

「以後叫我沐禮就好了，一直稱呼我醫師，感覺好生疏。」他那雙淺棕色的眼眸裡流轉著溫潤的光芒，「我可以也叫妳宥寧嗎？」

Chapter 13

程宥寧是被一陣交談聲吵醒的，她一向淺眠，縱使說話的人刻意放低音量，但只要有任何一點動靜她都能感覺得到。

她腦袋仍有些昏沉，半閉著眼睛從躺椅上爬起的瞬間，有什麼東西從肩上滑落，她緩緩睜開眼睛，就見掉落在腿上的是夏沐禮的針織外套。

「把妳吵醒了嗎？」程一華正站在床邊拿著杯子餵老婆喝水，聽見背後的聲音便扭頭朝程宥寧看去，「妳再休息一會兒吧。」

「沒關係。」程宥寧穿上拖鞋走上前，「媽什麼時候醒的？」

「剛醒來一陣子。」程一華替劉淑眞扶著吸管，「醫生有來看過了，說手術滿順利的，應該沒什麼大問題。」

程宥寧點頭表示理解，目光朝躺在床上的劉淑眞凌厲地射去，「妳喔！都幾歲的人了還這樣折騰自己，吊燈好好的招誰惹誰了，妳沒事幹麼去擦它？」

劉淑眞不敢和女兒正面對上眼，像是在聽訓的小學生，大氣都不敢喘一聲，「就覺得有點髒了，想說來擦一下，我以前也常擦啊，怎知道這次會出事……」

「妳以爲自己還很年輕嗎？」程宥寧既生氣又無奈地嘆氣，「妳眞想擦叫程宥心去擦就好了，她不是在家嗎？」

「唉，妳妹妹做事那麼隨便，有擦等於沒擦，我自己來比較快嘛。」劉淑眞理所當然地說，結果換來程宥寧凶狠地一瞪。

「她就是被妳這樣寵壞的，妳叫她做，然後在旁邊盯著不就好了嗎？」程宥寧咬了咬牙，「跟妳說過多少次了，我不在妳身邊，自己的身體要顧好，要是今天癱瘓了，妳再後悔一千次一萬次也沒有用！」

「我知道啦，以後會注意……」劉淑眞趕緊換個話題，「妳今天不用上班喔？」

「我有跟助理說要請假了。」程宥寧怎麼可能沒發現她媽媽那點小心思，只是也不打算繼續追究了。她探頭掃視病房一圈，「夏醫師……沐禮呢？回家了？」

程宥寧實在是累壞了，她想不起自己是何時睡著的，甚至連夏沐禮離開都沒發覺。

「我剛來他就說要走了，好像是醫院有急事找他，要趕回臺北。」程一華拿起毛巾爲劉淑眞擦去下巴的水漬。

程宥寧一愣，「他昨晚才開夜車送我回來，也沒怎麼休息，現在又要開車回臺北，這樣太危險了吧？」

「我有問他要不要坐高鐵比較安全，但他說他還是得把車開回去，不過會買咖啡在路上提神，叫我不要擔心。」程一華看向程宥寧，「妳要不要打個電話關心他一下？」

「嗯。」程宥寧也覺得理應如此，從包包裡翻出手機，就見手機螢幕一片漆黑，「我手機沒電了……算了，這時間他大概還在路上，也不方便接電話，我晚點再打給他。」

「姊姊啊，聽妳爸說沐禮這次眞的幫了我們很多，妳要替我好好跟人家道謝！」劉淑眞努力抬起脖子望向程宥寧。

程宥寧急忙放下手機，走過去將她按回床上，「妳好好躺著，剛做完手術不要隨便亂動。我已經道過謝了，會再找機會請他吃飯。」

「找他來家裡吃飯吧，我可以做最拿手的芋頭排骨給他吃！」劉淑眞一副興致勃勃的樣子，看起來還眞不像是個病人。

程宥寧無奈一笑，拍了拍她的手背，將她的手重新塞回棉被底下，「知道了，我再跟他說。」

劉淑眞仍在興頭上，雖然臉色依然有些蒼白，一雙眼珠子卻骨碌碌地轉著，「姊姊，妳說沐禮跟我們不熟，還願意在大半夜幫忙，是不是……」

察覺到話題即將往某個令她頭疼的方向奔去，程宥寧連忙開口打住：「妳是病人，他是醫生，醫生本來就該幫助病人，他是這麼說的。」

「醫生又不是做慈善的，這種話妳也信？」劉淑眞恨鐵不成鋼地白了她一眼，接著笑咪咪地說：「看來沐禮眞的對我們家姊姊有點意思啊。」

「沐禮這孩子不錯，上次吃飯就覺得他有禮貌，也很穩重，這次見他這麼熱心幫忙，對他印象又更好了。」程一華加入了話題，「我們不求妳找個條件多好的對象，像沐禮這種老實可靠的孩子就很好了，妳不考慮跟他發展看看？」

程宥寧本想找藉口敷衍過去，可望著她爸媽殷殷期盼的目光，又忽然發現母親鬢邊多了幾根白髮，心裡無端一軟，只好老實交代，「我有把他當作結婚的考慮對象。」

「眞的？」劉淑眞驚喜到差點要從病床上跳起來，「什麼時候的事？你們後來還有聯絡？」

「嗯，因爲工作上的關係有再見過面，現在算是朋友吧。」程宥寧慶幸自己沒把夏沐禮在第二次見面就跟她求婚的事說出來，她媽要是知道她沒打鐵趁熱答應，可能會氣到再暈過去。

「好好好，這樣就對了！」劉淑眞笑得合不攏嘴，「妳動作要快一點啊，沐禮這孩子這麼老實，到時候被其他女人騙走，妳哭也來不及，趕快把事情確定下來我才能放心。」

「這事我們自己會操心，妳先把身體養好吧。」程宥寧無力地垂下肩膀，她媽是有多怕她嫁不出去啊！「那我先回家洗澡換身衣服，晚點再過來。」

「妳妹待會兒下課就會過來，今天晚上她會留在這裡，妳就待在家裡好好休息。」程一華拍拍她的肩膀，柔聲說：「妳大老遠趕回來也辛苦了，回去躺在床上好好睡一覺吧。」

「好。」程宥寧沒有推拒。她明白照顧病人就像跑馬拉松，唯有先照顧好自己，才有精力照顧母親。

程宥寧搭電梯下樓，正思索著要坐公車或是直接搭計程車回家，就驀地在人來人往的醫院大廳中瞥見了一個熟悉的身影。

「老師……？」

像是感應到她的呼喚，在與櫃臺人員交談的舒揚，恰好轉過頭來。

兩人四目相接的那一刻，程宥寧似乎看見他神情頓時一鬆。

她有股錯覺，那擔憂的姿態，並不是一個老師在擔心一個學生，而是一個男人在擔心一個女人。

♥

「夏沐禮……」

舒揚向後靠坐在皮椅上，盯著電腦螢幕裡夏沐禮的照片，輕聲念出他的名字。

將這個名字輸入搜尋引擎，跑出來的第一筆資料是《玻璃鞋》雜誌不久前刊登的人物專訪報導。這篇報導的點擊率很高，看來這位夏沐禮先生應該算是個名人，儘管在三分鐘前舒揚根本不曉得他是哪根蔥。

他看著照片中夏沐禮略帶靦腆的笑臉，以及頰邊浮出的淺淺酒窩，不知怎地突然覺得有些礙眼。他皺眉關掉網頁，看著漆黑的螢幕裡倒映出自己的身影，心頭那股莫名的煩躁才稍稍退去了些。

眸光一轉，他伸手捏起之前被隨意扔在辦公桌上的名片，打量了半晌，接著手腕微微施力，那張印有夏沐禮三個字的名片便精準地落進了腳邊的垃圾桶。

他爲什麼會有這張名片？這還得從昨天那個混亂多事的夜晚說起。

「老師，我朋友會載我回臺中，我在這裡等他就好，你先回家休息吧。」掛掉電話，程宥寧轉頭對舒揚如此說。

舒揚本來擔心她自己一個人開夜車危險，不過現在有人要來載她，照理說也沒什麼事需要他幫忙了，但他嘴裡吐出的卻是：「我等妳朋友過來之後再回去吧。」

他以為程宥寧所說的朋友是女的，更沒想過有其他可能，因此當他發現坐在駕駛座上的是個男人後，他徹底傻住了。

程宥寧有個願意在大半夜開車送她回臺中的「男性朋友」，他怎麼從未聽她提過？在舒揚看來，男女之間並不存在純友誼，若不是雙方都有意思，只是害怕失去友誼而選擇不開口；就是其中一人曾對對方有過好感，卻因為種種原因沒能在一起。

程宥寧肯定對男方沒意思，不然她也不用到 SNY 求助了，所以說……

舒揚盯著坐在駕駛座上，因光線不足而看不清面目的男人，微微瞇起眼，「這位是？」

「跟我同鄉的朋友。」程宥寧記掛著母親的傷勢沒打算解釋太多，連忙打開副駕駛座車門彎身鑽進車裡，卻發覺夏沐禮同樣對舒揚投以挾雜著疑惑及戒備的目光，便簡略地介紹了一下舒揚，「這位是我在外面上課的老師。」

至於上什麼課，她還真沒臉說出口……

夏沐禮聞言理解地啊了一聲，然後探頭向舒揚禮貌性地點點頭，「老師好。」

就是這聲「老師」，使舒揚的煩躁感倏地飆到最高值。

你阿嬤的老師咧！誰是你老師？憑什麼用這種女婿口氣叫他！

舒揚額角上的青筋跳了跳，然而在陌生人前他一貫維持著優雅的風度，於是深吸了口氣，揚起得體的微笑，正要開口說話，夏沐禮便從皮夾裡掏出一張名片遞給他。

「老師不用擔心，我會將程小姐安全送回臺中，如果老師有任何疑慮，歡迎隨時打電話給我。」

「今天謝謝老師了，你也快點回家休息吧。」程宥寧對舒揚揮揮手後，便示意身旁的夏沐禮可以出發了。

舒揚看著那輛在夜色中逐漸遠去的白色轎車，又垂頭打量起手中的名片，微微抿唇。

他叫她「程小姐」？

「Boss……Boss？」莉莉的聲音伴隨著清脆的敲門聲從辦公室外傳來，拉回了舒揚的思緒。

舒揚清了清喉嚨，「請進。」

莉莉推門而入，抱著平板電腦提醒：「跟上邑集團林總開會的時間到了。」

「知道了。」舒揚收拾東西從辦公椅上起身，莉莉也替他從衣架上拿來了西裝外套。

舒揚接過那件灰綠色外套套上，但動作忽地一停。

「怎麼了？」莉莉略微困惑地詢問。

「把那個要去臺中的行程移到今天吧，我開完會直接過去。」舒揚淡淡道。

「可是臺中的行程是下禮拜的事……」莉莉點開平板電腦上的行事曆，「而且今天下午在臺北還有視察活動。」

舒揚接過她爲他準備好的公事包，泛起淺笑，「我知道妳會爲我安排好的。」

「老師，你爲什麼會在這裡？」程宥寧見他一身體面灰綠色西裝，像是剛從什麼重要場合離開，連衣服也來不及換就趕來醫院的樣子，便猜測：「你也有認識的人住在這間醫院？」

舒揚搖頭，他隱約能察覺到自己此時此刻會出現在這裡的原因，嘴上卻說：「剛好到附近辦事，順便來看看。」

「原來如此。」程宥寧對他所言毫不懷疑，「你們還眞辛苦，昨天那麼晚回家，今天就要到外地出差。」

舒揚無奈地聳聳肩，沒有多作解釋。「妳媽媽狀況還好嗎？」

「嗯，手術很成功，算是虛驚一場，再觀察幾天就能出院了。」

「那眞是萬幸。」他點點頭，抬眼望向程宥寧的身後，似乎在尋找些什麼。

「怎麼了？」程宥寧順著他的視線轉身看去。

「那個載妳回來的男人……沒跟妳待在一起？」

「沐禮嗎？他臨時被醫院叫回去，又開車回臺北了。」程宥寧語調平常，就像在單純陳述一個事實。

「沐禮？」舒揚聽完，立刻瞇起了眼。

昨天那精神科醫師還叫她「程小姐」，今天她卻叫他「沐禮」？

「呃，沐禮就是我之前跟老師說過……跟我求婚的那個男人。」程宥寧想了想，還是決定和盤托出，畢竟這跟她的少女心開發課程多少有點關係，讓老師知曉也是應該的。

聞言，舒揚怔怔地看著程宥寧，先前堆積在心頭的煩躁和沒來由的惱怒頓時憑空消散了，取而代之的是一股淡淡的失落。他張了張唇，最後只輕輕吐出三個字：「……這樣啊。」

感覺到老師對討論這件事沒有太大興致，程宥寧就沒想繼續深談，她曉得老師工作忙，於是沒多加思索便說：「謝謝老師特地過來，你快去忙吧！我也要回家換衣服了。」

「我載妳一趟吧。」

程宥寧愣了一下，反應過來後連忙擺手，「不用了，我坐公車就好了。」

「公車也不知道要等多久，再說妳連便利商店的咖啡折扣都這麼在意，有機會省下公車錢還不好好把握？」舒揚從西裝褲口袋掏出車鑰匙。

「可是在臺中市刷悠遊卡搭公車十公里內免費，從醫院到我家那站不用花錢啊！」

「……」

直到開車把程宥寧送到她家樓下，舒揚仍不敢相信自己竟成功說服了這個女人搭他的便車，心中的成就感甚至比幾天前談成一個價值上億的合作案還更高漲。

程宥寧的老家坐落在一條生活機能不錯的街道上，雖然不比臺北市區熱鬧，但至少有一個共通點：很難停車。

「謝謝老師，回去路上小心。」程宥寧關上車門，站在搖下的車窗外，向駕駛座上的舒揚揮手道別。

不過這麼一會兒功夫，後面已經有人在按喇叭了。

舒揚握著方向盤想了想，自己一定是腦袋抽風，才會從臺北專程殺下來當她的免費司機，若這次南下只「單純」當了她的免費司機，那就不只是腦袋抽風，而是腦袋中風了，這不符合他舒大執行長行事一向講求效率的風格。

於是，他在程宥寧轉身即將離去之際，猛地開口：「我口有點渴！」

程宥寧腳步一頓，馬上回過身走回車窗邊。

舒揚心想，這女人為了做功課好歹看過一些偶像劇、言情小說，應該明白這句話的潛臺詞是什麼，誰料程宥寧想也沒想就伸手指著附近的店家，口氣是掩不住的自豪，「口渴啊！那還不好辦？我們家外面這條街什麼都不多就是飲料店最多，旁邊有六十嵐、輕心、猿石，轉角還有間椿水堂，如果要喝咖啡，過了下個路口就有猩巴克了。」

久久沒有等到舒揚回應，程宥寧暗想或許是她說的這些飲料店裡都沒有他喜歡的。

「還是老師你有特別想喝什麼嗎？」

「我以為妳會邀請我上去妳家喝杯茶。」舒揚輕嘆了口氣，他早該明白和程宥寧說話只能開門見山，這女人會單身至今不是沒有原因的。

後頭又有人按喇叭催促，舒揚本打算放棄，讓她趕緊上樓，卻聽程宥寧爽快地應下：「好啊！」

她這麼乾脆，反倒使舒揚一時之間反應不過來，錯愕道：「有個男人說要去妳家，妳連猶豫都不猶豫就答應了？」

「老師，說要上去的是你，現在又這樣問，你到底想怎樣……」程宥寧看向他的眼神像是在看一個小屁孩。

舒揚再次一噎。

「家裡沒什麼飲料，招待不周還請見諒。」程宥寧將一杯冰涼的柳橙汁放在桌上，「如果想喝水，飲水機在那邊，廚房的櫥櫃裡有乾淨的杯子。」

「我知道了。」舒揚點頭，「妳去忙妳的吧，不用管我。」

「那我先去洗澡了，老師有什麼需要就喊我一聲。」

「嗯。」

不久，水聲便從浴室傳來。這種曖昧的氣氛，這種成年男女單獨共處一室的不尋常時刻，舒揚的心卻出奇地平靜，毫無雜念。

他抿了一口柳橙汁，就從沙發上起身，雙手插在褲袋裡參觀起程宥寧的家。

客廳擺放的物品非常多，看得出是經年累月堆積下來的結果，雖然打掃得很乾淨，但東西一多難免會顯得有些雜亂，卻很溫馨，有種小家庭熱鬧的氛圍，一種在他成長過程中不曾出現的感覺。

電視機上方有個玻璃櫥櫃，裡面擺放著大大小小的獎盃和獎狀。舒揚上前仔細一看，上面全寫著程宥寧的名字，有演講比賽冠軍、寫生比賽冠軍，甚至連田徑比賽冠軍都有。

舒揚正準備到廚房轉轉，便聽見一道手機鈴聲響起，程宥寧把手機放在沙發邊上充電。

「妳的手機響了！」舒揚揚聲朝浴室喊，可是蓮蓬頭水流聲淹沒了他的聲音。

他拿起她的手機一看，螢幕上的來電顯示為：我男人。

……她男人？

舒揚握著手機呆愣了片刻，他明白自己不需要，也沒有立場理會，只要等程宥寧出來後通知她一聲就好。然而等他意識到自己做了什麼時，他已經按下接聽鍵並將手機放在耳邊。

一切都是因爲那萬惡的好奇心，舒揚在心裡爲自己辯解。

「妳手機幹麼關機？我打了一早上的電話給妳。」一接通電話，電話那頭便傳來一個陌生的男人嗓音，不是夏沐禮。

這個聲音低沉微啞，優雅中帶著一絲與生俱來的侵略性，光聽聲音就能大約猜出這個男人在很多時候都處於上位。而接通電話後，對方連句招呼語都沒有，便逕自切入正題，可見他與程宥寧關係十分熟絡。

很好，這女人的男女關係看來並不如他一直認爲的那般單純乏味嘛！

「她在洗澡，要是沒有什麼急事，我等等再請她回撥給你。」舒揚語氣沉著有禮，卻是一記帶著試探的進攻，就看對方接不接招。

如他所料，電話那頭的男人沉默了半晌，再次開口時，聲線又低沉了幾分，挾著一道若有似無的危險氣息，「你是誰？」

「我以爲在詢問對方身分前，先自報家門是基本禮儀。」舒揚也不是省油的燈，客氣卻堅定地反擊回去。

男人靜默了幾秒鐘，忽然意味不明地輕笑幾聲，「我叫余晉冬，可以麻煩你將電話交給宥寧嗎？現在。」

見對方堅持，舒揚即使心裡再不痛快，也沒有立場拒絕。

「你等一下。」舒揚拿著手機走到浴室門外，敲了敲門板，高聲說：「程宥寧，妳男人找妳！」

「我男人？」程宥寧的語氣帶了幾分困惑，但很快恍然大悟地喔了一聲。隨後蓮蓬頭流水聲漸歇，浴室裡傳來斷斷續續的衣物摩擦聲，因此當她打開浴室門時，舒揚認爲她應該已經穿好衣服了。

「電話給我吧！老師？老師？」程宥寧喊了好幾聲，舒揚才回過神來，「電話給我。」

「喔……好。」舒揚動作遲緩地將手機放到程宥寧還帶著水珠的掌心。

順著掌心向上看去，結實白皙的手臂被熱氣薰染而微微泛紅，圓潤的肩頭上濕髮披散，水珠不斷從髮梢滴落至鎖骨，再沿著胸前的弧度緩慢往下滑去，直到隱沒在被浴巾遮擋住的深深溝壑之下……

「夠了！」他甩甩頭，猛地大喝一聲。

「怎……怎麼了？」程宥寧被他突如其來的大喝聲嚇了一跳，尚未反應過來，就被他推進浴室，浴室大門也被他重重甩上。

「妳給我待在裡面講！」舒揚的音調略微不穩，他慶幸自己關門關得夠早，沒讓她看見自己狼狽的模樣。

他快步走回客廳，一手抄起桌上那杯柳橙汁仰頭一口灌下，冰涼甜膩的液體滑下喉嚨，總算讓他心頭那股令人措手不及的燥熱退去了些。

「這女人太可怕了……」舒揚握緊手中的玻璃杯自言自語，他有預感再待下去早晚會出事，本打算直接離開，卻覺得禮貌上該和主人說一聲。

遲疑了一會兒，他再次走到浴室門前，正欲開口，門就這麼剛好打開了。

「喔，老師你來得正好。」程宥寧身上依然只圍著一條浴巾。她一手把手機遞給舒揚，另一手同時把稍稍滑落的浴巾拉高些，這讓舒揚的視線再次被她猶帶著水珠的白嫩胸口吸引，但她毫無自覺，自然無比地說：「我講完電話了，謝謝，可以幫我拿回去充電嗎？」

「……好。」舒揚接過手機，卻站在原地遲遲沒有移動，在浴室門即將重新關上前，他突然抬手按住門板。

「又怎麼了？」程宥寧隔著半掩的門望向舒揚，素淨的臉上寫滿困惑和莫名其妙。

舒揚很清楚，這個女人並不是在玩欲擒故縱的伎倆，然而這樣的直率單純反而更具殺傷力。

「你是想……上廁所嗎？」程宥寧彈了個響指，「如果你很急的話，我能讓你先……」

「不，我要上課。」舒揚打斷她，表情是前所未有的嚴肅認真，雙眼晶亮到有些灼人，他一步步向她靠進，將她往浴室深處逼去，「一堂……教妳不該隨便對男人掉以輕心的課。」

說完，他反手甩上浴室門，另一手挑起程宥寧的下巴毫不猶豫地重重吻了上去。

和在摩天輪上那個蜻蜓點水般的吻不同，這次的吻彷彿要將她拆吃入腹，霸道又深入。

舒揚隨手把程宥寧的手機扔到洗手臺上，空出來的手攬住她的腰，另一隻手插入她的濕髮之中，扣住她的後腦勺。

他熾熱且急促的呼吸噴灑在程宥寧的頰上，濕潤熱燙又帶了些癢，吻著她的動作急切卻溫柔，帶著柳橙汁香氣的嘴唇在她的唇上摩娑細碾。

「等……等一下……唔……」程宥寧腦袋一片混亂，想要出聲阻止，才張開嘴，便給了舒揚趁虛而入的機會，他的舌頭毫不費力地撬開她的牙關，勾上了她柔軟的舌。

在她認爲自己將要窒息時，舒揚熱燙的唇緩緩抽離，那瞬間她頓時有了極其矛盾的感覺，既有著終於結束的慶幸，又有著不捨的空虛。

但很快那灼熱的溫度再次重新貼上她的肌膚，沿著她的下巴啃咬輕舔，一路吻到她細嫩的脖頸，舒揚的雙唇像是投下火苗，在程宥寧發燙的肌膚上燃起火焰。

「不對……等、等一下……」程宥寧氣喘吁吁，手足無措地想說些什麼。

而舒揚只是加重摟著她的力道，使兩人的身體更緊密地貼合。程宥寧能清楚感覺到扣在她腰上的手掌正緩慢地向上移，順著她的背脊來回撫摸。她早就注意到老師的手指很好看，是很適合彈鋼琴的手，卻從沒想過這雙手在她背上「彈奏」時，會舒服到令人忍不住顫抖。

舒揚一把將她抱起，讓她坐在洗手臺上。程宥寧雙手緊抓著洗手臺的邊緣，用力到手背都微微泛出青筋，她不自覺仰起了頭，而舒揚的唇舌不斷下移，高挺的鼻梁埋在她被浴巾擠壓得更加明顯的溝壑之間，他就像在努力克制著什麼似地做了幾個深呼吸，接著目光灼灼地望向程宥寧的眼睛。

「……可以嗎？」

「噗——」一道突兀又響亮的聲響代替了她的回答。

「……」

「……」

「……妳一定要在這時候放屁嗎？」

「我……我也不是故意的啊！」程宥寧的聲音難得帶上了幾分氣急敗壞，羞窘得滿臉通紅，簡直快要滴出血來，「難道你能控制自己放屁的時間嗎？」

舒揚什麼話也沒說，徐徐地直起身來，抬手扶上額頭，閉上眼再次深呼吸好幾次。程宥寧有一瞬間覺得，老師如今似乎正站在崩潰的邊界，只差一步就會邁向精神失常之路。

「呵呵……」舒揚睜開眼望向她，忽然發出一陣意義不明，不像在哭又不像在笑的怪聲。

程宥寧心中喀登一聲，完了完了，老師果然是瘋了。

她知道老師會變成這副模樣，自己多少有點責任，正想著要不要介紹他跟精神科醫師夏沐禮聊聊，便聽他用近乎是從牙縫裡擠出來的聲音一字一字說：「我真是敗給妳了！」

程宥寧不知該如何回應，只能弱弱地點點頭。舒揚見她這完全不在狀況內的反應，生氣也不是，抓狂也不是，各種情緒在胸口千迴百轉，攪和成一團，最後只剩下好笑。

「唉，算了。趕快洗完澡出來吧，小心感冒。」舒揚伸手用力揉了揉她的頭髮，看到她頂著稻草窩般的一頭亂髮，才稍稍解氣，「手機我幫妳拿去充電。」

「……好。」程宥寧低垂著腦袋，幾乎能算是乖巧地細細應了一聲。

若舒揚多留意些，便會發現她回應時的姿態帶著點小女人的嫵媚，對她而言已經是天大的進步了。不過，如果此刻他還有心情注意這事，那大概就是真的瘋了。

舒揚從洗手臺上拿過程宥寧的手機，正要開門出去，手機也恰好響起。

這一次，螢幕上的來電顯示是他認識的人——夏醫師。

舒揚聽著那響個不停的手機鈴聲，心中好不容易熄滅的火焰再度燃起，然而這次並非欲火，而是滿滿漲漲的怒火。

「我想我有必要好好了解一下妳複雜的交友狀況。」舒揚將手機不甚溫柔地塞回她手中，雙手插在褲袋中冷笑，「不到半小時就有兩個男人接連打電話找妳，一個是『妳男人』，一個是『向妳求過婚的男人』……程宥寧，我突然很好奇，在五分鐘前跟妳那麼親密的我，對妳來說又是什麼樣的存在？」

他沒等她回答便邁開長腿走出浴室，而程宥寧恍惚地按下了接聽鍵。

「喂？是宥寧嗎？」

「……嗯，是我。」

夏沐禮在電話那頭的嗓音帶了些擔憂，「妳在忙嗎？是不是不方便接電話？」

「……不會。」程宥寧說完才驚覺自己的聲音裡竟帶著一絲心虛。

心虛？她為什麼會感到心虛？她……又是對誰心虛？

她倏地有些慌亂，下意識地抗拒自己往下深想，連忙找話題分散注意力。

「你到臺北了嗎？」她邊問邊躍下洗手臺站直身子，站穩後不經意瞥見鏡子裡的自己，視線就停留在那微微紅腫的唇上，不由得一怔。

「嗯，抱歉，早上沒跟妳說一聲就離開了。對了，伯母醒過來了嗎？情況還好吧？」

「……」

「宥寧？」夏沐禮困惑地再次出聲。

「啊？」程宥寧像是嚇到般縮了一下身子，這才發現自己走神了，她歉然地說：「對不起，我剛剛沒聽清楚，你可以再說一次嗎？」

「我是問，妳媽媽醒過來了嗎？」他耐心地柔聲複述了一遍。

「喔，已經醒了，醫生說狀況很穩定，再觀察幾天就能出院了。」

過了好一會兒，電話那端才重新傳來聲音，「那就好。那麼……沒什麼事了，妳去忙吧！記得保重身體，按時吃飯。」

「好，你自己也多保重。」

程宥寧掛斷電話後，再次看向鏡中的自己，她陡然覺得眼前這張臉變得很陌生，她也說不上為什麼，可是這讓她感到害怕。

不該是這樣的。夏沐禮昨晚大半夜開夜車送她回來，今早連衣服都沒換又直接驅車趕回臺北，即便他是個年輕健壯的男人，也會很辛苦；況且，不管他是不是她考慮結婚的對象，基於朋友道義，都該問問他是否一路安全。

還有她媽媽說想邀他來家裡吃飯，她也該在電話中提起，她明明記得的，然而剛才她卻像站在舞臺上忽然卡詞的演員，不曉得從何開口。

她這是怎麼了？

等到程宥寧洗好澡從浴室出來時，已經又是大半個小時過去。之所以磨蹭這麼久，一方面是因為邊洗澡邊想事情，動作不自覺慢了下來；另一方面則是希望老師等得不耐煩就先走了。她知道早晚要跟老師把話攤開來說明白，但現在……她還沒有想清楚。

站在浴室門口豎起耳朵好一會兒，客廳仍舊一片安靜，看來老師似乎早就離開了。

程宥寧鬆了口氣，回房將頭髮吹乾，想起手機還放在客廳充電，便往客廳走去，就見客廳的沙發上躺著一個人。

她嚇了一跳，不小心撞上身後的柱子，這番動靜依然沒有驚動睡在沙發上的那個男人。

「老師……老師……」程宥寧彎下腰，輕拍著舒揚的肩膀想要叫醒他，他卻動也沒動。

她猶豫了幾秒，緩緩伸出食指往他鼻下探去，還好……還活著。

看來老師也累壞了呢……程宥寧沒有再試圖叫醒他，她抱膝在地板上坐下，近距離觀察起熟睡中的舒揚。

剛剛在浴室裡，她仔細思考過老師對她說的那些話，沒錯，就如他所言，她身邊有不只一個男人關心她，她非常清楚這兩個男人對她而言是什麼樣的存在。

余晉冬是她的同學，也是她的摯友。扣除父親不提，余晉冬可說是她生命中最重要的男人，不過這跟愛情無關。

程宥寧不是沒有想過，如果余晉冬喜歡的不是男人，她會不會愛上他？無庸置疑，余晉冬很有魅力，然而她和他之間沒有任何火花。就算她曾對他有過好感，也是欣賞的成分居多，雖然她還不太懂什麼是愛，但她可以確定欣賞並不等於愛。

至於夏沐禮，他是個值得依靠的男人，若能嫁給他，應該會過得十分幸福，所以她的確是認眞地將他列入結婚的考慮對象。可爲什麼只是考慮？既然曉得嫁給他會幸福，不是該立刻答應嗎？

程宥寧是個工作狂，但並不打算爲了事業而拖遲終身大事，她仍未結婚的原因，不是不想結婚，而是她不確定這個人對不對。

她喜歡夏沐禮，她信賴夏沐禮，可她不愛他……至少目前還不愛。

不過從未愛過人的她，眞有愛上一個男人的一天嗎？屆時她會知道自己是否愛上那個人了嗎？假設這一天遲遲沒有到來，難道她就一輩子不結婚？

那老師呢？老師對她來說又是什麼樣的存在？

除了年齡、性別，她對他幾乎一無所知，甚至連他的眞實姓名都不曉得。然而就是這樣一個她完全不清楚底細的男人，奪走了她的初吻，還差點占有她的初次。

假如方才在浴室裡沒有那個「尷尬的小插曲」，事情究竟會發展到什麼地步？她會阻止他嗎？她不知道，她眞的不知道。

爲什麼那一刻她失去了判斷能力？莫非她只是純粹被身體最原始的欲望所支配？倘若眞是如此，那今天換了別的男人撫摸她的身體，她也同樣不會抗拒？

怎麼可能！光是想像她心中就泛起一陣惡寒。

那麼爲什麼，爲什麼老師碰她，她卻沒有推開呢？

舒揚睜開眼睛時，映入眼簾的是一片微微泛黃的天花板，緩慢地從沙發上坐起，一股強烈的不適感隨即傳遍全身。

也是，放著家中舒適的大床不睡，跑來窩在這小小的沙發上入眠，不全身痠痛才是奇蹟。

他愈想愈覺得自己最近絕對是中邪了，才會不停幹出這些自虐的行為，看來得抽個時間到廟裡收收驚。

也不知道自己這一覺睡了多久，程宥寧這女人不會還在浴室吧？她究竟是有幾層皮可以洗這麼久？舒揚正這麼想著，就忽然聽見廚房傳來動靜。他站起身，稍微理了理被壓皺的襯衫，往廚房走去。

「程宥寧？是妳嗎……」他話才說到一半，便被眼前的景象驚得無法繼續說下去，「妳現在又是在玩哪齣……」

只見程宥寧穿著一身寬鬆的粉色運動服，頭髮鬆鬆地綁了顆丸子頭，沒有化妝的臉上架著副黑框眼鏡，雙頰嫣紅一片，餐桌上七零八落地倒著幾個空啤酒罐。

「出其不意！」程宥寧對他露出一個甜甜的燦笑。

舒揚對上她這破天荒帶著點撒嬌意味的甜美笑容，心跳好似漏了一拍，連忙乾咳幾聲，故作鎮定，「妳到底在幹什麼？」

「麼……麼……摩摩喳喳！」

「蛤？」

「蛤……哈雷路亞！」程宥寧說完居然驕傲地高舉雙手歡呼。

「妳能不能說點人話？」舒揚哭笑不得地看著她。

「畫蛇添足！」

事情發展到這裡，舒揚大概猜到了程宥寧是在發酒瘋，只不過她發瘋的形式比較有創意，酒醉後會開始玩起成語接龍。

不對，也不全然是成語，應該說是「四字接龍」。

該不會是小時候被逼著參加什麼造詞比賽，在她心中留下陰影，只有在酒醉時才會顯現出來吧……舒揚搖頭失笑，這女人眞是每天都在刷新他對她的認知。

他拉開椅子在餐桌另一端坐下，數了數桌上空啤酒罐的數量，不由得嘆息，「妳到底喝了多少啊？」

「阿彌陀佛！」程宥寧得意地朝他再次勾起嘴角，仰頭灌下一大口啤酒。

先是「哈雷路亞」又是「阿彌陀佛」，妳的信仰立場能不能堅定些？

舒揚好笑地搖頭，從她手中取走那罐只剩一半的啤酒，「好了，不要再喝了。跟一個男人單獨同處一室妳還敢喝這麼多，不怕我趁人之危眞的把妳給辦了？」

「了……了……樂極生悲！」程宥寧想用衣袖去擦濺到下巴上的酒漬，見狀舒揚眼明手快地攫住她的手腕，另一隻手從餐桌上迅速抽了一張衛生紙。

「妳究竟是爲了什麼喝這麼多酒啊……該借酒澆愁的人是我才對吧！」舒揚邊喃喃自語邊替她擦去酒漬，程宥寧沒有反抗，宛若小貓般饜足地瞇起眼，乖順地仰著脖子任憑他行動。

舒揚看著她這乖巧的模樣，心頭某處就像浸在熱可可裡的棉花糖，漸漸柔軟、融化。

這一刻他胸中倏地有種陌生卻玄妙的感覺——他覺得自己似乎完整了。

他想起昨晚程宥寧問他的那個問題：喜歡一個人，是什麼感覺？

……莫非就是這種感覺？

他放開抓住她手腕的手，左手支著下巴，定定地凝視著睡意漸濃的程宥寧，像是在自言自語，又像是在問她，「爲什麼偏偏是妳……」

「你……你……」程宥寧打了個大大的哈欠，枕著手臂在桌上側頭趴下，閉起雙眼，嘴裡仍含糊地嘟囔：「《你的名字》。」

舒揚怔了一下，皺起的眉頭逐漸舒展開來，他唇邊勾起淺笑，抬手輕輕撥弄著她鬢邊散落的柔軟碎髮，過了好一會兒，才輕聲開口：「舒揚，我的名字。」

Chapter 14

「阿寧妳怎麼不留在家裡多睡一會兒？不是跟妳說過今晚妳妹會在醫院照顧妳媽嗎？」程一華看見推門走進病房的程宥寧，停下收拾餐具的動作。

程宥寧捲起袖子上前幫忙，「我已經睡夠了，一個人待在家裡也無聊，就過來陪你們。」

其實這只是一半的原因。一個人待在家裡確實無聊，最重要的是還容易胡思亂想。

程宥寧醒過來時，就發覺自己躺在房間床上，身上蓋著那條洗得發舊的棉被。她緩緩坐起身，揉了揉略微脹痛的太陽穴，試著整理思路。

她記得自己坐在客廳一邊盯著老師熟睡的臉，一邊思索他對她的意義，卻愈想愈困惑。有人說在意識不清時，最能聽清自己內心眞正的聲音，於是她從冰箱翻出她妹囤貨的啤酒，企圖把自己灌醉。

但她在職場上打拚多年，交際應酬的場合去多了，酒量自然也練了起來，想快點灌醉自己的她只能喝得又多又急，誰知等她好不容易醉了，意識也所剩無幾，哪還記得去聽什麼內心眞正的聲音。

她是如何回到房間的？難道喝完酒就自動爬回床上？程宥寧試著回想，卻依然毫無頭緒。她猛地憶起當時老師還睡在她家，她立刻在心中將自己罵了千萬遍，爲什麼會有她這種無視客人存在的東道主啊！

程宥寧忐忑地出了房間走向客廳，發現客廳裡一片漆黑，顯然老師早已離去。

她也不知是慶幸又或是怎地輕舒了一口氣，才發覺喉嚨像是被火燒過般既乾澀又痛，走到廚房想倒杯水，就見餐桌上放著一個白色馬克杯，而杯底下壓著一張紙條。

她走上前，抽出紙條一看。

「我回去了，蜂蜜水記得喝。」

沒有署名，不過程宥寧知道那是誰寫的。

她拉開椅子坐在桌邊，雙手捧著那杯蜂蜜水徐徐地啜飲著。蜂蜜水已經涼透了，順著喉嚨滑下卻有種平實溫暖的感覺，蜂蜜的甜蜜滋味緩解了她腦袋的昏漲不適，意識也逐漸清明了起來，這時她突然想到了一件很嚴重的事——

她應該沒有在老師面前發酒瘋吧？

「姊姊，妳什麼時候回臺北？」

劉淑貞的聲音將程宥寧的思緒拉回。

「明天一早搭高鐵回去。」程宥寧清了清喉嚨答道。

「這麼趕？不再多待幾天？」程一華目光帶著幾分失落。

程宥寧怎麼會讀不懂她爸沒說出口的心思？也不曉得自己下次是什麼時候才能回來，父母不再年輕，也不知道何時會發生突發狀況，需要有人照顧，就像她媽這次的意外受傷。但是……

程宥寧咬了咬牙，狠下心說：「不了。媽的病況穩定下來我就放心了，這裡還有爸跟宥心顧著，可公司那邊的事我不能不親自盯著，尤其最近剛好在辦大活動……」

「美妝大賞！」程宥心興奮地插嘴：「我們系上的女生也有在討論這件事！今年秋冬要掃哪些貨，全看《玻璃鞋》年度美妝大賞的評選，只要榜上有名，絕對會賣到斷貨！姊妳能不能先透露點消息給我，我好先去囤貨？」

程宥寧只送了她一記白眼，「妳還打算買？妳要不要先回想一下自己房間梳妝臺上尚未拆封的口紅有幾條？」

「唉唷，不同妝容要搭配不同唇彩，不同季節也要配不同顏色的口紅，姊妳自己就做這一行又不是不清楚。」程宥心心虛地咕噥。

「我只知道妳的嘴唇只有兩片。」程宥寧看向父母，將對話重新導回正題，「這是我們網站的年度大事，身為總編輯我不能不坐鎮……希望你們可以理解。」

「妳喔，趕快嫁人好好安頓下來啦！到底要在外面操勞到什麼時候？」劉淑眞重重嘆一口氣，語重心長道：「妳跟沐禮結婚以後，該不會還是一天到晚加班睡公司吧？」

「我沒有說要嫁給夏沐禮好嗎？」程宥寧的嗓音帶上一點懶得解釋的自暴自棄，「而且他也說了，他需要常常待在醫院，所以希望妻子能有自己的事業，才不會感到孤單。」

「……你們已經聊到這些了？」

對上劉淑眞晶亮期盼的眼神，程宥寧驚覺她挖了個大坑給自己跳。

她張了張嘴想要解釋，程一華見狀適時地插進來替她解圍，拍了拍劉淑眞的肩膀勸：「好了，阿寧她一向明白自己想要的是什麼，妳就不要管這麼多了。」

「我知道。」劉淑眞眉宇間始終掛著一抹憂愁，「從小到大，她什麼事都不需要我操心，就只有這件事我放不下心……」

程宥寧靜默了半晌，終是一聲嘆息，她在床邊坐下，輕輕拍了拍母親不再細嫩的手背，「我答應過妳，年底之前要帶個女婿回家給妳看，我會說到做到。」

❤

「咦？宥哥妳回來了？」身爲總編助理，小芸通常會比程宥寧更早到公司，然而今天當她打著哈欠走進辦公室時，卻發現程宥寧已坐在位子上工作了。

「嗯，今早搭高鐵回來的。」程宥寧推了推鼻梁上的金絲圓框眼鏡，手指離開鍵盤伸向一旁，撈起一個火雞肉三明治對小芸揮了揮，「吃早餐了嗎？剛好看到買一送一，就多買了一個。」

「耶，謝謝宥哥！」小芸上前接過，對程宥寧揚起一個諂媚的笑容，「一日不見宥哥，妳好像又更美了！」

程宥寧失笑，斜睨了她一眼，「有這個口才，不如留著等會兒會議上用。」

小芸拆開了三明治包裝紙，抬頭不解地問：「會議？什麼會議？」

「昨天臨時取消的美妝大賞會議啊。」程宥寧搖搖頭，像是在無聲譴責小芸竟如此狀況外，連會議排程都忘了。然後又把目光重新黏回電腦螢幕上，「要籌備的事太多了，會議昨天沒開成，今天不加緊腳步討論那怎麼行？」

「喔……那個啊……」小芸的語氣帶了些遲疑。

程宥寧這才抬起頭看她，「怎麼了？」

「那個……美妝大賞的會議，副總編昨天已經主持完了。」小芸頓了頓，神情複雜，說話的底氣也愈來愈弱，「副、副總編說，排定的行程就是行程，沒必要為了個人因素而耽擱進度。」

小芸說完，垂下眼眸盯著自己的腳尖，不敢看程宥寧的表情。

「……這樣啊。」過了好一會兒，程宥寧才扯了扯嘴角，「這樣很好啊！」

她們兩個都沒發覺，程宥寧的嗓音幾不可察地微微打顫著。

「那麼會議記錄做好了嗎？我想看看昨天討論了些什麼。」程宥寧很快便恢復如常。

「做好了，等等送到妳桌上。」見程宥寧似乎並不以為意，小芸原先的顧忌便不知不覺消失無蹤。她咬了一口三明治，邊吃邊興奮地開口：「宥哥我跟妳說，副總編昨天讓我大大地改觀耶！原本想說她是空降部隊，應該沒什麼實力，要不然就是很機車難搞，沒想到她這麼厲害！」

程宥寧的心驀地一沉，有種不太舒服的感覺，臉上卻仍保持得體的微笑，「怎麼說？」

「副總編開會超級有效率，以往我們要花三小時討論的內容，她只花一小時就解決了。」小芸兩眼放光，「雖然跟她開會就像在行軍打仗一樣很有壓力，不過倒是滿過癮的，好久沒有如此熱血沸騰了。」

之所以會花這麼多時間討論，正是希望大家都能發表意見，互相激盪想法，而不是只有主管唱獨角戲……

程宥寧心中立刻浮現辯駁的言詞，也幾乎要說出口了，然而最終她只是張了張唇，將那些話語吞回肚子裡。

她跟小芸說這些幹麼？不但沒有什麼實質意義，還顯得她小肚雞腸。

程宥寧苦笑，自己都三十三歲了，怎麼還像個幼稚的孩子一樣見不得人好，見不得別人在她面前稱讚自己的「假想敵」……

原來她在不知不覺中把Nicole當成假想敵了嗎？

「我明白了。」程宥寧不想再多談，「那今天就來討論今年的大賞代言人。等等通知其他人準備好人選資料，十點開會。」

「啊……這個部分昨天我們也討論過，差不多有定案了，就等著宥哥妳批准。」

她這個總編輯人都不在，他們就有定案了？

程宥寧冷笑一聲，她倒不是憤怒，而是有種哭笑不得的荒謬感，接著感到深深的羞恥，她羞恥的不是能力不如人，是她把自己看得太重了。

當初她還擔心編輯部沒有她會大亂，急著從臺中趕回來，結果呢？

這世上本就沒有誰離了誰便活不下去，少了她，世界依然運轉，甚至運轉得超乎她想像的順利……

程宥寧垂下眼眸，不想讓小芸察覺到她眼中的失落，那太丟臉了。她雙手交疊在胸前，淡淡地開口：「說說你們討論出的結論吧，我聽聽看。」

「宥哥妳聽了不要嚇到，妳知道我們這次的女性代言人是誰嗎？是沈薇薇！副總編居然能談下這種等級的人選，而且也確定好沈薇薇的檔期了，我昨天聽到時差點就要向副總編跪下啦！」

沈薇薇去年才得到影后頭銜，可說是現今演藝圈中最炙手可熱的女演員，無論外貌、演技又或是形象，皆無可挑剔。

更難得的是，一般明星會趁著名氣正旺，多接廣告增加曝光度，沈薇薇卻堅守原則，一年內接的代言與廣告不會超過三個，將更多的心力與時間投入在影視作品之中。程宥寧不曉得Nicole是如何談下沈薇薇的，不過她很清楚，一旦沈薇薇接下今年美妝大賞的代言，根本無須多花力氣宣傳，就足以讓媒體爭相報導。

以《玻璃鞋》總編輯的立場來看，這無庸置疑是令人振奮的消息，然而程宥寧卻怎麼樣也興奮不起來。她沉吟了一會兒，指尖有一下沒一下地在辦公桌上敲著，「那男性代言人定了誰？」

歷年來的美妝大賞都會邀請一男一女成爲共同代言人，既然女性代言人是沈薇薇，男性代言人的名氣便勢必得與她相稱。

「經過各方面考量，我們原先最中意的人選是葉書騏，只是他的檔期實在是喬不攏。」小芸惋惜地重嘆一聲，「目前只能從喬延辰和方紹翔之中二擇一，但喬延辰年紀有點太大，方紹翔個子又太矮，和身高一百七十八公分的沈薇薇站在一起，畫面會很尷尬。可是除了他們，也沒有其他更適合的人選了，想說今天問問宥哥妳比較喜歡誰。」

程宥寧沒有立刻作聲，總編辦公室頓時陷入一股詭異的靜默。就在小芸終於發覺氣氛不太對、開始回想自己剛才是不是不小心說錯話時，總算聽到程宥寧開口。

「就定葉書騏吧！我來談。」程宥寧抬眸望向她，目光帶著一絲傲氣。

她一向公私分明，不喜歡利用人際關係做事，不過她更不喜歡輸的感覺。

這一仗，她不能輸，她也不會輸。

「咦，余晉冬又使喚你來當司機了？」

程宥寧打開余晉冬那輛寶藍色跑車的前座車門，才發現坐在駕駛座上的男人竟是大明星葉書騏。一想到葉小朋友每天拍戲拍到昏天暗地，連睡覺的時間都不夠了，還勞煩他擔任司機，程宥寧突然覺得作爲乘客的自己不是普通的渾蛋，而奴役他的罪魁禍首余晉冬，更是渾蛋中的渾蛋。

「別廢話那麼多，快點上車。」這話雖說得凶狠，但葉書騏那雙沒被黑色口罩遮擋住的眼睛卻掩不住心虛。

程宥寧思索了幾秒便會意過來，她沒有點破，微微莞爾，彎身鑽進車子。

葉書騏沒再多廢話，待程宥寧坐定後就踩下油門。

程宥寧視線不經意落到前方的抽屜，忽然興起一點點惡趣味，於是她打開抽屜，看著裡面

空空如也的景象故作驚疑，「今天竟然沒有簽名照？」

葉書騏斜覷了她一眼，即使眼神充滿殺氣，仍好看得令人不禁頓住呼吸。

「嘖嘖，不要這樣勾引我，我可不想變成我男人的情敵。」程宥寧壞笑著關上抽屜，看到駕駛座上的男人一如她預期瞬間炸毛，這陣子因Nicole而積壓在胸口的那團小小鬱悶總算消散了些。

欺負小鮮肉眞是項療癒的活動，她居然到今天才發現。

「妳不會到現在還沒改回來吧？」葉書騏咬牙切齒地問。

「改什麼？」程宥寧明知故問，一臉天眞無邪。

「上次吃飯時我們比腕力，妳說妳要是贏了，就把阿冬的來電顯示改成『我男人』十天。現在都過了多少個十天了，妳該不會還沒改回來吧？」

看見葉小朋友眼中灼熱的怒意，程宥寧笑容的幅度又上揚許多，她眼睛眨都不眨一下地撒謊，「當然……改了。」

雖然她至今尚未改過來的原因並非是想給葉書騏添堵，而是根本忘了有這麼一回事，不過她也清楚有些事該適可而止，況且今天還有重要的事要跟他談，假如眞惹惱了他，對誰都沒好處。

葉書騏從鼻子裡輕輕哼出一聲，算是放過了她，「妳想跟我說什麼？今天約我跟阿冬出來吃飯，總不可能是因爲很久沒見到我了吧！」

見他主動提起，程宥寧也不再打鬧調笑，「余晉冬有告訴你，我爲什麼找你嗎？」

他搖頭，打了方向燈轉彎，「沒，他只說妳想約我一起吃飯。」

「這死男人，身爲老闆也不幫自己的公司多少盡一點心力……」程宥寧撇撇嘴，隨後坐直身子，側頭鄭重地望向他，「我們《玻璃鞋》今年度的美妝大賞想找你來當代言人，這件事你知道嗎？」

「嗯，經紀人有跟我提，但是檔期無法配合，我想我的經紀人應該跟你們說過了吧？」

「是說過了，可我還是想請你再慎重考慮一次。」程宥寧從包包裡掏出一份文件，「你所有公開的行程我都查過了，並且大致估算了下時間。儘管這個月幾乎已被戲約和廣告約排滿，不過中間仍有一些零碎空檔可以運用。要你兩邊跑肯定來不及，所以《玻璃鞋》會全力配合你的行程，去拍攝地點附近進行訪談及拍照。比較需要你空出時間進攝影棚的作業，只有和女性代言人一起拍宣傳照以及錄製宣傳影片這兩件事，我們會盡力控制在半天之內完成。也就是說，你只需花費不到兩天的時間，就能賺進一筆豐厚的代言費。另外，今年美妝大賞和你一同合作的女性代言人有很大的機會是沈薇薇，能和沈薇薇共同代言，也有助拓展你的粉絲群，如果我是你，我不會放棄這樣的機會。」

程宥寧一鼓作氣說完，長長地舒了一口氣。至少她試過了，要不要答應就看葉書騏怎麼決定。

若是以前的她，絕對會鄙視藉由余晉冬的關係，得到和葉書騏單獨對談機會的自己，然而如今的她已經沒有更好的選擇了。就算有，這也是一條能走的路，那爲何不善加利用？

有句話說，關係也是一種實力，而她靠關係得到的，只是這個說服葉書騏的機會，至於說

服他的方法，全是靠她不眠不休熬夜調查葉書騏的行程，思索著可以如何配套，才得出來的，她並沒有變成她一貫不齒的那種人……吧？

無論如何，她的確打破了自己的原則。程宥寧開始有些害怕，她會不會爲了贏過Nicole，而變成連自己都感到陌生的另一個人？

「我以爲妳會叫阿冬來說服我。」過了片刻，葉書騏低聲開口：「妳應該知道，要是妳這樣做，我一定會答應。」

程宥寧聳了聳肩，「這是我最後的底線，假如我眞的這樣做了，我也無法欣賞這樣做的自己，我想你更不會欣賞這樣的我，進而跟我們公司合作。」

「那倒是。」葉書騏輕嘆了一口氣，語氣還算輕快，「我了解妳的意思了，我會再跟我經紀人討論看看。」

「好。」程宥寧勾起嘴角，指向前方的紅綠燈，「讓我在前面那個路口下車吧。」

「欸？」

「別以爲我不曉得你在打什麼主意。主動說要來載我，不就是想趁開車時趕快跟我把事情談完，等等才有機會和余晉冬過兩人世界嗎？」程宥寧笑著將手上的文件放進前方的抽屜，「詳細的合作內容都寫在文件裡了，你回家慢慢看。當電燈泡這麼自貶身分的事我就不幹了，你們好好約會吧！那……希望我們能合作愉快。」

「以上，是今年美妝大賞的宣傳照定稿。」子翔點擊滑鼠，結束投影片放映。

投影幕最後停格在葉書騏和沈薇薇一同入鏡的主視覺照片，畫面中兩人裝扮成了百貨公司展示櫥窗裡的人形模特兒，沈薇薇坐在一個行李箱上，妝容精緻俏麗宛如洋娃娃，一身亮黃色洋裝搭配紅色寬版皮帶，鮮明的顏色對比十分搶眼；而葉書騏雙手交疊在胸前，倚著一根紅色巴士站牌望向沈薇薇，一襲純白西裝內搭黃色高領毛衣，額前瀏海難得全部往後梳，完美演繹了英倫雅痞風。

報告一結束，會議室裡立刻響起熱烈的掌聲，每個人眼中皆是滿滿的自豪，彷彿已能預見這組照片發表後將會引起多大的轟動。

「我到現在還是不敢相信，我們眞的請到了沈薇薇和葉書騏來代言……」Nancy 拍手讚歎。

「眞的，葉書騏帥到讓我都路轉粉了！」巧薇連連點頭附和。

小芸一聽自己偶像被稱讚，頓時激動不已，「是吧是吧！巧薇姊妳要不要加入最愛書騏歐巴粉絲後援會？」

「呃……是還沒有狂熱到這種地步啦！」巧薇乾笑兩聲，「話說回來，葉書騏明明比妳小，妳怎麼叫他歐巴？」

「只要是男神都是歐巴呀……」

兩人愈聊愈起勁，眼見話題又有要走偏的趨勢，程宥寧正準備出聲提醒，坐在她對面圓椅上的Nicole面不改色地輕咳一聲，會議室裡便瞬間安靜下來。

程宥寧一愣，隨後對Nicole微微頷首算是致意，她望著照片沉吟，「基本上都差不多了，但色調應該可以再調暖一點，還有中間的標題字……如果縮小一點會不會更好看？」

說完，她將徵詢的目光投向Nicole。

Nicole盯著螢幕，手指摩娑下巴細思了一會兒，點點頭，「嗯，我也這麼覺得。」

「那麼就針對這幾個意見去修照片吧！這段期間辛苦大家了。」程宥寧笑著向眾人精神喊話：「不過還不到放鬆的時候，眼前仍有一場重要的仗要打，就是新聞發布記者會。屆時沈薇薇和葉書騏都會出席，場面一定非常浩大，請大家打起十二萬分的精神應對！另外，試用者的體驗報告也不能馬虎對待，《玻璃鞋》舉辦美妝大賞的初衷是爲了讓消費者不受廣告及品牌蒙蔽，選擇出最適合自己的產品，而不是替廠商宣傳打廣告，所以容不得半點造假，也請大家謹記這一點。」

「好！」

此時《玻璃鞋》編輯部眾人都認爲，這次的美妝大賞卡司堅強、準備周全，沒有道理不成功，完全沒人料到，記者會前夕在網上流出的一組照片，會讓他們連日來的努力轉眼化爲泡影……

「宥哥！出大事了！」

凌晨兩點，程宥寧睡眼惺忪地接起電話，便聽見小芸十萬火急的叫嚷聲。

今天下午兩點就是美妝大賞的發布記者會，經過編輯部眾人多日來熬夜加班的努力，所有事項皆已準備妥當，她也親自確認過細節，昨天就放大家提早下班回家，爲記者會養足精神。

程宥寧揉了揉被噪音摧殘的耳膜，半閉著眼睛坐在床上，神智仍在混沌之中，「孩子妳知道現在幾點嗎？老人家是需要睡眠的……」

「我沒在開玩笑，妳快看臉書，葉書騏出事了！」

程宥寧半信半疑地下床走到書桌前打開筆記型電腦，一登入臉書，她倏地清醒了過來。

臉書的動態全被同一則即時新聞洗版，網友留言以及轉發的速度快得如同星火燎原，一發不可收拾……

「驚爆！葉書騏與神祕男子街頭親密相擁，新生代男神是gay？」

Chapter 15

新聞中的照片是由網友提供，畫質沒有很清晰，而且被拍到的時間是晚上，人臉也不太清楚……儘管如此，所有看過這則新聞的人大概都能認出照片中的主角就是葉書騏，絲毫沒有辯解的空間，包括程宥寧在內。

葉書騏和那名神祕男子站在車邊緊緊相擁，車子登記在葉書騏名下，被照到的地點也在葉書騏住處附近，他頭上還戴著一頂曾在公開場合露相的鴨舌帽，要說那不是葉書騏，只怕連他媽媽都不信。

也不知道該不該慶幸，至少那位神祕男子在照片中恰好都背對鏡頭，看不見長相，只能看出他身形挺拔，從衣著中推測出其品味不凡。

這位神祕男子是誰，程宥寧當然曉得。

程宥寧和余晉冬雖是十年至交，幾乎無話不談，卻很少聽他提起家人，程宥寧自然不會多問。她隱約知道余晉冬家中十分保守，根本不可能接受他喜歡男人，他當年會負笈法國，有一部分原因就是爲了逃離那個使他窒息的家。

因此，余晉冬在外處事向來很低調小心，更別說葉書騏是一舉一動皆被世人放大檢視的公眾人物，他們怎麼可能會那麼大意？

這究竟只是個巧合，或是有心人士操作的陰謀？若對方真的有備而來，他們針對的是葉書騏還是余晉冬？

程宥寧不曉得會不會還有下一組照片流出，也不曉得下一次爆料是否就會抖出余晉冬的身分，但可以確定的是，葉書騏的形象已受到嚴重影響，而且這件事不可能輕易平息。

「聯絡葉書騏的經紀人了嗎？」程宥寧將手機夾在肩頭，翻找出記事本和筆。

「已經聯絡上了，經紀公司目前正在做緊急處理，不過效果好像很有限。」

現在網路上消息傳得沸沸揚揚，再刻意壓制消息就如同此地無銀三百兩，唯一能做的只有控制輿論方向，讓葉書騏的形象傷害減損到最低。

「宥哥……今天下午的記者會還是照開嗎？」

程宥寧在記事本空白處上迅速寫定幾個方案，並畫出樹狀圖一一分析優劣。過了片刻，她在紙上圈選出最後的結論，對電話那頭鎮定地開口：「通知公關部，記者會照常舉行。」

「欸？可是葉書騏一現身，記者的焦點絕對會集中在這件事上……」

「這件事不可能一下子就平息，記者會也不能一直延期下去，我們只能正面突破，見機行事。」程宥寧闔上記事本，「先跟葉書騏的經紀人確認，葉書騏是否出席今天的記者會，以及他們是否已準備好公開回應。我要知道經紀公司的應對態度，如果他們仍不打算回應，我不會讓媒體在記者會上有機會抓著這件事作文章。另外沈薇薇那邊，請副總編親自去交涉，務必確保沈薇薇會出席記者會。通知編輯部所有成員早上八點進公司，召開緊急會議。」

結束通話後，程宥寧靠在椅背上，仰頭凝視著天花板發呆。牆壁上的時鐘秒針滴答作響，在夜深人靜中格外分明。

也不曉得她就這樣看了多久，手機鈴聲倏地響起，嚇了她一跳，她隨後便坐直身子，從桌上拿起手機迅速接起。

「妳還沒睡？」電話那頭的嗓音有些沙啞，看來是一夜未眠。

「睡了一陣子，剛剛被叫起來的。」

「……妳應該看到新聞了吧。」過了一會兒，電話那端才再次傳來聲音，語氣聽來雲淡風輕，就像照片裡的另一個主角並不是他似的。

「嗯，我助理打電話通知我的。」程宥寧微微遲疑了半晌，「他……現在在你那裡嗎？」

「嗯。」

「他還好嗎？」程宥寧輕嘆了聲。先前瀏覽新聞時，也一併看了些網路上的回應，儘管不是沒有支持者，但那些惡意的攻擊謾罵，連她看了都為葉書騏感到憤怒，更遑論當事人會有多心寒。

「還好，我沒讓他看那些評論。」余晉冬頓了頓，似乎是朝葉書騏看過去一眼，語調不自覺放柔，「他正在跟經紀人通電話。」

程宥寧應了一聲，握著手機卻突然不知該說些什麼。

她認識余晉冬這麼久，也見他交過許多任男朋友，一直以來余晉冬對男伴的態度都是可有可無，在一起時呵護備至，分手時卻狠心決絕，毫無轉圜餘地。

她也不敢斷定，余晉冬會不會為了保護葉書騏，抑或是其他理由，而毅然決然地選擇捨棄這段關係……

「今天下午的記者會如期舉行？」雖是問句，他的口吻卻幾乎算是肯定。

「對。」她莞爾一笑。她會做出什麼決定，其他人可能不清楚，不過余晉冬一定能猜到，畢竟他們一向是對方肚子裡的蛔蟲。

「通知記者，今天的美妝大賞記者會，《玻璃鞋》總裁將會親自出席致詞。」

「……你確定？」這個消息遠超出程宥寧的意料。

「當然。」余晉冬的口氣毫不遲疑，她彷彿能看見他微微勾起的嘴角。

「很榮幸有這個機會擔任《玻璃鞋》今年度美妝大賞代言人。今年的主題是『自信』，我非常喜歡這個概念。對我來說，化妝並不是遮掩瑕疵的面具，更像是一件美麗的戰袍，幫助我們在上戰場時更有勇氣與自信……」

身著一襲水綠色斜肩長裙的沈薇薇站在舞臺中央侃侃而談，合身的剪裁將她穠纖合度的身材完美地勾勒出來。

站在她身旁同為代言人的葉書騏一身純白絲絨西裝，俊美耀眼，在沈薇薇致詞時臉上始終掛著淺笑，絲毫不見正被流言纏身的頹喪疲憊。

「首先非常感謝《玻璃鞋》提出這個代言邀約，我認為愛美是人的天性，不管是男人、女人，都擁有追求美麗的權利……」

葉書騏致詞一結束，媒體立刻蜂擁而上。

「書騏，請問同性戀的傳聞是真的嗎？」一位記者率先提問。

「請問照片中的男人是你的男友嗎？」

「所以一直沒交女朋友，不是因爲工作繁忙，而是根本不喜歡女人？」

「書騏，能不能回應一下……」

「書騏，給個回應好嗎？」見葉書騏不肯開口，記者再次高聲發問。

一隻又一隻麥克風伸向至葉書騏面前，鎂光燈不斷地閃爍，將他的臉色映照得略顯蒼白。他垂下眼眸，神色平靜，始終保持沉默。

一些媒體等得心急，索性把麥克風轉向沈薇薇。

「薇薇，妳有聽說昨晚的照片風波嗎？妳的看法是什麼？」

「薇薇，妳和書騏共同擔任美妝大賞代言人，有沒有見過照片裡的那位神祕男子呢？」

沈薇薇面上泛起得體的笑，語氣卻有幾分嚴肅，「各位媒體朋友今天會到這裡，想必都是對美妝大賞感興趣，希望大家可以將更多注意力放在這場盛會上，不要讓流言模糊了焦點。」

記者們沒能從沈薇薇嘴裡得到滿意的答案，只好重新聚焦到葉書騏身上。

「宥哥，要不要叫警衛來維持秩序？」站在場邊目睹一切的小芸急得都快哭了。

她是葉書騏的忠實粉絲，儘管昨晚流出的照片同樣令她大爲震驚，而且對葉書騏可能是同性戀這件事還不知該如何作想，但看到偶像被嗜血的媒體緊追不放，還是讓她感到十分心痛。

「沒關係，再等一下。」程宥寧抿唇搖頭，「經紀人有說過，今天葉書騏會做出回應，我想，他只是需要點時間。」

果然，就在程宥寧說完不久，葉書騏開口了。

「關於昨晚的照片風波……」他頓了頓，目光緩緩掃過場內眾人，好似在某處滯了一秒，很快又掠了過去，「那些都是不實的謠言。」

此起彼落的快門聲在會場內迴響。

葉書騏面容沉靜，語調平淡卻誠懇，「照片裡的那位是我很要好的圈外朋友，擁抱是我們之間再平凡不過的打招呼方式，除此之外沒有別的，請大家不要再隨意揣測，這已經對我和我的朋友造成很大的困擾。另外，也希望大家不要再去調查我朋友的身分，還給他安靜的生活，拜託了。」

語畢，他雙手貼在腿側，傾身向前微微鞠了個躬。

程宥寧注意到，葉書騏右手緊抓著褲管，用力到指甲幾乎要嵌進大腿。

這時場上突然響起一道不太客氣的男人嗓音，「葉書騏，你說照片裡的那個男人是你的朋友，可是網友拍到照片的時間爲凌晨一點四十二分，在三更半夜見面難道不就是爲了避人耳目？如果眞的只是普通朋友，這麼遮遮掩掩好像說不過去吧！」

說話的是一位留著平頭的中年男人，他手握相機，身上掛著記者證，然而不知道爲什麼，他投向葉書騏的眼神陰鷙，敵意濃厚。

眾家媒體交頭接耳議論紛紛，似乎有不少人都認爲男人所言有理，等著葉書騏做出回應。

就在此時，又是另一道男人嗓音憑空響起，「這位記者朋友可能是新來的，所以不太清楚，對於一個正在拍ON檔戲的演員來說，凌晨一點四十二分能回到家，那還算早的了。」

在場所有人的視線同時往聲音的方向投去，接著十分有默契地齊齊驚呼出聲。

「余晉冬？那是余晉冬對吧！」

「余晉冬也是《玻璃鞋》邀請來的嘉賓之一？」

「天啊！今年的來賓陣容未免也太堅強了吧。」

余晉冬從觀眾席後方緩步向前，人群自動分成兩半，爲他讓出一條通道，記者也趕緊抓起相機拍照。

余晉冬難得一身正裝打扮，一襲高級訂製淺灰色西裝襯得他風度翩翩。

「把妳的口水擦一擦吧。」程宥寧提醒身旁兩眼發直的小芸，拿起對講機低聲交代了幾句。

「宥、宥哥，我們應該沒有邀請余晉冬來吧？」小芸話裡盡是不可置信。

「他不需要邀請。」程宥寧一邊解釋一邊望向場上，與余晉冬迅速交換了個眼神，向他輕輕頷首後，垂下頭對著對講機低語：「開始吧。」

「現在，有請《玻璃鞋》的執行總裁余晉冬先生，上臺爲我們致……」主持人話還沒說完，就被簡直要掀翻屋頂的驚歎聲淹沒。

余晉冬從容步上舞臺中央，先對沈薇薇禮貌一笑，又朝葉書騏點了點頭，才從主持人手中接過麥克風。

「大家好，我是余晉冬。我想大家會認識我大概都是透過我的另一個身分——服裝設計師，但我同時也是《玻璃鞋》的執行總裁。自八年前創立《玻璃鞋》初始，我就打算只居於幕後，即便兩者皆與時尚流行相關，我仍希望這兩項事業能各自獨立發展，而不是藉由我身爲設計師的名氣，使《玻璃鞋》獲得關注。《玻璃鞋》是我和宥寧共同擁有的理想，《玻璃鞋》也在她帶領團隊的努力下有了豐碩的成果，成績有目共睹。」

余晉冬微微一笑，環顧場內，眾人鴉雀無聲，好似依然尚未從之前的驚訝中恢復過來。

「今天我之所以決定公開身分，是因爲我將推出新的計畫。未來，我創立的服飾品牌WINTER會與《玻璃鞋》攜手合作，開創品牌服飾與流行線上雜誌之間更多新的可能性，期望我們能寫下臺灣流行時尚的新紀元！」

❤

回到家後，程宥寧第一件事就是把包包甩到一旁，呈大字形撲上她的床。

柔軟的棉被讓她舒服地喟嘆一聲，懶懶地躺在床上一動也不想動。好不容易卸下一整日的精神壓力，疲憊便排山倒海地湧來，她明白自己應該先卸妝、洗澡再上床睡覺，然而此刻她什麼也不想做，只想躺在床上耍廢。

發呆了一會兒，她伸手從包包裡翻出手機，瀏覽起新聞來。

余晉冬的出現是整場記者會最大的亮點，所有美妝大賞記者會的相關報導，幾乎都把重點放在《玻璃鞋》幕後大老闆竟是余晉冬，以及將來余晉冬服飾品牌WINTER與《玻璃鞋》的合作上。

當然，代言人沈薇薇與葉書騏同樣也是熱門話題之一，可相較之下，葉書騏的照片風波多半被輕描淡寫地帶過，儘管仍有少數網友對於葉書騏「對方只是朋友」的官方式說法，抱持懷疑態度。

無論如何，必定有許多人讀過美妝大賞的報導，這樣也算是宣傳成功了。

程宥寧躺在床上滑著臉書動態，忽然間手機響了。

她看著來電顯示，緩緩坐起身，接通電話，「喂？」

「陪我喝酒。」幾個小時前，余晉冬還站在臺上意氣風發，這時他的聲音聽起來卻有著說不盡的疲憊與蒼涼。

凌晨一點，這間位在巷弄裡的居酒屋差不多被客人坐滿了，喧鬧聲不斷，燒烤的香氣漂浮在空氣中，牆上電視恰好在重播《玻璃鞋》美妝大賞記者會的新聞報導。

誰也沒有發現，畫面中的主角正坐在店內的偏僻角落喝酒。

「我以為你會想找個安靜點的地方。」程宥寧夾起一塊熱氣蒸騰的起司玉子燒，「這裡應該不會有人認出你吧？」

「認出來又怎樣？」余晉冬把玩著酒杯，無所謂地說：「要是對方真有心，就算待在家裡不出門也會被拍到。」

雖是這麼說，但他穿了一件寬鬆的黑色帽T，寬大的兜帽將他大半的五官都籠罩在陰影底下，除非對他十分熟悉，不然不可能認得出來。

「你說如果我們倆被拍到單獨出來喝酒，大家會不會認為我是靠爬上總裁大人的床才有今天？」程宥寧調笑著說。

「倘若他們眞的覺得我飢不擇食到這個地步了，我會對他們很失望。」

「嘖。」程宥寧白了他一眼，隨後舉起酒杯，「總之，敬你們逃過一劫。」

「呵，現在說逃過一劫還太早了。」余晉冬冷笑著搖頭，和程宥寧碰了杯後，仰頭一口飲盡。

「怎麼說？」程宥寧疑惑地揚起眉，「媒體已經成功被轉移焦點了啊。」

余晉冬垂眸緊盯著手上的酒杯，靜默了幾秒才淡淡地開口：「我爸看到照片了。」

「……你還沒跟你爸出櫃？」

「怎麼可能說。」他拿起酒瓶又倒滿一杯酒，語氣極其嘲諷，「我要是跟他坦白我喜歡男人，他大概會直接跟我斷絕關係吧。」

程宥寧低低應了一聲表示理解，卻不知該說些什麼。即使余晉冬這句斷絕關係說得戲謔，她還是明白他心裡有多沉重。

余晉冬的母親幾年前就過世了，他又是家裡的獨子，若眞跟父親斷絕父子關係，在這世上，他便再也沒有其他親人了。

在這片刻的沉默中，隔壁桌客人或許是因爲已有些醉意，音量不自覺提高許多，一字一句皆清楚地傳進余晉冬和程宥寧耳裡。

「你們有看到葉書騏的新聞嗎？」其中一個人先提問。

「當然有啊！其實我一點都不意外，葉書騏長得一臉小受樣，不是同性戀我才覺得奇怪！」

「可是他今天不是說對方只是朋友？」

「白痴！十個明星傳緋聞十個都說『只是朋友』好嗎？這你也信！」其中有個女孩話裡滿是不屑，「天啊！這世界男不男女不女的人愈來愈多，道德倫理全都亂了！所以我才不敢生小孩，如果被帶壞怎麼辦？」

「眞的！超噁的！我現在重看葉書騏以前拍過的吻戲都沒感覺了，眞想知道他親女人的時候心裡在想什麼欸。」

「哈哈，說不定他兩邊都可以……」

「媽的，這群人是沒被打過是不是？」程宥寧愈聽愈氣，用力放下酒杯正想上前理論，余晉冬卻淡定地朝她搖了搖頭。

「不用浪費力氣。」

「可是……」

「不過是不相干的人，他們愛怎麼說就隨他們去吧。」余晉冬替程宥寧倒了一杯酒，面容平靜，「我們是怎樣的人，自己清楚就夠了。再說，這種話也不是第一次聽到，早就習慣了。」

程宥寧滿腔怒火沒地方發洩，只能狠狠灌下一大口酒。冰涼酒水入喉，讓她稍稍冷靜了些，怒火退去之後，取而代之的是滿腹的心疼與無奈。

她不是當事人，聽見這種發言都氣到不行了，余晉冬得聽了多少次，才能練就這道冷硬堅強的防護牆？若是他的親人也如此看待他，他還能平靜以對嗎？

程宥寧遲疑了幾秒才開口：「你爸爸看到照片……會讓事情變得多嚴重？」

「他會想辦法阻止我們在一起。」余晉冬想也沒想便回。

「他找你們談判？」

「他會直接行動。」他冷冷地扯了一下嘴角，「他的字典裡沒有『溝通』這兩個字。」

「怎麼……行動？」

「不知道。如果我一直這麼冥頑不靈，他寧可毀掉我也不會讓余家丟臉。」他聳了聳肩，「就見招拆招吧。」

程宥寧握著酒杯沉思片刻，像是下定決心般抬起頭，目光堅定地望向余晉冬，「你之前不是跟我說過，假如我真的找不到適合的結婚對象，你願意娶我嗎？現在，我同樣將這句話還給你。要是你需要擋箭牌，我願意……」

「白痴。」程宥寧話還沒說完，就被余晉冬毫不猶豫地打斷。

「全世界最希望妳可以得到幸福的人就是我，妳覺得我會做這種自打嘴巴的事？」他口吻輕鬆，眼底卻寫滿了鄭重，「我明白妳的好意，但不是所有事都能拿來爲友情犧牲的，尤其是妳的幸福絕對不行，妳給我記清楚了！」

程宥寧張了唇正想反駁。

余晉冬涼涼的一席話就馬上擋了回去，「更何況妳的婚紗我已經設計好了，所有選材都是爲了狠狠削妳未來老公一筆，若妳最後是嫁給我，那我豈不是虧大了？」

她聽完簡直哭笑不得，心裡又是酸澀又是溫暖，「我當了你的血汗員工這麼多年，你竟然連我的婚紗都好意思收錢？」

「依妳這個性，就算眞的天降奇蹟成功結婚，離婚也是早晚的事。我要讓妳老公一輩子記得他爲了娶妳付出多少代價，以後吵架時想起那些錢就捨不得離婚了。」

「這什麼鬼邏輯！」程宥寧翻了個大大的白眼，嘴角卻止不住上揚，抬手擦去眼角笑出來的淚水，輕嘆一聲，「……無論如何，我永遠和你站在一起。」

「嗯，我知道。」余晉冬舉起酒杯，淺笑著和程宥寧乾杯。

Chapter 16

早上八點，程宥寧一如往常地坐在家中馬桶上，一打開臉書，就見整片動態牆再度被葉書騏的新聞洗版，因爲今天又爆出了一組新照片。只不過這次照片中的另一位主角換了人，是個女人，還是個她最熟悉不過的女人。

程宥寧盯著照片中那張臉呆愣許久，反應過來後，氣得從馬桶上跳起來。

「靠北啊！到底干老娘屁事！」

安迪．沃荷曾說過這麼一句話：在未來，每個人都能成名十五分鐘。

程宥寧想，如果讓她成名的十五分鐘就交代在這裡，她死也不會瞑目。

她從來不覺得自己這一生會跟「出名」這兩個字掛上關係。她的確認識不少名人，也出席過不少名人圈的活動派對，但她認爲自己比較像是幫助別人發光發熱的幕後推手，也一直甘於如此。

所以當她看見《玻璃鞋》大樓底下爲她蜂擁而至的成堆記者時，她頓時有些恍惚。

照片流出之後，程宥寧的眞實身分很快就被網友肉搜出來。不是網友太厲害，而是照片裡她的臉部五官被拍得十分清楚，加上昨天她才剛在美妝大賞記者會上露過面，稍微比對一下立刻就能知道她是誰。

她和葉書騏私下單獨相處總共只有兩次，結果居然兩次都被拍到，眞不曉得該說拍照的人是暗戀葉書騏還是暗戀她，竟能如此精確地掌握到他們的行蹤。

比起和余晉冬親密相擁的背影照，程宥寧和葉書騏的照片顯得「含蓄」許多，照片中的她坐在車子的副駕駛座，笑得毫無形象。程宥寧一眼就看出，那是自己發現葉書騏在余晉冬車上放了一疊簽名照後，毫不客氣地大肆嘲笑時被拍下的。

其實照片裡的互動看起來根本沒什麼，可重點就在於葉書騏是個名人，而她是個女人，而且是個和他有工作往來的女人。目前網上火熱討論的方向有二：首先是，葉書騏性取向成謎，到底是喜歡男人還是女人？以及，葉書騏之所以會接下《玻璃鞋》美妝大賞代言，是否是因爲和該社總編輯有不正當的男女關係？

先前葉書騏的同性戀傳言好不容易才消退了些，但隨著這組新照片流出，再次被拋上了風尖浪口。而《玻璃鞋》年度美妝大賞新聞，雖然依舊高踞網路熱搜排行榜前三名，討論的重點卻一面倒向八卦醜聞。

偏偏屋漏偏逢連夜雨，《玻璃鞋》今早又被爆出了一樁負面新聞。

有位美妝大賞試用者因使用產品而產生皮膚過敏，卻在向《玻璃鞋》反應後遭冷處理。這使網路上湧現了聯合抵制《玻璃鞋》的聲浪，表達對於公司高層只顧著和明星搞男女關係，不重視客戶與商譽的強烈不滿。

小芸曾打電話給程宥寧，問她今天要不要先待在家中避避風頭，程宥寧沒有一絲猶豫地拒絕了。公司這些危機若未能及時處理，多耽擱一日，事態便可能演變得更加難以收拾，她怎麼能不親上前線坐鎮？

再說，她行得端坐得正，只有心虛者才需要躲藏，她既然無所畏懼，就該正面迎擊。

程宥寧握緊側肩包背帶，深吸一口氣，挺起胸膛正準備走進公司，冷不防就被人拉至一旁角落。

「誰？唔……」程宥寧嘴上忽然被一片薄薄的布料蓋住，嚇得她打算高喊出聲求救。

這時，一道刻意壓低的女性嗓音從她斜後方響起，「宥哥，是我啦！」

程宥寧回頭一看，是Nancy。她拉著程宥寧躲在柱子後方，不忘探頭觀望記者群的動向。

「還有我，宥哥。」子翔摸摸後腦勺，略帶心虛地笑了笑。

「你們在幹麼？」程宥寧扯下方才被強制掛上的口罩。

「我們是來救妳的啊！」Nancy一臉恨鐵不成鋼，「我就知道妳會大剌剌地走進公司，妳好歹也戴個墨鏡或口罩吧？」

「我又沒有做錯事，爲什麼要遮遮掩掩？」程宥寧回得理所當然。

「記者哪會管妳有沒有做錯事啊，妳如果就這樣走進去，大概還沒進到公司就被扒掉一層皮了！」Nancy邊說邊將一頂漁夫帽塞給程宥寧，同時指揮站在一旁的子翔，「快把你的外套脫下來。」

子翔連忙脫下牛仔外套，Nancy則是伸手拽下程宥寧身上的駝色長版大衣。

「幹麼？又要幹麼？」程宥寧驚恐地雙手護胸，這還是她第一次遇到有人如此急切地脫她的衣服，而且還是個女人。

Nancy瞬間忘了誰才是長官，惡狠狠地瞪了程宥寧一眼。

「我沒在跟妳開玩笑！子翔和妳身高差不多，讓他穿著妳的衣服進去引開記者，我們再趁機從側門溜進去。」Nancy先是上下打量過程宥寧一身穿著，才舒了一口氣，「幸好妳穿牛仔褲，這樣就不用換褲子了。妳也把高跟鞋跟子翔的球鞋換一下吧！子翔，你應該沒有香港腳吧？」

「當然沒有！」子翔解釋得急了，音量倏地提高一倍，Nancy馬上給了他一記白眼警告。

子翔委屈地閉上嘴，乖乖接過Nancy手中的寬大淑女帽和一副幾乎能遮住半張臉的大墨鏡戴上。整裝完畢的他，不細看的話，勉強和程宥寧的身形有幾分相似。

Nancy這才滿意地點點頭，拍拍子翔的肩膀，用像是要送戰士上沙場的壯烈口吻說：「去吧，孩子，宥哥的性命就交到你手裡了！」

「我知道。」子翔同樣鄭重地頷首。

程宥寧看著這兩人逕自忙碌，感到好笑的同時，鼻頭也有些酸澀。

就在子翔帶著必死決心即將衝上「戰場」的那一刻，她低聲問了句連她都沒料到自己會問出口的話：「……你們真的都相信我嗎？」

子翔腆笑著點頭，Nancy則是給她一個鄙夷的眼神。

「要是葉書騏真看上妳這個老女人，那我早就跟朴寶劍結婚了！」

「誰可以解釋一下，爲什麼試用者李小姐使用柔蔻玻尿酸保濕精華液，造成皮膚紅腫過敏一事，我從來沒聽說過？」程宥寧臉上的表情是罕有的嚴厲，「別跟我說客服部門沒通報！」

會議室裡的眾人面面相覷，沒人敢回話，紛紛低下頭。

程宥寧目光巡視過每一個人，「當初是誰跟客服部接洽這件事的？」

過了一會兒，巧薇怯怯地舉手，「……是我。」

「巧薇，妳是認爲這件事自己就能處理好，還是不夠信任我，覺得沒有通報我一聲的必要？」

巧薇連忙搖頭，「不是的！李小姐投訴那天，宥哥妳剛好請假沒來公司，所以沒能及時跟妳說……」

「我不過是請了一天假，又不是請了一年，爲什麼事後不和我報備？爲什麼直接打發投訴者？」程宥寧困惑地揚起眉。

巧薇進公司也有好些年了，照理說她不是那種連說都不說就擅自作主的人。

「我……」巧薇眼神游移，不敢與程宥寧對上眼，說話也支支吾吾了起來，程宥寧愈看愈覺詭異。

就在她打算繼續追問時，坐在對面的Nicole淡淡地開口：「是我叫她不用報備的。」

程宥寧一愣，抬眼朝Nicole看去。

Nicole雙手交疊在胸前，面容清冷平靜，「每個人膚況都不同，使用產品後的反應自然也會有所差異，爲柔蔻玻尿酸保濕精華液評分的試用民眾一共有五十位，卻只有李小姐引起過敏反應，我認爲這是合理範圍內的偏差，並不需要爲此大作文章。」

「就算只有一位試用者皮膚過敏，那也是因爲使用了《玻璃鞋》提供的產品才引發這種情形，於情於理我們都不該推卸責任。」程宥寧不認同地反駁：「柔蔻玻尿酸保濕精華液在這次精華液類排名第一，有多少消費者會因爲我們的推薦去購買？雖然目前只有李小姐一位產生過敏反應，但誰能保證將來不會有其他消費者發生同樣的情況？若這項商品確實有問題，以後還有誰敢信任我們的推薦？」

「第一，我們並沒有推卸責任。在李小姐反應過後的三十分鐘內，我們立刻請李小姐到醫院開立診斷證明書，如果她眞的是用了我們提供的產品而造成皮膚過敏，我們願意負擔全額醫藥費，再補償她一組濟州島活膚保養行程。然而還未見到李小姐拿診斷證明書過來，就先聽到她跟記者哭訴我們冷處理，我個人倒是覺得十分『有趣』。」Nicole那雙清冷的丹鳳眼裡帶著嘲諷，「第二，柔蔻一直是信譽良好的業界第一大廠，產品檢驗報告也沒有問題，如今只有李小姐一人產生過敏反應，妳確定這眞是意外？」

見總編與副總編當眾爭執，會議室裡本就沉鬱的氣氛瞬間降到冰點，大伙兒全正襟危坐著，甚至連呼吸也小心翼翼了起來。

「我不知道像妳這樣出身商學院的人，是否都習慣用陰謀論看待事情，可我要告訴妳，

《玻璃鞋》從創始至今一向是以人爲本。第一大廠又怎樣？因爲宣傳做得最好，產品賣得最多，做錯事就不用負責嗎？又或者這樣便能預設他們根本不會犯錯？」程宥寧感到荒謬至極，反而輕笑出聲，「《玻璃鞋》創立的宗旨不是爲了當企業的幫兇，而是認眞對待每一個客戶！」

「所以呢？妳打算幫李小姐出頭，跟柔蔻追究責任？」Nicole冷笑一聲，像是聽到了什麼天方夜譚。

「是。」程宥寧完全沒有遲疑地點頭。

「的確，我是學商的，可能不如你們這些學設計的懂得關懷人，但我必須要跟妳說，很多事本來就需要從商業角度考量。儘管沒有參與到《玻璃鞋》的創始，不過我能百分之百肯定，當初創立的宗旨絕對不是成爲慈善機構。」Nicole頓了頓，嘴邊冷笑的弧度又擴大了些，「難道美妝大賞就只辦這麼一屆？柔蔻是目前市面上的第一大廠，未來和他們的合作只會愈來愈密切，爲了一個情況不明的投訴與他們交惡，簡直就是天大的笑話。」

「爲了追求利益而喪失客戶對我們的信任，叫做本末倒置，那才是最大的笑話。」程宥寧毫不退讓地反擊。

Nicole和她對視片刻，忽地搖頭失笑，「我想現在最沒有資格談『信任』這兩個字的，應該就是總編輯您了吧。在處理李小姐的客訴事件之前，總編輯要不要先好好想一想，該如何處理自己給《玻璃鞋》惹下的爛攤子？」

「Boss，小漢已經在外面等了。」莉莉推門入內，對正專注閱覽著文件的舒揚請示。

「嗯，請他進來。」舒揚摘下眼鏡，捏了捏被壓出些許壓痕的鼻梁。

不一會兒，小漢走進執行長辦公室，將手中的牛皮紙袋端正地放在舒揚面前的桌上，「Boss，你要我查的東西都在這裡。」

舒揚拿起牛皮紙袋掂了掂，發覺竟有些重量，「這些資料只有你一個人看過吧？」

「當然。」小漢點頭，「Boss特別交代要隱密調查，因此全由我一手進行。」

「好，辛苦你了。」舒揚朝他擺擺手，「你先去忙吧，有問題再叫你。」

「是。」小漢說完準備告退，走到一半卻停下腳步轉過身，一臉欲言又止，「Boss，你要我查的這個女人，是之前說要開發少女心的那個客戶嗎？」

舒揚正要從牛皮紙袋裡取出資料，聞言手中動作一頓，抬眸掃了小漢一眼，「好奇嗎？」

「好奇！」小漢立刻點頭如搗蒜。

舒揚嘴角微勾，眼裡閃著幽光，「還有時間好奇，是不是嫌最近的工作太少了，嗯？」

「我突然想起跟客戶約好要開會，那我先出去了！」小漢僵笑著答完，馬上飛奔出辦公室。

舒揚輕輕嘖了一聲，老闆的私事也敢過問，看來最近公司的紀律鬆散了不少。

他把紙袋裡的東西全取出來，除了幾張文書資料，還有一疊厚厚的照片。他將資料隨手擺到一邊，先翻看起照片。

他一向無法輕易信任旁人，與歷任女友交往多多少少都帶著利益導向，他也覺得她們之所以會和他交往，喜不喜歡他反倒不是重點，大都是想從他身上獲得些什麼，因此爲了保護自己和公司，在交往之前，他習慣將她們的身家底細事先調查清楚。

然而除了少女心開發案需了解的必要資訊外，舒揚不曾深入調查過程宥寧，一來他沒有……或者應該說，他「起先」並沒有把程宥寧當作未來的女友人選看待，所以不需要刻意防範；二來，他不知怎地就是不想對她這麼做。

直到她和葉書騏爆出緋聞，他雖相信那並非事實，但還是決定查一查她。只是這一刻，他終於清楚意識到程宥寧對他來說是多麼特別的一個存在——他想深入了解她，不是為了保護自己，而是為了保護她。

他一張張瀏覽過照片，前面幾張是程宥寧和葉書騏的合照，時間場景和記者爆料的照片一樣，看來程宥寧的確搭了葉書騏的車。

舒揚看著照片裡笑靨如花的程宥寧，咬了咬牙。

笑？笑什麼笑？跟他在一起的時候也沒看她這麼開心過，她還敢說自己對吃嫩草沒興趣？接著又出現了程宥寧和另一個男人的合照，而且數量非常之多，有一起去居酒屋喝酒的，也有在高級餐廳一起用餐的，除此之外，這男人竟然常常進出程宥寧的公寓。

連自己都還沒去過她在臺北的住處，這個男人憑什麼搶先一步！舒揚不自覺握緊拳頭，手上青筋隱隱浮現，等他注意到照片的拍攝時間，更是氣得眼前差點一黑，這男人被拍到半夜進到她家，卻到隔天早上才離開，也就是說，他在她家過夜……過夜……過夜！

舒揚猛地將那疊照片一把甩進腳邊的垃圾桶，眼不見為淨。

好啊，程宥寧！認為自己天資聰穎便自行出師了是不是？他什麼時候教過她可以留男人回家過夜！他們一個晚上都做了什麼……

舒揚愈想愈煩躁，索性站起身走到窗邊，打算冷靜一下。依他對程宥寧的了解，他們應該不會進展到最後一步，或許、或許……該死！他實在想不到成年男女獨處一室還能做什麼事！

如果他們又喝了酒……舒揚想起程宥寧酒醉後傻傻萌萌的反差樣貌，不由得抽了一口涼氣，那個男人怎麼可能不把她吃掉！

照片的拍攝日期和程宥寧開始少女心開發課程的時間重疊，也就是說，程宥寧一邊跟葉書騏嬉笑，一邊跟這男人過夜，然後又在每次上課時向他抱怨自己找不到對象？啊不就好棒棒！

不過在她家過夜的男人爲什麼看起來有點眼熟？舒揚雙手扠腰盯著垃圾桶思索半晌，最終仍不情不願地將照片重新撿了起來。

這個人……不就是程宥寧的「我男人」，昨天剛在記者會上公開自己《玻璃鞋》總裁身分的余晉冬嗎？

舒揚蹙眉，繼續往下翻看照片。下一張照片同樣有余晉冬，然而在他身旁的卻不是程宥寧，而是程宥寧的緋聞對象葉書騏。他記得前天才爆出葉書騏的同性戀傳聞，那時照片中並未拍到另一個男人的臉……

原來如此。

一切豁然開朗，舒揚嘴角的弧度也跟著緩緩上揚。

不必再看資料，光這些照片透露出的資訊就足以讓他摸清他們三人之間的關係。

想到剛剛失控暴怒的自己，舒揚頓時感到好笑又丟臉。不管怎麼想，比起遊戲花叢的花蝴蝶，程宥寧百分之兩百更可能是同性戀好友的哥兒們啊！

原來，如今自己連看到她和其他男人相處甚歡的照片都會失去理智了。

舒揚靠在辦公桌沿，望著大片落地窗外如棋盤般星星點點的都市夜景，靜下心思忖。

他該如何幫助他這隻好強的小獅子呢……

❤

「宥哥，妳忙得差不多了嗎？」

小芸怯怯的聲音由總編辦公室門口傳來，程宥寧從文件堆中抬頭看了眼手上的腕表，才發現已經晚上十點半了。

「大家都走了嗎？」程宥寧緩慢地轉動了下僵硬的脖子，嗓音帶著一絲疲憊。

「嗯，辦公室裡就剩下我跟妳了。」

「妳先下班吧！我再待一陣子。」程宥寧微笑著朝她擺擺手。

「好，那我先回去了。」小芸剛要闔上門，又像突然想起什麼似地探頭進來，「宥哥，需不需要我給妳沖杯咖啡？」

「不用啦，我再一會兒就要回家了。妳趕快回去吧！辛苦一整天了，回家好好休息。」

小芸應了一聲，卻沒移動腳步，握著門把猶豫許久，低聲說：「宥哥……對不起。」

「對不起什麼?」程宥寧疑惑地揚起眉。

「今天開會時,我沒有站出來幫妳說話……」小芸低垂著頭,語氣帶著濃濃的自責。

「我還以爲是什麼事,這又沒什麼,幹麼道歉?」程宥寧搖頭笑了笑,見小芸依然沉默,她想了想才開口:「妳也覺得Nicole說得有道理,對吧?」

小芸遲疑了片刻,輕點了下頭,「我一直都很信任宥哥做出的決定,但這次我實在是不太理解……爲什麼要給自己找麻煩?再說又不能確定那個投訴者是不是故意陷害我們……」

「不過妳也不能肯定,投訴者的委屈是否其來有自,不是嗎?」程宥寧鎭定地望著她,「正是因爲無法確定眞相,才必須去查證。只有認眞看待這件事,仔細蒐證,才能找出事實,到時再來評論誰對誰錯也不遲。」

「可是,宥哥妳現在的處境……眞的不適合再把自己推入火坑了。」小芸咬了咬牙,「當然編輯部的大家絕對都相信宥哥的爲人,但公司其他部門都在傳……」

「說葉書騏是因爲跟我睡了,才會答應代言?」程宥寧語調稀鬆平常。

小芸艱難地點了點頭,「不只這樣,他們還懷疑、懷疑妳是跟總裁有……不正常的關係才當上總編輯的。」

程宥寧聽完,並沒有表現出小芸想像中的憤怒或是不可置信,這反倒讓小芸更加擔心。

「宥哥,妳要不要像副總編提議的,先暫時休個假?妳今年的年假不是幾乎都還沒用嗎?趁這個機會好好去國外散散心,八卦這種事只要時間一久自然會被淡忘,過一段時間再回來,就會恢復原狀了。」

孩子，不會恢復原狀了……程宥寧在心中嘆息，不過沒打算說出來，反正說了也沒有任何意義。

「我會再想想的。」她明白再跟小芸辯駁也無法改變她的想法，索性轉開話題，「妳快點回家吧！小心趕不上最後一班公車。」

「那我先走了，宥哥妳回家時也要注意安全喔。」

小芸離開後，辦公室頓時安靜得有些懾人，程宥寧想繼續把手邊的工作完成，卻忽然連一個字都看不進去。

她很清楚自己今天的表現有多失常，可她仍不曉得自己究竟怎麼了。是這幾天排山倒海而來的工作壓力壓得她喘不過氣，才變得異常敏感尖銳？或是下意識地抗拒著Nicole這個可能威脅到她在公司地位的存在，所以即使明知她有理也要唱反調？

不是的。儘管她不喜歡Nicole，但都活到這年紀了，這種公私不分的幼稚行爲她不會去做，更不屑去做。

程宥寧腦中倏地閃過一道眼神，一道帶著無盡失望與譴責的眼神……

程宥寧輕顫了下，莫非是因爲那道魔障依舊蟄伏在她心裡？

LINE訊息提示音突然響起，打斷了她的思緒，滑開手機一看，是母親傳來的訊息。

「姊姊，怕妳在忙，打擾到妳工作，就只傳訊息了。我們都有看到新聞……妳還好嗎？聽說很多記者圍在公司外面，他們有沒有刁難妳？」

程宥寧看完訊息，差不多只頓了一秒，便飛快回覆。

「沒事啦！這些事很快就能處理好了，你們不用擔心。」

過了半晌，母親的訊息再度傳來。

「妳還在公司？」

「嗯，有些工作還沒處理完。」

「有記得吃晚餐吧？」

「當然。」當然忘了……

「如果想休息一陣子就回家吧！媽媽燉雞湯給妳補一補身體。」

程宥寧盯著這行字，眼淚不知怎地瞬間湧出。明明前一刻沒有半點想哭的感覺，此時淚水卻像潰堤般啪答啪答地落在手機螢幕上，她用袖子胡亂抹去臉上的淚痕，吸著鼻子遲疑了一會兒。

「媽，其實我覺得好累……」還沒寫完，這句話就被她刪掉，重新再輸入了另一行字，「好，我知道了。早晚氣溫變化大，妳自己也要多保重身體。」

訊息送出後，又附上一張笑臉貼圖，而淚水再度爬滿程宥寧的臉龐。

走出公司大門時，天空下著不大不小的雨，程宥寧輕嘆了口氣。

一個人倒楣起來，連老天爺都會在你背後踹你一腳。

今早為了躲避記者，她將車子停在離公司有段距離的地方，看來如今是得踩著高跟鞋走入雨陣去取車了。她撐起傘正準備邁步，忽地聽見有人在她身後按喇叭。

她狐疑地轉過頭去，映入眼簾的是一輛黑色高級轎車。她想了想，對這輛車實在沒什麼印象，便提步繼續前行，沒想到那輛車又朝她駛近了些，鍥而不捨地再按了幾聲喇叭。

程宥寧環顧四周，附近除了她沒有其他人，看來這輛車的確是衝著她來的。該不會又是記者吧……她握緊傘柄，暗自提高警戒，猶豫著要上前詢問或是拔腿就跑，轎車前座的車窗卻在這時搖下。

「上車！」

「……老師？」程宥寧一愣。

「快點，雨都打進我車裡了。」舒揚一手握著方向盤，另一手朝她招了招。

「喔……好。」程宥寧還來不及多想，就在舒揚的催促聲下收了傘鑽進車內，待她茫然地被舒揚載著經過兩個十字路口後，才終於想到關鍵的問題。「老師……我們要去哪裡？」

「去看星星。」

「什麼？」這種天氣要去看星星，他是在搞笑嗎？

「城市裡的星星。」舒揚打了方向燈轉彎，「等一下妳就知道了。」

程宥寧只點點頭，沒有再說話，她怕說多了老師會聽出她濃厚的鼻音。

她微微垂下頭，讓長髮遮擋住臉頰，以免被老師注意到她略微紅腫的雙眼。她慶幸現在是夜晚，所有的脆弱都被夜色模糊了些，不然她眞的會丟臉丟到家。

兩人沒再交談，氣氛卻不顯得尷尬。沉穩的爵士鋼琴曲緩緩從音響流淌而出，和雨聲混合在一起，出奇得有種安神的效果，使她躁動的心沉靜下來。

程宥寧將頭輕靠在車窗上，閉上眼睛靜靜聆聽音樂，車子裡很溫暖，空氣中帶著一股淡淡的香氣。和余晉冬車上縈繞著的成熟男性香水味不同，老師車上的味道像是被太陽曬得暖烘烘的棉被，令人安心。

雖然不明白他爲何會突然出現，但她很感謝此刻能有他安靜相伴，她很需要這樣的陪伴。

從臺中回來後，她就沒再跟老師聯絡過了，一來是因爲工作忙，二來是下意識不敢面對，她仍不知該如何看待這個差點就越過雷池，又極有可能見識到她發酒瘋的男人。

而老師在今晚以前同樣沒再找過她，也不知道是太忙了，或是另有原因。

仔細回想，扣除掉老師最後留給她解酒的那杯蜂蜜水，他們上一次簡直可以說是不歡而散。沒聯絡就算了，既然都見面了，她還一直裝傻充愣好像也說不過去。

她坐直身子，思索了片刻，徐徐開口：「老師，我的交友關係眞的沒有很複雜。」

舒揚怔了怔，似乎沒預料到她會忽然提起這件事，隨後憶起自己在上次和她交談時丟下的重話，便點點頭，「嗯，我知道。」

「和葉書騏的傳聞也不是眞的。」

「我知道。」

「我也不是靠跟總裁上床才當上總編輯的。」

「我知道。」

「……你怎麼會知道？」

他怎麼會知道？難道要承認他有偷偷調查過她嗎？舒揚骨節分明的手指在方向盤上有一下

沒一下地輕打，半晌後才出聲：「妳自己都說了，我能不知道嗎？」

「也許我是在狡辯啊！」

「妳不是這種人。」舒揚幾乎不假思索便答。

程宥寧緩緩扭過頭去看向舒揚。

「呿！你又曉得我是哪種人了……」過了一會兒，程宥寧收回目光，低聲咕噥，卻沒有意識到自己的嘴角微微翹起。

車子在一處地下停車場停下，陰暗的場內只停著兩三輛車，牆上的逃生指示燈發出微弱的綠光，四周安靜空曠得讓人有些毛骨悚然。

這種陰森詭譎的氣氛，為什麼有種似曾相似的感覺。

「老師，你該不會是要在這裡殺了我，然後棄屍吧？」

「……拜託妳少看一點恐怖片。」舒揚抽了抽眉角，本來還沒覺得什麼，被她這麼一說，腦中頓時浮現許多恐怖的畫面，連忙抽出鑰匙下車。

程宥寧跟了上去，好奇地問：「這是哪裡的停車場？」

「SNY大樓。」到了燈光明亮的電梯口，舒揚總算鬆一口氣。

這女人如果可以把看那些裝神弄鬼片子的時間，拿去多看一些愛情文藝片該有多好？

「欸？真的嗎？」程宥寧頗為興奮地東張西望，「不過我們不是要去看星星嗎？來SNY幹麼？」

「我們要去這棟樓最高的地方看星星。」進了電梯，舒揚從口袋掏出一個小小的磁釦對著感應器刷了一下，接著伸手按下最上方的樓層按鈕——三十五樓。

程宥寧自然知道有些公司習慣將高階主管的辦公室安排在最高樓層，普通員工是不能上去的。所以見他隨隨便便就說要帶她去頂樓，讓她不禁略感詫異。

「你們公司的最高樓層是任何人都能上去的嗎？」她詢問的口吻十分認眞。

舒揚回她一個白眼，「當然不是。」

「那你……」

「我又不是『任何人』。」

「是喔。」電梯持續上升，程宥寧似乎在思考著什麼，回答得有點心不在焉。

舒揚等著她繼續追問，準備帥氣地告訴她，其實他擁有這一整棟大樓，然而等了半天，卻始終沒等到她再開口，令他很是錯愕，滿腹憋屈無處發作。

既然她不問，他也不好意思主動表明身分，這樣太掉價了！

糾結了片刻，他還是忍不住咬牙問：「妳沒有什麼問題要問我嗎？」

程宥寧微訝，「欸？你爲什麼曉得我有問題想問？」

「這不重要。」舒揚瞬間喜上眉梢，笑吟吟地望著她，「來吧，身爲學生就該勇於發問，老師非常樂意替妳解答！」

「這電梯幹麼不做成透明電梯啊？難得這棟大樓有三十五層樓，一邊搭電梯一邊欣賞外面的風景不是很過癮嗎？」

「他們敢！」舒揚想也不想便出聲喝道，偶爾搭個摩天輪就夠他受的了，要他每天搭透明電梯上班還不得逼死他？

程宥寧見老師臉上出現了疑似惱羞成怒的表情，心中略微不解，但還來不及細想，電梯門便打開了。

「走吧。」舒揚做了個深呼吸平復情緒，率先步出電梯。

下次他再對這個女人有所期待，他就是白痴！

程宥寧跟在他身後，走至一間辦公室門前，舒揚熟門熟路地上前開門，然後做出一個邀請手勢，「進去吧。」

程宥寧站在門口看向一旁大概是祕書處的辦公隔間，又迅速掃了眼坪數大得幾乎可算是奢侈的辦公室，語氣平靜地問：「這該不會是……舒揚的辦公室吧？可以在公司最高樓層擁有這麼一間辦公室的人，除了老闆，不會有別人了。」

舒揚一怔，「妳知道舒揚是誰？」

「不就是SNY點子銀行的創辦人和現任執行長嗎？」程宥寧從鼻子裡哼出了意味不明的一聲，「我對他的了解可深了。」

舒揚嘴角微微翹起，既期待又怕受傷害地開口：「那妳覺得他是怎麼樣的人？」

「一個自戀又囂張的男人。」她想也不想便回。

「自戀？囂張？」舒揚面容一僵，嘴角慢慢垮下，「妳是從哪裡得來這種荒謬的結論？」

「看不出來你竟然會這麼維護你老闆啊……」程宥寧驚奇地瞅了他一眼，「自戀嘛，雖然不知道中間的N是什麼意思，不過SNY裡頭的S和Y不就是舒揚的漢語拼音首字母嗎？一個會用自己名字做為公司名稱的男人，他不自戀誰自戀？」

「N是他英文名字的首字母。」舒揚臉色陰沉地解釋：「那囂張又是怎麼回事？妳跟他見過面？」

他不記得自己在接手程宥寧的少女心開發課程之前有見過她啊！

「前陣子我為了我們雜誌的人物專訪，親自寫了封採訪邀請信給他，結果這囂張的傢伙連考慮都不考慮，隔天就叫祕書回信打發我！有機會還真想見他一面，看看他到底憑什麼這麼跩？」程宥寧愈說愈氣，惡狠狠地瞪著舒揚的辦公室。

有這回事？他是車禍失憶嗎？為什麼他媽的完全沒印象！

舒揚心裡正上演著一齣幾近崩潰的小劇場，就聽程宥寧問：「話說回來，你不是他的祕書嗎？你不記得這件事？」

「我不記得……不對，妳又是怎麼推論出我是舒揚的祕書？」程宥寧的思緒跳得太快太詭異，他一時之間仍反應不過來。

「你擁有舒揚辦公室的鑰匙，不是他的祕書還會是誰？」她答得理所當然。

「那妳為什麼不懷疑我就是舒揚本人？」

程宥寧忽然用一種怪異的眼神深深地凝視著舒揚，舒揚心中才剛升起一股不祥的預感，便聽她語帶鄙夷地說：「舒揚身為SNY執行長有這麼閒嗎？」

「……」

在經過接二連三的精神打擊後，舒揚總算得出結論：今日不宜表明身分。

他驀地有種感覺，即使程宥寧哪天眞的發現他就是舒揚，她大概還是會一副事不關己、不痛不癢的樣子，對她來說恐怕他是舒揚或舒暢都差不多……不，如果他眞叫做舒暢，她絕對會大笑著問他怎麼不去代言通便藥……

舒揚長長地嘆了一口氣，愈想愈覺得自己的人生實在很悲哀，「快點進去吧，我腿痠了。」

「你這樣隨便帶陌生人進辦公室，不會被你老闆罵嗎？」

「我老闆不介意。」舒揚無力地擺擺手，嗓音帶著顯而易見的自暴自棄，「他人很好，我從來沒碰過像他這麼好的人。」

程宥寧半信半疑地踏進辦公室，這間辦公室除了大、很大、非常大之外，裝潢和一般的高階主管辦公室並無太大差異，只不過除了門口那面是實心牆以外，其他三面皆由材質特殊的玻璃窗組成。

程宥寧看著舒揚走到辦公桌前，隨手拿起遙控器對著玻璃窗一按，原先霧面的窗子瞬間轉爲透明，一大片滿滿當當的城市燈火就這麼猝不及防地撞進她眼底。

她讚賞地低歎了一聲，原先對於被舒揚領著擅闖他老闆辦公室，存有的一點遲疑和顧慮頓時被拋諸腦後。她像個孩子一樣興奮地貼近落地窗往外看去，儘管外面依然在飄雨，卻無損這片夜景的壯闊與美麗，反倒增添了浪漫的朦朧美感。

老師沒有唬她，他的確是帶她來看城市裡的星星。繁華的臺北夜晚仍舊燈火通明，街道上車輛川流不息，遠遠望去就如同星空般耀眼燦爛，使她的心不自覺開闊了起來。

「我好像可以理解舒揚爲什麼要買下這棟大樓做爲SNY的總部了。能夠每天欣賞到這麼漂亮的夜景，就算傾家蕩產也值得。」

「嗯……其實這棟大樓原本是沒人要的凶宅，所以沒花太多錢。」舒揚雙手插在口袋裡，看著窗外景色，目光不禁多了幾分柔和，「不過妳說得也沒錯，一個人工作時有這片夜景陪伴，就沒那麼孤單淒涼了。」

「可是老師你不是有懼高症嗎？站在窗邊不會腿軟？」程宥寧轉頭看他，語氣不帶嘲笑，只有實實在在的擔憂。

「……這種不會動的沒什麼好怕好嗎！」舒揚前一刻還沉浸在寧靜美好的氛圍裡，猛地被程宥寧踢回現實，而且她身爲肇事者居然毫無自覺。

他額角上的青筋一跳，然而那股鬱氣很快便散去了。

他逕自搖頭失笑，再跟她多相處幾年，說不定他都能修煉成得道高僧了……反正她就是這樣的性子不是嗎？或許他喜歡上的，正是這樣的她。

「坐吧。」他指向一旁的白色長型沙發，「要喝咖啡嗎？」

程宥寧想了想，「有酒嗎？」

「有是有，不過……妳確定？」舒揚勾起嘴角，有些挑釁地挑眉。

程宥寧會意過來，但還是抱著一絲僥倖，「呵呵，我上次該不會……」

「會心一笑。」舒揚立刻接話。

「對不起。」

舒揚見到程宥寧這難得窘迫的模樣，瞬間心情大好，伸手揉了揉她低垂的腦袋，「今天晚上，允許妳發酒瘋。」

舒揚說完便轉身去拿酒，程宥寧怔怔地望著他的背影，不自覺抬手摸上方才被老師撫過的地方，髮上似乎仍殘留著他手心的溫度。

熟悉的手機鈴聲響起，使程宥寧回過神來，連忙從皮包裡掏出手機，是余晉冬打來的。

「家裡沒人，妳還在公司？」

「沒有，我人在外面。」程宥寧看著面前的夜景，微微一笑，「在看星星。」

「星星？今晚哪裡可以看星星？」余晉冬的嗓音帶上了幾分困惑。

「沒事，說來話長。你今天晚上要睡在我家嗎？你等等，我晚點就回去了。」

「妳不用趕著回來，我今晚沒要過夜，本來是有些話想跟妳當面談談。」

他的口吻平淡，可她知道他這樣說就代表事情挺嚴重的。

「你想說什麼就現在說吧，沒關係。」程宥寧朝門口方向探了探頭，老師還沒回來，趁這段空檔講電話也不算失禮。

電話那頭靜默了片刻，余晉冬好像是在思考該如何開口，「書騏的事，我很抱歉。」

她滿是疑惑地回：「又不是你的錯，你幹麼道歉？」

「……是我爸的手筆。」

程宥寧一愣，過了好一會兒才找回自己的聲音，「什麼意思？」

「你跟書騏的新聞，是我爸讓人炒作的。我知道他一定會出手，但我以為他會衝著我們來，沒想到竟然會連累到妳。」

她不知該如何反應，只能乾笑幾聲，揶揄地說：「你爸眞跟得上潮流，連這種炒作手段都這麼了解。」

「他只需要出張嘴，底下自然會有人去做。」余晉冬嘆了一聲，「妳聽好了，書騏的事妳不用擔心，我會想辦法。」

程宥寧輕輕地應了一聲。其實比起自己受到的無妄之災，她更擔心余晉冬，畢竟他爸也算是正式向他宣戰了。

她出聲寬慰：「我眞的沒關係，他們罵他們的，我過我的生活，倒是你跟書騏……有什麼需要隨時跟我說。」

「好。」

「對了，我想問你一個問題。」程宥寧在余晉冬掛掉電話前，忽然鬼使神差地喊住他。

余晉冬不解地反問：「怎麼了？」

「我希望你以《玻璃鞋》執行總裁的立場回答我，而不是以程宥寧十年好友余晉冬的身分。」

「好，妳問。」

程宥寧握著手機，將目光投向窗外璀璨的夜景，「對《玻璃鞋》的整體利益來說，我這個總編輯是不是該暫時休息一陣子比較妥當？」

舒揚拿著紅酒回來時，就發現程宥寧握著手機呆坐在沙發上，整個人像是顆被戳了一個小洞的氣球，一副萎靡不已的模樣。

只有在一個人的時候，她才會露出這種無精打采的神情吧……舒揚有些心疼，卻也有些欣慰。至少此時，她沒有再勉強自己強顏歡笑。

他拔開軟木塞，以優雅熟練的姿勢將紅酒倒進高腳杯，接著把其中一杯酒遞給程宥寧，「這是公司裡現存最好的一支酒，我花了點時間才找到，喝喝看。」

「啊？」程宥寧被突然響起的聲音嚇了一跳，身體微微一顫，緩了幾秒後，伸手接過酒杯，「……謝謝。」

程宥寧飲了一口，就知道這的確是好酒，香氣濃郁極富層次，入喉後餘韻綿長。然而人在情緒低落時，嘗什麼都索然無味，倒是可惜了這麼好的酒。

舒揚也端了杯酒在她身旁坐下。他隱約感覺到程宥寧有話想說，卻不想給她一絲一毫的壓力，只是靜靜地陪著她。

在他杯中紅酒即將見底時，終於聽見程宥寧用帶著點不確定的語氣說：「老師……可以聽我說個故事嗎？」

「我就在這裡，只要妳想說，隨時都能開始。」舒揚揚起一個鼓勵的微笑。

程宥寧握緊酒杯，低下頭，緊盯著杯中倒映出的自己，「小學五年級時，我是班長，成績很好，老師也喜歡我，在同學間……至少我覺得自己人緣算是很不錯。當時我的生活其實沒有什麼煩惱，直到有一天，班上一個長期被同學排擠的女生忽然在放學後跑來找我，跟我說……

班導亂摸她的身體。」

舒揚一怔，卻見程宥寧神色平靜，就像在敘述一件無關緊要的小事。

「那時我年紀太小，根本無法相信在校園裡會發生性騷擾……甚至是性侵害這種事。那個女生的成績和家境都不太好，平時的穿著看起來又有點髒髒的，所以在班上很不受歡迎，也常被老師責罵。雖然我不會像其他同學一樣欺負她，但我承認，她那番話的可信度確實因此在我心中被打了折扣。」

程宥寧眼神迷離，似乎深陷於回憶之中，舒揚也不吭聲，耐心等著她往下說。

「班導是出了名的好老師，家長和學生都很喜歡他，我也認爲他的確是個負責任又爲學生著想的老師。所以當那個女生找上我時，我很不知所措，畢竟她沒有理由說謊騙我。」

舒揚沉吟了片刻：「這件事，那時妳有告訴其他人嗎？」

程宥寧點頭，「我不知道該怎麼辦，一回家就跟我爸媽說了。我媽不信，一直強調老師是好人，不可能會做出這種事。我爸則是叫我不要多管閒事，專心念書就好。就算這件事是眞的，也不是我能解決的，那個同學受到委屈自然會請她的父母去處理……當時我被爸媽說服了，所以建議對方請父母去找老師，她卻跟我說，她媽媽不相信她的話。」

「然後妳就自己去找老師了？」

程宥寧瞪大眼睛，訝異地看向舒揚，「你爲什麼會知道？」

「依妳的個性，不這麼做才奇怪。」舒揚又替她倒了一次酒，「後來呢？」

「老師反應很激烈，他說他對我很失望，沒想到我竟會聽信這種荒謬的指控。」程宥寧一頓，自嘲地笑了笑，「我忍不住哭了，我從未被老師如此嚴厲地責罵過，還是為了與我無關的事，因此我既委屈又後悔。老師說要把那女生叫過來當面對質，這樣我就曉得是誰在說謊，我當然只能同意。後來那女生來了，結果……她居然說那些指控不是真的。」

舒揚看不懂她眼中的情緒，像是嘲諷，像是悲涼，又像是憐憫。

程宥寧仰頭灌了一大口紅酒，望著窗外景色，再次開口：「後來沒過多久那女生就轉學了。即便到現在，我還是不曉得真相究竟是什麼。事情過去這麼多年，很多細節我都不記得了，也沒再聽說過關於她的消息，可我永遠記得，她在轉學前收拾好東西準備離開教室的那一刻，突然轉頭深深地看了我一眼。那一眼……讓我開始懷疑，是不是有什麼地方錯了？是不是……這世界上真存在著所謂注定該承受的委屈？」

「那妳覺得呢？」舒揚聽完，沒有立刻給出回應，而是反問：「過了這麼多年，妳得出答案了嗎？」

程宥寧聳肩苦笑，「我以為自己早就找到答案了，但最近才發現好像並沒有。」

舒揚低應一聲，示意她繼續說下去。

「這些年我常常想，如果當時我可以再多相信她一點，這件事的結局會不會變得不同？要是我沒有因為害怕被老師討厭，堅持對抗到底，是不是她的冤屈就能得到伸張？其實我的直覺一直告訴我……她並沒有說謊，只是那時的我無力幫助她。所以，我努力讓自己變得更強大，要是同樣的事再度發生，我希望自己已經擁有足夠的力量去保護依靠我的人，我也告訴自己要相信每一個人，在真相尚且不明前，先以足夠的信任對待他們，我不想看到當年那件讓我掛念終生的事再次重演……」她停了一下，將杯中剩餘不多的酒液一飲而盡，「在商場上抱持這種想法，是有點過於天眞了吧。身爲總編輯，若我個人的執念將造成公司更大的損失，我是不是該就此放下，以公司的利益爲重……」

舒揚將酒杯放至一旁桌上，認眞地望向她的雙眼，「先別管其他人，妳摸著自己的心想一想，妳覺得自己一直以來秉持的信念是錯誤的嗎？」

程宥寧怔了怔，接著聽話地緩緩抬手覆上心口，讓思緒隨著心臟一起跳動，片刻過後，她搖搖頭，語氣雖輕卻十分堅定，「不是錯的。」

「那就夠了。」他的口吻嚴肅得像是老師在教授道理，又溫柔得彷彿情人之間的甜蜜絮語，「就算全世界都無法理解，但只要是妳眞心認爲這是對的事，就要去做。不要爲了他人的觀感而迎合潮流，對就是對，妳就是妳。」

程宥寧緊咬著下唇，鼻翼翕動了幾下，眼淚竟毫無預兆地落下。

「對不起。」程宥寧仰頭故作輕鬆地說：「我沒有想哭，眞的！應該是隱形眼鏡戴了整天，太乾了……」

舒揚接過她手中的酒杯擱至一旁，將她攬入懷中，輕拍她的背，「我什麼都看不到，妳可以盡情地哭，沒關係。」

舒揚懷中原先有些僵硬的身軀逐漸放鬆了下來，這一刻他清楚地感覺到，程宥寧其實也只不過是個會悲傷會疲倦的普通女人而已。

懷裡的人維持同樣的姿勢一動也不動，甚至連抽噎的聲音都沒有發出，但他知道自己肩上的衣服早已濕了一片。

這女人連哭都不肯出聲，到底是習慣隱忍多少年了？

他終於明白程宥寧為何從不撒嬌，不是她不屑，不是她不會，而是她沒有機會撒嬌，因為她身邊從來都沒有能讓她肆意撒嬌、放心依靠的人。

她的父母軟弱怕事，無法為她撐起一頂保護傘，所以她只能努力變強，獨自撐起那張大傘來保護所愛。

現在有我了，不會再讓妳獨自面對這些了。舒揚在心中宣誓，低頭在她柔軟的髮上輕輕印下一吻。

那吻宛如羽毛掠過般輕柔，程宥寧卻不知怎地察覺到了。她抬眸定定地看向舒揚，濕潤微紅的眼眸裡挾雜著迷茫與困惑。

舒揚沒有閃躲她詢問的眼神，像是給予回應一般，他俯頭在她的眼角落下一吻，吻去她的淚水。

「……老師，為什麼吻我？」她之前猜測、分析了那麼多次，這回她決定直接問出口，她實在沒有力氣再去猜了。

舒揚沒有立刻回答，只是靜靜凝視著她，用帶著薄繭的指尖，一一為她抹去臉上殘餘的淚痕。

「因為喜歡。」他再度俯下頭，貼著她的唇瓣，低聲說。

Chapter 17

不同於先前在浴室時的強勢霸道，這次舒揚只是輕輕覆上程宥寧的唇，沒有進一步動作，彷彿在等候她的許可。

可等了片刻，程宥寧依然僵硬地呆愣著，睜大雙眼看向他。

舒揚心中一黯，「對不起，是我冒犯了。」

程宥寧略微著急地搖頭，「不是的，我……」

「妳好像不太喜歡我親妳。」他苦笑。

程宥寧更加急切地搖頭否認，但說起話卻結結巴巴的，「沒有，只、只是……」

「妳的表情就像在親一隻死魚，還說沒有不喜歡？」舒揚哀怨地指控她。

程宥寧咬了咬牙，像是要證明什麼似的，迅速在舒揚的唇上落下笨拙的一吻……說那是「吻」可能太客氣了，那根本就是拿自己的嘴唇去撞別人的嘴唇。

程宥寧「吻」完之後便想退去，然而對方卻不給她這個機會。

舒揚雙手扣住她的肩膀，眼中閃著狡黠的笑意，哪裡還有半點剛才哀怨的模樣，「程宥寧，妳爲什麼吻我？」

「我……」她滿臉通紅，眼神閃躲。

「因爲喜歡？」舒揚繼續步步緊逼，他的尾音似哼非哼地揚起，帶著一分慵懶三分性感。

「我不知道。」程宥寧宛如小貓一樣無助地搖搖頭，可憐兮兮地問：「……怎樣才能曉得喜不喜歡？」

「多試幾次就知道了。」某人厚顏無恥地說完，再次垂下頭覆上她的唇。

不再隱忍，不再保留，舒揚將他對她的心疼與愛憐盡數訴諸於這個熾熱的吻上。

這一次程宥寧沒有抗拒，乖乖地任他親吻，可這乖巧的程度似乎有些過頭了，舒揚都要懷疑自己親的是根木頭。

細細的鼾聲忽然從懷裡傳來，舒揚一愣，隨後搖頭無聲地笑了起來。

這樣都能睡著，是該說她太厲害還是他的吻技該好好檢討一下？

舒揚低頭打量起懷中熟睡的小獅子，就算睡到不省人事了，她的眉頭仍微微皺著。

他抬手伸向她的眉間，輕輕揉開，「妳已經夠沒行情了，再多幾條皺紋還有誰要妳？」

他輕嘆一聲，輕手輕腳地將她側倒在沙發上，替她脫下高跟鞋，並從衣帽架上拿來自己的大衣爲她披上，又塞了顆抱枕讓她枕著。

他在她身側重新坐下，給自己倒了杯酒，望向愈發深沉的夜色。

他想，他對她的感情或許比喜歡……還要再多上一點。

程宥寧緩緩睜開眼睛，便見到坐在一旁的老師。

他睡著了，長長的睫毛在他的眼下映出一片陰影，胸膛隨著呼吸緩慢而平穩地起伏。

她感覺自己的身體有點僵麻，才試著動了一下，一旁的舒揚就醒了過來，睡眼惺忪地側過頭凝視著她。

「醒了？」他的聲音因爲剛睡醒還帶了幾分沙啞含糊。

程宥寧點頭，瞥了眼窗外已變得明亮的天色，「現在幾點了？」

舒揚打了個哈欠，抬手看向腕表，「六點二十七分。醒了就起來吧，趁公司還沒有什麼人，我先送妳回去。」

「咕嚕——」程宥寧才爬起身，一陣響亮又尷尬的聲響就從她肚子裡傳來。

她面頰微微一紅，語氣卻故作理直氣壯，「我昨天沒吃晚餐。」

「那妳之前怎麼不說！知不知道空腹喝酒很傷身？」舒揚瞪了她一眼，從沙發上站起，「走吧，先去附近吃早點。」

「老師，你想吃什麼？我請客。」程宥寧一邊推開大樓正廳的旋轉大門，一邊回頭問舒揚。

「不要！一頓早餐也要讓女人請，說出去還不笑掉人家大牙？」舒揚跟在她的後頭，好氣又好笑地回。

「你請我喝酒，我當然也要禮尙……」

「舒揚！」一道陌生的女子嗓音從不遠處傳來，打斷了她的話。

程宥寧停下腳步，疑惑地循著聲音的方向望過去。

一個看來有些風塵僕僕的美麗女子站在大街上，一手拖著一只大行李箱，另一手緊緊牽著一個約莫六、七歲的可愛小男孩。

她笑盈盈地看著站在程宥寧身後的那個男人。

❤

咖啡廳裡，程宥寧與引發客訴風波的投訴人面對面而坐。

「李小姐妳好，我是《玻璃鞋》總編輯程宥寧。」她揚起和善的微笑，將一張名片遞至她面前，「很高興妳願意抽出時間與我見面。」

李小姐臉上戴著口罩，唯一露出來的那雙眼睛帶著戒備，她瞥了桌上的名片一眼，冷笑一聲，「連總編輯都親自出動了，這是要對我施壓？」

程宥寧搖頭，「我今天不是以總編輯的身分而來，是我個人想跟李小姐聊幾句，不曉得是否方便？」

李小姐靜默了一會兒，依然沒有放下戒心，「妳想說什麼？」

「首先，我對《玻璃鞋》造成李小姐如此不快感到十分抱歉。」她微微鞠躬表達歉意，「請問李小姐目前皮膚紅腫的情況是否還很嚴重？有看過醫生了嗎？」

「再不看醫生，我這張臉早就爛了。」她口氣不善，「是有比之前好一點，但出門還是得戴口罩，也不敢去上班。」

程宥寧思索了一會兒，決定開門見山，「我沒有追究對錯的意思，只是單純想知道爲何李小姐當時不願接受《玻璃鞋》客服提出的補償方案，而是選擇訴諸媒體？在我個人看來，這套補償方案並非沒有誠意，對李小姐來說應該不至於吃虧。」

「我接受了你們的補償，然後呢？這件事就會直接沉下水面了吧！」李小姐愈說愈激動，「如果我要跟你們拗好處，我一定會在跟媒體爆料之前，就以此爲籌碼先跟你們談條件。可我要的不是錢，而是公道！假如這件事沒被新聞報導出來，就絕對不會得到重視，我相信不會只有我一個受害者！」

「我了解了。」程宥寧鄭重地看向對方，「請問李小姐是否已到醫院檢測過，確認是因爲使用柔蔻玻尿酸保濕精華液，才引發皮膚過敏？」

「嗯。」她從包包取出一份診斷證明書，「妳看了就知道，我沒有冤枉你們。」

程宥寧接過證明書仔細閱覽，若這份報告屬實，那五十位試用者裡只有她一個人出狀況，又該怎麼解釋？

李小姐沉默了片刻，緩緩摘下口罩，露出了她那張帶著大片紅腫並脫皮的臉，「我當然明白把臉治好更重要，把事情鬧大對我也沒多少好處，但是……我太喜歡柔蔻了，所以才會這麼生氣！妳懂這種感覺嗎？」

程宥寧望著李小姐寫滿複雜情緒的雙眼，誠摯地點點頭，鼓勵她繼續說下去。

「我是柔蔻的忠實顧客，一直以來都只用他們家的產品，效果始終都很不錯。因此這次出現過敏反應後，我還不敢相信是產品出了問題，打電話向柔蔻的客服反應，對方卻堅持他們家的產品不可能有問題。我知道把責任歸咎到《玻璃鞋》頭上，是有點過分，可是……你們應該比我更有能力來查明這件事不是嗎？我會接受這次美妝大賞的試用邀請，除了原本就是柔蔻的忠實用戶，也是因爲信任《玻璃鞋》推薦的產品有其品質保證，然而你們卻都讓我失望了……」李小姐深嘆了口氣，「算了，是我太天真了。我明白妳今天大概是想勸我大事化小、小事化無，很抱歉，我沒有這個打算。我會再去消基會反應看看的，謝謝妳的咖啡。」

語畢，她便拿起隨身物品東西起身準備離開，程宥寧趕緊出聲叫住她。

「我不是來勸妳大事化小、小事化無。」程宥寧也跟著起身，堅定地看向她，「相反的，我會把事情鬧大，還給妳一個公道。如果妳願意相信我，可以給我一點時間嗎？」

「宥哥，妳……妳剛才說什麼？」會議室裡，Nancy瞠大眼望著剛扔出爆炸性發言的程宥寧，不可置信地問。

連一向喜怒不形於色的Nicole，此刻也面露微訝。

程宥寧昂首挺胸地站著，表情沒有半點頹敗和遲疑，「看來大家好像沒聽清楚，那我再重新說一遍，接下來三個禮拜，《玻璃鞋》總編輯的職務與決定權，皆由副總編Nicole代理。」

「宥哥，妳幹麼突然這樣……」Nancy極力勸阻：「倘若是因爲葉書騏的緋聞，妳眞的不用介意，我們都曉得那不是眞的！」

「這個決定是爲了公司整體利益考量。」程宥寧故作輕鬆地笑了笑，輕巧地避開了Nancy的問題，「我只是卸下總編輯職務三個禮拜而已，又不是辭職，你們緊張什麼？」

會議室裡一片靜默，大家交換著眼神，卻沒人敢先開口，氣氛凝滯壓抑，最後是Nicole出聲打破沉默。

「我想知道原因。」Nicole定定地盯著程宥寧，語氣雖清冷，卻不帶針對性，只是單純提問，「難道妳眞的是因爲緋聞事件而做出這個決定？」

程宥寧只得正面回應，她搖了搖頭，「儘管緋聞並非事實，但確實爲公司添了不少麻煩，不過就算我要爲此負起責任，也不會是以這種方式。這三個禮拜，請大家聽從副總編的指揮，而我會在這段時間裡，獨立調查李小姐的柔蔻客訴事件。」

「妳還是決定蹚這渾水？」Nicole皺眉，神情滿是不贊同。

「沒錯，李小姐並沒有說謊，證據就是這份診斷證明書，我們必須還她一個公道。」程宥寧話聲一頓，接著又說：「我不是以《玻璃鞋》的名義出頭，也不會占用公司的人力與資源，盡量讓這件事情對公司造成的負面影響降至最低，假如最後成功查出結果，能挽回《玻璃鞋》的信譽自然是最好，要是失敗……我也會一人承擔起所有過失。」

程宥寧說完，目光停在Nicole臉上，彷彿在等待她的意見。

Nicole思索片刻，乾脆地答道：「若不會影響到公司，我沒什麼理由反對。」

「那就好。」程宥寧朝她點頭致意，「從明天起，我不會再進公司，也省得引來記者，造成麻煩。這段時間大家請聽從副總編的安排，明白嗎？」

或許今天會是自己待在《玻璃鞋》的最後一天，程宥寧已經做好熬夜加班的打算。她雖已將職權交了出去，可這並不代表她能拍拍屁股走人，還有許多工作必須好好交接，她希望可以將一切做到盡善盡美。

她明白此舉在其他人眼裡看來，既瘋狂又幼稚；她也清楚將來要重返總編輯這個位子，勢必不如想像中簡單，不過她還是決定這麼做。

有人說，長大就是學會妥協。爲了生活，爲了人際關係，爲了金錢，爲了現實中的種種磨難，人們在有意無意之下，漸漸將自己打磨得更加圓滑。

程宥寧並不討厭變得成熟的自己，然而有時候她也會懷念當年那個尖銳熱血的程宥寧。

人一生總要瘋狂幾次，既然知道這是對的，就要勇敢去做。無論結果如何，至少她瘋過、拚過、努力過、燃燒過，那麼便不會後悔。

如果總編輯這位子眞的丟了……好歹她也是服裝設計本科出身，大不了就去余晉冬的工作室當他的助理嘍！程宥寧一邊整理檔案，一邊在心裡自我揶揄。

「宥哥，在忙嗎？」小芸站在辦公室門口。

程宥寧抬眼看向門口，示意她進來。

「今天不是要去和男友約會嗎，怎麼這麼晚了還沒下班？」程宥寧打趣，「難道是專程來和我說再見？」

「宥哥，李小姐的案子，讓我跟著妳一起做吧！」小芸表情凝重，「我知道妳能力強，自己一個人也沒問題，但多一個人手幫忙，妳也會比較輕鬆不是嗎？我是總編輯助理，本來就該跟著妳啊。」

程宥寧笑著搖頭，「小芸，我很謝謝妳的好意，雖然妳是我的助理，可領的卻是《玻璃鞋》發的薪水。現在我將職權轉由Nicole代理，妳身爲總編輯助理，要做的應該是好好協助她，明白嗎？」

「可是……」小芸還想再爭辯。

程宥寧望著小芸的眼神溫柔而堅定，「這件事很冒險，我自己一個人做就夠了，反正我沒什麼好怕的。不過妳還年輕，工作也經驗不多，很需要這份穩定的工作，好好待在這裡學習，把原本該做的事情做好，就是幫我的忙了，嗯？」

小芸明白程宥寧說的有理，又見她態度強硬，就不再堅持，不情不願地應下，「我知道了……但要是妳需要幫忙，還是可以隨時跟我說喔！」

小芸前腳才剛離開，巧薇便出現在門邊，程宥寧笑著對她招招手，又眼尖地發現躲在不遠處鬼鬼祟祟的Nancy和子翔。

程宥寧不由得失笑，揚聲喊：「都進來吧。」

巧薇抱著一疊資料率先走進辦公室，身後跟著Nancy與子翔。

「宥哥，都怪我沒有及時通報，這件事才會演變成這個情況，實在是很抱歉……」巧薇低垂著頭，話中滿是自責與懊悔。

程宥寧出聲勸慰她，「錯不在妳，這是公司體制的問題，別往心裡去。」

巧薇將手中的文件放到程宥寧的辦公桌上，「這是當初那五十位試用者的聯絡資料，還有柔蔻的產品檢驗報告。雖然不知道幫不幫得上忙，可這是我的一點心意，希望妳能收下。」

程宥寧望著面前那疊資料，怔愣了幾秒，再開口的時候，聲音裡帶著一絲低啞，「當然幫得上忙……妳幫了我很多，謝謝妳，巧薇。」

「我們曉得妳今晚肯定會加班，晚餐跟宵夜都幫妳準備好了！」Nancy從子翔手中接過幾袋食物、零食放到桌上，「動腦很消耗熱量，工作再忙也不要讓自己餓肚子。」

程宥寧看了看桌上滿滿的食物和資料，又望向臉上寫滿擔憂的幾個下屬，鼻頭忽地湧上一陣酸澀，「謝謝你們，眞的。」

就算不在公司了，她也不是孤軍奮戰。

♥

「我眞是……眞是要被你們給氣死！」舒揚坐在速食店裡，瞪著眼前歡快吃著炸雞的那對母子，無力地抓了抓頭髮，「你們爲什麼這麼會挑時間？」

「我有什麼辦法？下了飛機去到你公司剛好就是那個時間啊。」譚敏微拿起紙巾替兒子擦嘴。

他抬手扶著額，「至少也先打個電話給我吧？」

「呵呵……手機就剛好沒電了嘛！」

舒揚知道再追究下去也沒有意義，只能抄起可樂用力吸了一口，「爲什麼突然從美國回來？」

「我離婚了。」譚敏微神色平靜地回。

舒揚一愣，張了張唇似乎想問什麼，但最後只是輕嘆了聲，「姑姑知道了嗎？」

「我還不曉得怎麼跟我媽說。」她也嘆了一口氣。

「那妳現在有地方住嗎？」

「那天是因爲時間還太早，才會先去找你，現在我們住在我朋友家，你別擔心。對了，舅媽身體還好嗎？」

「也就老樣子吧。」舒揚語氣平淡，「不要看到我，她的身體就健康了。」

「你們還是……」譚敏微話說到一半，想了想又改口低聲問：「那……舅舅呢？他有沒有再寫信給你？」

舒揚搖頭，微微自嘲地輕扯起嘴角，「他在裡面還有錢花，哪會想到要寫信給我……這樣也好，省得看了心煩。」

察覺到氣氛沉重了起來，譚敏微趕緊轉移話題，「話說回來，那天早上跟你在一起的是你女朋友嗎？還是已經是表嫂了？」

「都還不是……」舒揚忽地有些惱羞成怒，「還不是因爲你們！」

「我們怎麼了？」譚敏微一臉莫名其妙。

他的語調滿是哀怨，「她八成是誤會了，到現在都不理我。」

譚敏微這才恍然大悟，拿起薯條送進嘴裡，語帶同情地問：「她很生氣嗎？」

舒揚靜默了幾秒後，拿起手機點開LINE的頁面，「我問妳，如果男人傳訊息給一個女人，對方要不是回一些『我在忙』之類的句子，就是乾脆不讀不回，妳說這是什麼意思？」

「這還不夠明顯？就是生氣、不想搭理你啊。」她小心翼翼地看向舒揚，「或者……她其實對你根本沒興趣，完全不想多聊？」

舒揚毫不猶豫地在「生氣」與「沒興趣」之間選了前者。

「嗯，她會生氣也是情有可原，我能理解。那我再問妳，假如今天換作是妳，親眼目睹一個女人帶著小孩來找我，妳會怎麼想？」

譚敏微認眞思索了起來，「倘若是我，直覺反應就是前妻帶著小孩想要重修舊好，要不就是小三帶私生子回來爭家產！」

「……妳是不是八點檔看太多了？」他無語地看向自家表妹。

「誰說不可能？我們家Mike跟你長得那麼像，要不是我是他親媽，我也會以爲這是你兒子，哈哈哈。」

舒揚的臉頓時垮下，關於這點確實不容他否認。

舒揚和他爸爸長得不像，和表妹譚敏微長得更是不像，但不知道爲什麼，譚敏微跟她美國老公生出來的兒子Mike，卻和他有幾分神似，尤其是那一雙圓滾滾的大眼睛，要不是孩子的媽是他親表妹，連舒揚自己都差點懷疑Mike其實是他失散多年的兒子。

這讓他不得不擔憂起，程宥寧也許眞的會因此而產生誤會。

他的眉頭蹙得更緊了，「繼續前面的話題，她見到你們來找我，只說了句『你們慢聊，我先走了』，然後就離開了。妳說她到底在想什麼？」

「她平常是習慣壓抑自己的人嗎？」

舒揚立刻用力點頭，「沒錯！」

「唉，那當然是難過在心裡，選擇隱忍不吭聲，等著你主動上前拉住她說『妳聽我解釋』啊！」譚敏微恨鐵不成鋼地搖頭，「就算我是你表妹，我還是得說，那天你眞的不夠男人，怎麼可以讓她就這麼走了呢？」

「誰知道那麼剛好，她隨隨便便就攔到一輛該死的計程車，我根本連解釋的機會都沒有啊！」

看著舒揚滿臉的無可奈何，譚敏微只能在心裡默默爲他掬一把同情的淚水，「嗯……之後她就不讀不回訊息、聯絡不上了？」

「對！」

「這樣看來，只剩下一個辦法了。」

舒揚不由自主地傾身向前，豎起耳朵，「什麼辦法？」

「把她壓到床上去，直接用行動解釋！」譚敏微眼神發亮，激動不已地握起拳頭。

「……算了，當我沒問。」

想像是美好的，現實是骨感的。程宥寧離開公司前說得那樣豪氣干雲，大有種拋頭顱灑熱血的無畏氣勢，如今她卻覺得血已被榨乾，連抬手的力氣都沒了。

假如說先前醜聞纏身，又被公司同事質疑辦事能力的那段日子是她人生的低谷，那麼這幾天就是所謂的無間地獄。

她暫時卸下總編輯的職務，除了不想牽連公司，更希望能全心全意投入李小姐的客訴案件。這些天來她已盡了自己能盡的所有努力，事情卻沒有迎來半點轉機，反而演變得愈發嚴重。

李小姐提供的醫生診斷書不假，可柔蔻的產品檢驗報告也確實沒有問題。她透過高中同學轉介請專家仔細查看，每位專家都說產品合格無虞，並無可疑之處。

而她親自打電話一一聯絡當初使用產品的其他四十九名試用者，大多數的人都不想被牽扯進這場糾紛，堅定地表示試用之後，沒有出現任何問題；也有一部分的人在聽她自報身分後，談話完全偏離了主題，只聚焦在她和葉書騏的緋聞上面。

她也試著匿名在各種交流平臺上詢問網友對於柔蔻精華液的使用心得，雖然不至於是一面倒好評，不過同樣沒有其他網友出現過敏反應。一般人在這種情況下，大概就會斷定是李小姐在裝神弄鬼，然而儘管只是直覺，程宥寧仍相信李小姐說的是真話，但她目前還沒找出方法證明。

不只如此，當初她信誓旦旦說自己不會給《玻璃鞋》帶來麻煩，可牽一髮動全身，這場風波是因李小姐向記者投訴《玻璃鞋》冷處理一事引發的，無論如何都無法讓《玻璃鞋》置身事外。

此外，葉書騏和她的醜聞非但沒有隨著時間淡去，反而就像是有人在背後操控一般，討論程度竟愈演愈烈，現在連葉書騏是靠潛規則才進入演藝圈這種毫無根據的傳聞都開始流傳。而網友對《玻璃鞋》的評價一日日下滑，沈薇薇的經紀公司甚至表示，若《玻璃鞋》形象繼續大跌，將不排除解除沈薇薇美妝大賞代言人的合約。

柔蔻能躋身國內化妝品龍頭大廠也不是好惹的，對方已經透過公關對媒體發表聲明稿，表示《玻璃鞋》產品試用風波導致消費者對柔蔻的信心受到嚴重影響，倘若《玻璃鞋》和李小姐不出面道歉並進行公開解釋，將採取法律途徑，追究商譽受損的責任歸屬。

程宥寧這幾天都待在家裡工作，沒去公司，即便如此，她還是猜想得到此時公司裡必定人心惶惶。幸好Nicole展現了出色的領導能力，說服了原本態度強硬的沈薇薇與柔蔻，也盡力挽回《玻璃鞋》的形象。雖說沒能完全化險為夷，不過程宥寧自認今天如果是她坐鎮指揮，也未必可以做得比Nicole好。

更讓她沮喪的是，她不曉得自己心情低落的主因，究竟是在查案時四處碰壁，或是出自於對Nicole的比較心。站在公司立場，她應該要萬分欣慰Nicole替她穩住局面，然而在夜深人靜時她又會忍不住想，《玻璃鞋》沒有了她是不是還是會一樣好，甚至是更好呢？

程宥寧仰躺在自家房間的床上，什麼都不想做，就望著天花板發呆。

她給自己三個禮拜的時間來解決這樁風波，如今才不過幾天，她便感覺已被抽乾了力氣，再也想不出其他辦法。

她妄想成為英雄，卻沒想過英雄通常只存在於傳說之中，而且……英雄大部分都死得很慘。

她是不是該認分地服輸，結束這一切，以免有更多人受到牽連呢？

床頭櫃上的手機忽然響起，她隨手抓起一旁的枕頭蒙住頭，不想理會，偏偏那鈴聲鍥而不捨地持續作響。

哪個傢伙這麼有耐心……程宥寧咬咬牙，放下枕頭從床上坐起身，伸手拿過手機一看，居然是有好一段時間沒聯絡的夏沐禮。

她困惑地接起電話，「喂？」

「是宥寧嗎？」夏沐禮的嗓音聽來帶上了幾分疲憊，背景聲音嘈雜，似乎正處於人潮洶湧之處。

「嗯。」程宥寧輕輕應了一聲，「找我……有什麼事？」

「妳現在還在公司嗎？」他的音量稍稍提高了些，省得被背景雜音淹沒。

「呃，沒有。我在家。」

「那一個半小時後，能不能和我一起吃晚餐？我去妳家接妳。」

一個半小時後？程宥寧抬眼看了看牆上的時鐘，一個半小時後也才下午四點。

莫非他習慣這麼早吃晚餐？

「可是……」程宥寧思索著該如何婉拒，她實在沒心情出門赴約。

「還記得妳說過欠我一頓飯嗎？」夏沐禮此時的語氣帶著少見的強硬，雖是詢問，卻堅定得不容她抗拒，「能不能讓我兌現這個約定？」

一個半小時後，程宥寧站在自家大樓底下等候夏沐禮的車子到來，她一向自詡守信，既然跟夏沐禮約定在先，便不好推拒。

她沒有心思刻意打扮，套了件連身長裙，化了點淡妝就出門了。

因爲睡眠不足，她精神有些恍惚，直到夏沐禮的白色轎車停在她面前，按了好幾聲喇叭後，她才回過神來。

「好久不見。」坐在駕駛座上的夏沐禮對她笑了笑。儘管頰邊浮現的酒窩可愛得搶眼，仍掩蓋不了他臉上的倦色。

「好久不見。」程宥寧努力朝他擠出微笑，彎身坐進車裡，「對了，我把你上次在醫院借我的外套也帶來了。」

「謝謝妳，先放在後座吧！」夏沐禮一邊發動引擎一邊說。

程宥寧將裝著外套的紙袋放至後座，意外地瞥見一個大行李箱也躺在那裡。她繫上安全帶，好奇地問：「怎麼有行李箱？你出國去了？」

「是啊。」夏沐禮點頭，她這才注意到他眼裡帶著些微血絲，「剛結束東京的研討會回到臺灣。」

才剛回國，連行李都來不及放，就約她出來吃晚餐？

看來……他是眞的很餓。程宥寧在心中逕自下了結論。

「呃……我們不是要去吃晚餐？」程宥寧錯愕地瞠大眼，看著眼前偌大的森林公園。所以夏沐禮當他們是神仙，吸收日月精華和樹木靈氣就飽了嗎？

「喔對，晚餐！」夏沐禮如夢初醒般驚呼了聲，慌張地環顧四周，「妳想吃什麼？我去買！」

「不是說我欠你一頓飯，讓我請你吃飯嗎？我還以爲你已經訂好餐廳了。」程宥寧在公園入口停住腳步，狐疑地看向他，「我爲什麼覺得事有蹊蹺……你真的想找我吃飯？」

「我……」夏沐禮眼神閃爍，雙頰泛起可疑的紅暈，「妳發現了啊……」

「傻子才不會發現吧。」程宥寧抽了抽眉角，輕嘆一口氣，「沐禮，如果你想找個空氣清新環境幽靜的地方跟我……推銷保險，其實你可以明講，我好先查查我還有什麼險沒有保。」

夏沐禮愣愣地望著她，顯然完全跟不上她的思路，「我沒在賣保險。」

「我是在開玩笑啦，呵呵。」程宥寧尷尬地乾笑了兩聲，「對不起啊，本來想炒熱氣氛，但好像更冷了。所以你怎麼會帶我來這裡？」

「也沒什麼……」他有點不好意思，「只是很喜歡這裡，想帶妳來散散心，可是不知道該用什麼理由邀妳，只好用吃飯這個藉口了。」

「其實不用特地找什麼理由，我也會來的。」程宥寧莞爾，她明白夏沐禮大概是對她最近的負面新聞纏身略有耳聞，才想要拉她出來散散心吧。「謝謝你。」

夏沐禮從她眼中看見了然，便不再多加解釋，「那我們進去吧！從現在起把所有煩心事都先暫時放下，放空妳的腦袋，隨意地走走就行了。」

雖然時序已進入冬季，不過今天天氣十分暖和，下午的陽光正好，讓人從身體到心裡都暖烘烘的。一陣陣涼風穿過樹梢拂來，空氣中飄散著樹木與草地混合而成的自然清新氣味，令人心曠神怡。

程宥寧在公園裡毫無目的地慢步而行，享受著難得的幽靜時光。

以往若有閒暇，她多半會去健身房運動或是和朋友聚會，鮮少虛度時光，因此直到此時她才發現，原來腦袋放空是件多麼美妙的事。

她望著公園裡往來的人群或笑或鬧，明明與她毫不相干，可看著他們臉上開心的神采，她的嘴角也不自覺揚起。

夏沐禮一直緊緊跟在她身側，自始至終沒有流露出半點不耐，也沒有與她攀談閒聊，只是安靜地陪伴她，卻在有小孩子騎著腳踏車從他們身旁亂竄時，紳士地保護她不被侵擾。

在程宥寧接觸過的男人中，夏沐禮無疑是個不懂情趣的男人，他不會講幽默話哄人開心，也不曉得該怎麼調情。然而與他待在一起時，程宥寧總覺得自己紛擾的心能神奇地沉靜下來，什麼都不必做，便感到踏實與自在。

「咦，他們在幹麼？」程宥寧看見前方聚集著一群人，以中老年人居多，就像在進行什麼儀式一樣整齊地按著節奏拍手。她加快腳步走近一看，愈看愈覺得新奇有趣。

「他們在練拍手功。」夏沐禮解釋：「人的手上有許多穴道，這樣拍手可以刺激體內經絡，達到養身調氣的效果。」

「但這畫面看起來實在是很像什麼邪教組織聚會，哈哈……」程宥寧說到一半，忽然發現身旁的夏沐禮竟跟著節拍一同拍起手來。

程宥寧見他一臉正經地拍著手，愣了幾秒鐘，噗哧笑出，「你吃錯藥了嗎？」

「反正對身體有益，一起來？」他繼續手上的動作，遞給她一個邀請的眼神，不像是在開玩笑。

程宥寧想著有何不可，就笑著放下包包，加入這場「邪教儀式」。不知道是拍手功確實能夠疏通經絡，抑或是心理作用使然，跟著廣播指令做完一套，她感覺身心居然輕鬆了許多。

「所以你平時也有做操養身的習慣？」程宥寧好奇地向夏沐禮提問。

「早上起床後，我習慣做些簡單的伸展操，或是拍打身體穴道。身為醫生，若是想要好好照顧病人，當然就要先把自己的身體養好。」

程宥寧腦中頓時浮現夏沐禮甩手扭腰的畫面，忍不住勾起了嘴角，「好像很好玩，以後你要做操時，就打視訊電話給我吧，我也要一起做！」

夏沐禮倏地停住腳步，聲音低不可聞，「其實……可以不用透過視訊。」

「你說什麼？」程宥寧沒聽清楚，困惑地轉過頭看向他。

他抬手指向不遠處一張長椅，語氣突然變得有些鄭重，「宥寧，我們到那裡坐一下吧……我有話想跟妳說。」

「喔，好呀。」程宥寧雖隱約察覺到氣氛有了微妙的改變，但也沒有深想。

她走到長椅旁拉起裙襬正要坐下，卻被他先一步拉住。

「等一下！」夏沐禮立刻從手中提袋拿出一堆用具，動作熟練地戴上口罩和手套，開始進行長椅的消毒工程。

他神情嚴肅專注，彷彿面對的不是公園裡隨隨便便一張座椅，而是手術臺上的病患。長椅的每一處角落都被他毫無遺漏地仔細擦拭過一遍，看得程宥寧全程目瞪口呆，這男人的家事能力簡直強大到讓她想要跪地膜拜了。

「辛、辛苦你了。」程宥寧凝視著那張無比乾淨的木椅，準備落座時還遲疑了幾秒，深怕自己弄髒了椅子。

想到他這一路上，不、可能是隨時隨地都帶著這些清潔用品，她不禁在心中感嘆這年頭潔癖星人還眞難當……

夏沐禮將東西一一收好，也在程宥寧身旁的空位坐下。他垂眸抿唇，雙手擺在膝上，略微侷促地握緊。

「想說什麼就直接說吧！沒關係的。」程宥寧給了他一個鼓勵的眼神。

夏沐禮靜默了片刻，微微側過身子面向她，「在東京開研討會的這幾天，我一直都有關注妳的消息。」

「你是指那些負面新聞吧。」她自嘲地笑了笑，「沒想到連遠在國外的你都能注意到，看來我還眞的是紅了。」

「……看到新聞後，我每天都想要問妳是否安好，可又不曉得該以什麼身分打這通電話。」他頓了頓，似是有些羞赧，「想要傳訊息給妳，但最後都沒有發送出去，總覺得這樣的問候無法眞正幫助到妳，甚至可能會讓妳徒增壓力。」

「謝謝你這麼關心我，這樣我都有點不好意思了……」程宥寧乾笑幾聲，終於意識到氣氛不太尋常，她下意識想要迴避，便故作豪邁地拍了拍夏沐禮的肩膀，「而且一下飛機就帶我來公園散心，果然夠兄弟！」

夏沐禮心思細膩，怎麼會沒察覺她正生硬地抗拒著，不想面對接下來可能發生的事？他爲人一向隨和，與人相處時，總是盡可能顧及每個人的心情，然而這次……他想遵從自己內心的想法。

「我對兄弟才沒有這麼好。」夏沐禮目光灼熱，不容她閃躲，「我沒有把妳當兄弟，我知道妳也不是這樣看待我。」

「我……」程宥寧沒料到他也有如此強勢的一面，一時之間反應不過來。

夏沐禮深吸一口氣，將內心所想盡數吐出：「一開始，我只是把妳當作一個合適的結婚對象看待，談不上有男女之間的好感，可是和妳相處很自在，我想就算沒有愛情，我們也能相扶相持安穩度日。向妳求婚後，妳說需要時間考慮，當時我覺得即使最後沒能一同踏入婚姻，妳也會是個値得深交的好朋友。直到這次在國外發現妳陷入危機，我卻無法馬上趕到妳身邊幫助妳時，我才發覺自己對妳的擔心早已超出了朋友的分際。」

程宥寧被他的話徹底給驚呆了，只能被動地看著夏沐禮從大衣口袋掏出一個寶藍色的天鵝絨方形小盒子。

「宥寧，我明白妳一向很勇敢，總是一肩扛起所有屬於妳，和不屬於妳的責任與枷鎖。我欣賞卻也心疼這樣的妳，妳値得被人像個公主般呵護。我希望能成爲妳的肩膀，在妳疲憊時讓妳依靠；也希望能成爲妳的盾牌，爲妳擋去所有風風雨雨，妳只需要在我身後毫無負擔地享受原本該屬於妳的快樂就好。」

他在發怔的程宥寧面前虔誠地打開那個小盒子，裡面躺著一枚銀戒，樣式樸實典雅，戒身點綴著如星星般閃爍的碎鑽。

就像程宥寧在那些俗爛愛情劇裡看過無數次的情節一樣，夏沐禮捧著戒指單膝跪地，「宥寧，嫁給我好嗎？」

而她在他灼灼的目光中，竟也如同劇中的女主角一般，俗套地紅了眼眶。

Chapter 18

「您好，請問是程宥寧小姐嗎？」

程宥寧聽到電話那頭傳來的陌生女聲，忍不住將手機拉離耳朵重新確認，螢幕上顯示的通話人確實是老師，她應該沒有撥錯號碼吧？

「我是。請問這是老……請問這是舒揚的手機嗎？」

「是的。」女人說話的聲音明朗俐落，聽起來不像是狗血電視劇裡會亂接男主電話，造成男女主角誤會的那種心機女配，「程小姐您好，我是執行長的祕書莉莉。執行長目前正在會議中，不方便接電話，請問是否有急事需要我爲您先行轉告？」

「喔，也不是什麼急事……」程宥寧不太自在地乾笑兩聲。雖然已經知曉老師就是SNY點子銀行的執行長舒揚，但她大概短時間內還是難以將他和大老闆的形象聯結在一起，「請問方便告訴我……他在哪裡開會嗎？」

「詳細的合約內容擬定之後，我會再請祕書發給您，那麼就先預祝我們合作愉快了！」出了飯店電梯，舒揚對剛談完合作案的陳總禮貌性地伸出手。

「能和年輕有爲的舒總合作，我想一定會很愉快。」陳總笑著伸手回握，臉上浮現讚賞之色。

眼看會談差不多告一段落，莉莉才低聲告知舒揚，程宥寧已經過來飯店找他了。

舒揚眉角一挑，轉頭往飯店大廳望去，一眼就見到那獨自坐在沙發上等待的熟悉人影。

陳總也順著他的視線方向看過去，笑著揶揄，「舒總可真是豔福不淺，有那麼漂亮的女朋友願意在這裡等你。」

舒揚並不打算解開這個美麗的誤會，面露微笑客套了幾句，「陳總和夫人的伉儷情深才是業界出了名的，我還想沾沾您這份福氣。」

「那我就不打擾你們年輕人約會了，先走了啊！」

舒揚目送陳總和他的祕書離開後，對莉莉吩咐：「這裡沒什麼事了，妳先下班吧。」

「是。」

他雙手插在西裝褲口袋，緩步朝坐在大廳沙發上放空的程宥寧走去。

直到頭頂被一道巨大的陰影籠罩住時，程宥寧才回過神來。

「想什麼呢？」他的指節在她頭頂輕輕一敲，哼了聲表達自己被她無視的不悅。

雖然多日不接他電話，回覆訊息也只像是在敷衍的程宥寧主動來找他，使他欣喜若狂，但他現在一身商業菁英形象，就算心裡再激動，面上依然得保持高冷。

「……老師。」程宥寧抬頭望向舒揚，那張與實際年齡不符的娃娃臉還是沒變，不過此刻他身著講究的麻灰色三件套平駁領西裝，又將瀏海全往後梳起。

這時，她才總算意識到這個男人的來頭有多不簡單。

「吃過晚飯了嗎？」

程宥寧搖了搖頭，「還沒。」

舒陽抬手看了眼腕表，微微蹙眉。都幾點了竟然還不吃飯，這女人真是讓人無法省心，「走吧，去吃飯。」

「咦，你不是才剛結束飯局？」

「可是妳還沒吃飯。」舒揚說得平靜，卻隱隱帶著不容抗拒的霸氣，「想吃中餐還是西餐？」

舒揚本打算直接帶她到飯店內的餐廳用餐，然而程宥寧心思紊亂，著實沒什麼胃口，便提議到外頭隨便找間小店吃飯就好。

於是乎，一身正裝的舒揚就和程宥寧擠在一間裝潢老舊的麵店裡吃陽春麵。

舒揚早先在飯局就吃過了，便沒怎麼動筷，只是靜靜地看著程宥寧吃麵。她吃得很專心，陽春麵蒸騰的熱氣將她的臉薰得紅紅的，她每次夾起麵條，都會小心翼翼地吹涼後再送進嘴裡，儘管如此，有時仍會燙得讓她忍不住吐舌頭哈氣。

舒揚忽然發現，如果仔細觀察程宥寧的一舉一動，就知道她其實偶爾會做出一些或許連她自己都沒察覺到的可愛小動作，而他恰好發覺了。

想到這裡，他像是含了顆牛奶糖，胸口緩緩漾起一股微小卻充實的暖意。

看她差不多把那碗麵吃完一半，舒揚才開口問出這幾日一直折磨著他的問題。

「程宥寧，妳是不是討厭我？」

「討厭？」她停下筷子，一臉茫然，「沒有啊。」

「那妳為什麼不接我電話？為什麼我傳訊息過去，妳都只回自己在忙？」

「因為我真的在忙啊！這幾天實在是忙翻了。」

「……妳的意思是，那句『我在忙』不是在敷衍我，也不是因為生氣，單純只是字、面、上、的、意、思？」最後幾個字舒揚講得用力，有幾分咬牙切齒的意味。

「呃……不然呢？」程宥寧理所當然地反問，看著舒揚的眼神就像他剛問出的是「一加一等於幾」這種小學生等級的問題，「還有，我幹麼要生氣？」

舒揚做了個深呼吸，不斷告訴自己要淡定，「那天早上，妳不是看到一個女人帶著孩子來公司找我？」

「嗯。」程宥寧點點頭，「然後？」

「所以妳丟下一句『你們慢聊，我先走了』，就頭也不回地離開，不是因為生氣？」

程宥寧愣了幾秒，面露困惑，「那句話就是字面上的意思啊！你怎麼總喜歡把別人的話想得那麼複雜？我看她一大清早就拖著行李帶著孩子來找你，肯定是有什麼急事，我先迴避讓你們能好好聊聊，這不是合情合理的做法嗎？」

合情合理？呵呵。舒揚咬咬牙，心中仍存最後一絲希望，「妳難道不會認為那是我前妻帶著小孩想要重修舊好，或是我在外面的女人帶私生子回來爭家產？」

「你八點檔看太多了吧……」程宥寧的反應和他剛聽完表妹說這話時如出一轍，舒揚卻一點也沒辦法為他們彼此的心有靈犀感到高興。

他本來覺得程宥寧對自己也有那麼點意思，現在看來，她對他的喜愛程度應該和對面前這碗陽春麵相差無幾吧。

程宥寧見舒揚沉默以對，還以爲他是默認了，不由得驚訝地瞪大眼睛，「不是吧，眞這麼狗血？」

「我說是妳會信嗎？」舒揚斜睨了她一眼，略微無力地嘆了口氣，「那是我表妹，剛從國外回來沒地方可去，才會來找我。」

「表妹啊……」程宥寧點了點頭，露出理解的神情。

「眞的是我表妹！親表妹！」

「嗯嗯，我知道，現在的男人有了不方便表明關係的女人，都會說對方是表妹……」程宥寧重新動筷，低聲唏噓。

她話裡沒有醋意，只有滿滿的揶揄，看來的確是毫不在意。

眞心換絕情。舒揚腦海裡突然閃過這行大字，這時要是身後再飄下幾片落葉，就更應景了……

「話說回來，妳既然不生我的氣，也不好奇那天那個女人的身分，那今天來找我是爲了什麼事？」

程宥寧面色立刻帶上了幾分鄭重，放下筷子，「老師，沐禮……就是之前載我回臺中的那個男人，他跟我求婚了。」

「我知道。」舒揚點頭，雖然很不爽她當著他的面提起別的男人，但這都是以前的事了，他不會小心眼到爲他來不及參與的過去耿耿於懷，「妳之前跟我說過了。」

程宥寧斂下眼簾，「他又再一次向我求婚了，就在幾個小時前。」

舒揚腦中忽地一聲巨響，耳邊只餘嗡嗡鳴聲。

在他尚未反應過來時，就聽她開口：「我想，我在SNY的少女心開發課程，差不多可以做個了結了。」

程宥寧一口氣說完後，對面的人卻一直沒有回應。

她以爲舒揚沒聽清楚，又說：「老師，你有聽到我剛才說的嗎?我在SNY的……」

「聽到了。」舒揚垂下眼眸，「不要再說了。現在是我的下班時間，我不想討論這些。」

「可是……」

「麵都要糊了，快點趁熱吃吧。吃完我送妳回家。」舒揚拿起筷子吃麵，動作優雅流暢與往常無異。

程宥寧想要繼續方才的話題，但舒揚的視線始終落在陽春麵上，顯然無意再交談。她張了張唇，最後只能低頭安靜地慢慢將麵吃完。

回家的路上，兩人都沒有再說過一句話。

舒揚打開電臺廣播，主持人與受訪來賓的談論聲，讓車裡氛圍活絡了不少，即便兩人不交談也不顯得尷尬，然而直到車子在程宥寧家大樓前停下，她都沒能聽進任何廣播內容。

「早點休息吧，晚安。」舒揚轉過頭，朝她微微一笑。

車內光線不足，程宥寧無法看清他臉上表情，他那雙修長勻稱的手仍握在方向盤上，似乎只要她一下車，車子就會立刻駛離。

「晚安……回家路上小心。」她緩緩解開安全帶，手指握上門把正要拉開車門，卻鬼使神差地停住了，低聲發問：「老師……要上去我家喝杯茶嗎？」

車內氣氛微妙一滯，舒揚原先帶著淡淡疏離的嗓音裡終於出現了一絲不穩，隱隱挾著怒氣，「妳知道自己在說什麼嗎？」

程宥寧望向舒揚的晶亮眼眸，緩慢卻堅定地點了點頭，「我知道。」

「我對妳家的茶和飲料一點興趣都沒有，即便如此妳還是要邀請我上去？」他聲音微啞，目光灼熱且危險。

「有些話，我覺得今天一定得講清楚。」她直直地迎上他的視線，沒有半分動搖。

舒揚嘴角微挑，伸手解開安全帶，下一刻便傾身朝她逼近。

「怎麼，以爲我會吻一個即將結婚的女人？」舒揚的鼻尖停留在她的臉側，在她耳邊輕聲道。他拉開距離凝視著她下意識緊閉雙眼的羞澀模樣，冷笑一聲，「程宥寧，妳到底把我當成什麼？妳到底是怎麼看待我的？」

一聲聲聽來挑釁的質問，卻飽含著隱忍的痛苦。他多想就這樣吻下去，然後不顧一切地把她搶回來，可是他不行。

她不是過往那些萍水相逢的女伴，是他第一次放在心尖上重視的女人，所以他會尊重她的每一個決定，哪怕那個決定是離開他。

他明明下定決心要放手了，她卻一而再、再而三挑戰他的極限，她究竟想要他怎麼做才滿意！

「老師對我來說……是我在被另一個男人求婚時，第一個想起的人。」她依然閉著眼睛，吞吞吐吐地說，雙手交握放在腿上，顯得有些緊張無措，「我打算結束課程是因為我發現自己好像已經……已經知道該如何去喜歡一個人了。老師，我沒有答應沐禮的求婚，我很確定自己想嫁的人並不是他。」

舒揚的腦袋再度空白一片，只能憑本能反應，喃喃地問：「妳沒答應嫁給他？」

程宥寧抿著唇點了點頭。

「妳很確定想嫁的男人不是他？」他又愣愣地提問一次。

「嗯。」

「……那，是我嗎？」

程宥寧乾笑了幾聲，手指絞著裙襬，低聲嘟囔：「還、還沒發展到那個地步，其實我也不是很確定……」

舒揚嘴角弧度緩緩上揚，臉上終於綻開了燦爛的笑容，「我一定會讓妳確定的！」

「等等等……等一下……」

程宥寧躺在自己房裡的床上，喘息著伸手推了推正埋首在她頸間啃咬的那個男人。

事情到底是怎麼進展到這個地步的，她直到現在還是不太明白。

她記得在車上，舒揚因為太過歡喜便情不自禁俯身吻了她。她沒有推拒，一來這是她初次發覺並正視自己的眞實心意，心裡也和他一樣歡欣雀躍，需要一個管道將這不知如何言說的激動情緒釋放出來；二來，親吻是件令人愉悅的事，她同樣享受與舒揚接吻，沒有理由抗拒。

但不知道從什麼時候開始，原先只是摟著她的那隻手愈來愈過分，先是在她的腰側來回摩娑，又順著她的腰線滑到臀部輕輕揉捏，接著逐漸移到她的大腿內側挑逗地撫弄。

程宥寧的呼吸愈發紊亂，她感覺得出自己的身體起了細微的變化。她早就是成年人了，即使沒談過戀愛，也不會不曉得接下來等著她的是什麼……可是，彼此才剛坦承心意就馬上車震什麼的，進度也未免太驚人了吧！

「老師，不要……不要在這裡，如果到時被記者拍到，我就死定了……」她壓住他在她腿間作亂的大手。

「要拍就隨便他們去拍。」舒揚敷衍地扔下一句，隨後重新吮上她那被他吻得更加紅豔的唇。

「不行……而且這裡是大樓門口……要是被人看到……你要我以後……怎麼做人？」

舒揚這才依依不捨地從她的唇齒間抽離，直起身看著她被他撩撥得紅撲撲的臉蛋，心中既滿足又空虛，「那我們上去妳家喝茶。」

當初程宥寧說這句話時，明明沒有其他意思，然而此刻由舒揚誘惑的嗓音再次說起，聽來竟格外意味深長。

儘管程宥寧不是那種扭捏作態的小女人，也不禁燒紅了耳根，「你不是說對我家的茶和飲料一點興趣都沒有？」

原來這女人還會記恨……舒揚在心裡偷偷筆記，面上卻揚起一個邪惡的笑容，「那有什麼關係，我對妳有興趣就夠了。」

於是乎，程宥寧便在半推半就之下引狼入室了，她自然不會矯情地認爲兩人會只喝喝茶或打打牌度過一夜。但她沒料到，她才在廚房正要將柳橙汁倒入杯中時，男人厚實的胸膛就貼上她的後背，將她擁入懷中。

「你……你精蟲衝腦了是不是？」程宥寧還沒反應過來，便被舒揚溫熱的唇銜住耳垂細細吮咬起來。

「假如在這種時候我還浪費時間喝柳橙汁，那叫作腦袋裝漿糊！」舒揚一臉正經地說著極不正經的話，「如果一定要選，身爲一個男人，我當然選擇被精蟲而不是漿糊塡滿腦袋。」

眼看舒揚大手一推將那些礙事的果汁瓶和玻璃杯挪開，托起她的臀就要把她放到流理臺上，程宥寧忍不住無奈地哀號：「好歹也去床上吧！不然床的存在有什麼意義？」

「嘖嘖，原來妳這女人買床的時候，腦袋裡想的都是這些？」

「那你買流理臺時就有想到要在上面做愛嗎？你有考慮過流理臺的心情嗎？」

舒揚辯不過，只能在她的耳垂上用力狠咬一口洩憤，「好，我們現在就去幫妳的床找到它存在的價值！」

舒揚抱起程宥寧將她放倒在床上，反手扯下自己身上的衣服並扔到地上，傾身上前打算「開動」，怎知他都還沒來得及脫下她身上半件衣物，她又有問題了。

「等等等……等一下……」她推了推他的肩膀，低喘著。

「又怎麼了？」他雙手撐在她的身側，居高臨下地俯視她，明明是極具侵略性的姿勢，表情與語氣卻萬分可憐。

這裡沒有人會看到，也讓床發揮了它應有的價值，她還有什麼問題？

她知不知道，男人一直強忍著是會生病的，對她未來的「幸福」也會有影響。

舒揚腦中驀地閃過一個念頭，他靜默片刻，雖然眉頭依舊因隱忍而微蹙著，嗓音卻放柔了許多，「妳是不是還沒準備好？如果妳需要更多時間……我沒關係的。」

程宥寧咬著唇點頭，「的確是還沒準備好……」

「我知道了。」他輕撫她柔軟的頭髮，「我不會勉強妳。若妳堅持要等到婚後才能做這種事……我也尊重妳。」

「婚後？我沒有說我排斥婚前性行爲啊！」程宥寧疑惑地揚起眉，「我曾在一本書上看過，婚前性行爲是讓自己更深入認識對方的一種途徑，假如一直避開不談，在婚後卻因性生活不契合而決定離婚，不也是白白浪費彼此的青春嗎？」

「妳的意思是，要是結婚後老公沒辦法在床上滿足妳，妳就會離婚？」舒揚咬著牙問。

程宥寧身上的汗毛不知不覺豎起，陡然有種山雨欲來風滿樓的不祥感，「重、重點不是這個……」

「那是什麼，嗯？」

「我說沒準備好是指安……安全措施。」

安全措施？舒揚愣了愣，單身太久倒忘了還有這檔事，如今叫他去哪裡生出東西來？

「這種時候，妳不會要我去便利商店買完再回來吧……」他垮著臉可憐兮兮地望著她。

「等等。」她突然從床上跳下來，打開梳妝臺最下層的抽屜翻找，沒過多久便聽她驚喜地大喊：「有了！」

舒揚盯著她手上那盒未拆封的保險套，臉色瞬間變得陰沉，「妳一個沒交過男朋友的女人，家裡居然放著這種東西？是打算和誰用？」

「這是去年耶誕節和同事們玩交換禮物抽到的。」

「……我忽然喜歡起妳的同事了。」舒揚上前奪過她手中的保險套，「現在，我們可以更深入認識彼此了嗎？」

有了隱密的空間，有了床，有了安全措施，程宥寧便不再推拒，任憑舒揚帶領她一起踏入這個陌生的美妙領域。

舒揚不斷在她耳邊呢喃著她的名字，用他溫熱的唇和靈巧的手指，讓她緊繃的身子一寸寸放鬆、軟化，並爲他綻放。

當她感覺到他的熱燙終於抵在她的腿間，她顫顫地睜開一直緊閉著的雙眼，望著舒揚沁著薄汗的臉龐，略感害怕地低喚了一聲：「老師……」

「別叫我老師，老師才不會對妳做這種事。叫我的名字，妳知道我是誰。」

「舒……舒揚……」程宥寧破碎地喊出他的名字。

「乖。」他似乎很滿意，在她唇上印下一吻，眼睛亮得灼人，她能在他的眼中清楚瞧見自己的倒影。

那是一個她從未見過的自己，卸下全部武裝，將最眞實最脆弱的自己全然交託給眼前這個男人。

這一刻，程宥寧不自覺將心中疑問脫口而出：「舒揚……你爲什麼喜歡我？」

「因爲妳就是我……妳也曉得，我這個人很自戀的。」他壞笑著，終於深深地挺進她。

隔天早上，程宥寧比舒揚先醒過來。

這一覺她睡得格外香甜，是這段日子以來睡得最安穩的一夜，也不清楚是因爲「運動過度」，又或是因爲身旁有個人陪著她。

程宥寧輕手輕腳地翻了個身，打量起舒揚熟睡的臉龐。

他長長的瀏海凌亂地搭在額上，睫毛長長翹翹，白皙的臉上幾乎沒什麼毛孔，乍看之下彷彿只是個涉世未深的大男孩，誰想得到他昨晚竟能把她折騰成那樣……想起一夜旖旎，程宥寧的耳根不由得發燙。

到底是從什麼時候開始把老師當作男人來看待的？程宥寧自己也不太清楚。

仔細回想，在老師帶她去看城市夜景那晚，她就主動向他吐露那件連余晉冬也不知道的陳年心事，或許當時她便已經把他視爲特別的人了吧。

向另一個人傾訴自己深埋在心底的祕密時，正是最容易愛上對方的時刻。

夏沐禮再度向自己求婚，程宥寧不是不感動，也不是沒有想過就此答應，依附著他過著安穩平淡的生活，畢竟一直以來總是獨自一人戰鬥，她眞的累了。

可是，她卻從來沒有想過要和夏沐禮談心，即便他是最懂人心思的精神科醫師。她相信夏沐禮會是個體貼的丈夫，但他沒有辦法觸碰到她的心靈深處。

大家都說她是因爲太過理性才無法戀愛，只有她自己明白，其實她比誰都感性浪漫，若是找不到理想中的對象，她寧可一輩子單身也不願將就。

對於能否找到這樣一個懂她、愛她、她也愛的男人，她並沒什麼信心，更曾差一點放棄內心的堅持，按照父母的期望找個老實善良的男人共度一生，可幸好，她還是找到了。

我找到你了，舒揚。她抬手輕劃過他的鼻尖，嘴角不自覺揚起。

舒揚好像被她的動作擾醒了，眼皮顫了顫，一睜開眼睛，便見程宥寧雙眼直勾勾地盯著他瞧，半點初夜過後的嬌羞小女人模樣也無。他不禁莞爾，本來還擔心她一覺醒來會生出尷尬，看來果然是自己多慮了，程宥寧就算跟男人睡了一晚依然是程宥寧。

他迎上她的目光，伸手理了理她微亂的髮，「早。」

他嗓音綿軟，仍帶了些黏糊沙啞，就像隻貓爪子輕輕地撓在心尖，聽在一般女人耳裡，心都要化成水了。不過很遺憾的，程宥寧不是一般女人。

「不早了。」她指向牆上的掛鐘，「都九點半了，你不用上班？」

舒揚嘴邊的微笑頓時一僵。說好的甜蜜道早安戲碼呢？妳倒是給我照著劇本演啊！

「我是老闆，我想什麼時候上班就什麼時候上班，誰敢管我？」他語氣帶著一分委屈三分負氣，眼裡寫滿了惱羞成怒。

程宥寧心中樂開了花，表面上卻繼續刺激他，「以身作則的道理都不懂，該怎麼讓底下的員工甘心服從？」

「我管他們。」舒揚一個翻身便壓到她身上，「我只需要以『身』作則，讓妳甘心服從就好了。」

「服你媽。」程宥寧給他一記白眼，將他推至一邊，「我都還沒跟你清算之前你拒絕我專訪邀請那筆帳呢！舒大執行長，你現在要不要說說看當時到底在踐什麼？」

「呵呵……過去的事就讓它過去吧，再提這些多煞風景啊！」舒揚自知理虧，趕緊笑著打哈哈，「話說回來，之前一直沒告訴妳我的眞實身分……對不起。」

說到最後一句，他表情轉爲鄭重。自從程宥寧在那種戲劇性的場合下意外得知他的眞實身分後，兩人還未有機會好好聊起此事，不曉得這會不會成爲她心裡的一塊疙瘩……

「對不起？有什麼好對不起的？」程宥寧一臉莫名其妙，「我也沒有主動問過你的名字啊。」

「所以妳一點都不介意？不會覺得我是在玩弄妳？」

「我幹麼介意？對我來說你就是老師，只是本名叫做舒揚而已。」

舒揚大受打擊，試圖讓她明白自己這個身分意味著什麼，他一路白手打拚至今有多不簡單，「我是SNY的創辦人兼執行長舒揚！」

「執行長了不起嗎？我也有個認識十年的總裁好友啊！」

「……好吧。」舒揚自我安慰地想，至少她不是爲了錢才接近自己，「那妳知道我是舒揚後，難道都沒有什麼問題想問我嗎？」

他一向甚少對外透露自身消息，也幾乎不參加公開聚會或接受採訪，因此外界對於他這位「神祕的年輕企業家」始終抱持高度的好奇。既然她曾經邀他受訪，就不信她對他一點好奇心都沒有！

「啊，我的確有個問題很想問你……但是眞的什麼都可以問？」程宥寧一副十分期盼的模樣。

「當然，只要妳問，我就會答。」他早就決定無論她想知道什麼，他都絕對不會瞞她。

「所以你屬羊嗎？」

「我屬笨蛋，居然還期待妳可以講出一點人話的笨蛋！」舒揚怔愣了好一會兒後，咬著牙陰惻惻地說：「做爲妳的老師，我認爲自己實在是很失敗，妳這女人什麼時候才會懂點情趣？情趣！」

他愈說愈氣，索性轉身背對程宥寧，拉起被子蓋過頭不理她。

「哈哈哈，好啦，不鬧你了，其實我眞的有個問題想問你。」程宥寧湊上前，隔著棉被在他耳邊輕聲開口：「我還能問嗎？」

意識到自己徹底被程宥寧吃得死死的，舒揚暴躁地扯下被子，自暴自棄了起來，「我晚上睡不著覺時不會數羊，以前的確被人取過『紓壓』這個綽號，妳還有什麼想知道的？」

「……我只是想問，昨天晚上你說喜歡我，是因爲我就是你，這句話是什麼意思？」程宥寧滿臉無辜。

雖說希望她能多說點人話，但她這麼突然就改變路線，他反倒不習慣了，他是不是被虐狂啊！

舒揚輕嘆了口氣，在心裡笑自己的不爭氣，抬臂環住她的肩緩緩道：「因爲我們太像了，才會情不自禁被對方吸引。」

「太像？」

「嗯，我們都習慣僞裝，」舒揚捏了捏她的臉頰，「習慣戴著面具，隱藏住那個脆弱的自己。」

程宥寧沒有反駁，靜靜地等著他繼續說下去。

「妳用豪邁、若無其事以及故作輕鬆來掩飾心裡的不安與脆弱，久而久之，我想妳自己也忘了那究竟是妳的眞實性格，又或是裝出來的保護色。雖然妳僞裝得很好，不過還是被我發現了，畢竟我們是同一種人，我自然明白妳在想什麼。」

程宥寧伸出食指按住他的嘴角，輕輕往上提了提，「你的面具，就是這張笑臉？」

「嗯。」舒揚點頭，「一個人微笑時，比發怒時更讓人看不出情緒。當你總是笑著，別人抓不住你的把柄，你也可以隱藏住自己的心思，站在這道防護牆後冷眼掌握全局。」

「這樣活著，不累嗎？」

「累啊。」他毫不猶豫地對她說出自己最眞實的心聲，「可是又能怎麼辦，還是要活下去啊。」

程宥寧低應了一聲，沒有追問。她不是不好奇他的故事，不過若是這麼容易啓齒，他又何必一直戴著面具過活？

「從我闖出名堂開始，外界都以爲我是富二代，只是拿家裡的錢出來開公司罷了，但事實上，如今我擁有的一切，全是靠自己的雙手掙來的。」舒揚撫著她柔軟的頭髮，話聲頓了頓，微微一笑，「聽了不要嚇到，我不只沒有個有錢老爸，而且我爸到現在還在監獄裡蹲著。」

儘管程宥寧早有心理準備，仍不禁微訝。

「自我有記憶以來，我爸就在監獄進出了不曉得多少趟，在牢裡待的時間比在家裡還長。我十三歲那年，他被朋友哄騙去販賣一級毒品被抓，就被關到現在。至於我媽，是不小心懷了我才不得不跟我爸結婚。每當我爸又被抓去關時，她總會用怨毒的眼神看我，說要不是我，她也不用過這種苦日子。所以我只能不停笑著，笑給我媽看，笑給那些等著我步上我爸後塵的人看，證明我過得很好，比他們都好。然後，我還得拚命往上爬，爬到最高處向我媽證明，就算我不是帶著祝福來到這個世界上，我依然可以帶給她幸福……可惜她總是感受不到。」

他說得平靜，程宥寧卻聽得心驚。和他相處這段時間以來，她完全察覺不出他竟有著如此背景。她想告訴他，別把父母的過錯加諸在自己身上，最終卻沒有出聲。

這些道理他又何嘗不懂？家家有本難念的經，與其空口說那些漂亮話，倒不如待在他身邊，陪著他慢慢解開心結。

於是她伸手環住他的脖子，給了他一個深深的擁抱。

舒揚自然懂得她無言的體貼，也展臂回擁她，「宥寧，那妳呢？這樣的我……是哪點值得妳喜歡？」

「這是什麼奇怪的問題？喜不喜歡是很主觀的感覺，怎能用值不值得來衡量？」她抬頭瞅了他一眼，「不過眞要說原因的話，大概就跟你一樣吧……因爲你是我，所以最懂我。」

「那個精神科醫生不懂妳？」

「不一樣。」程宥寧搖頭，「余晉冬以前問過我，到底想找一個什麼樣的男人？周圍的人都認爲我眼光很高，可我根本不是非要找個又高又帥又多金又溫柔的男友，我要的很簡單……就是希望能遇見一個看得出我的強大究竟是堅強還是逞強的男人而已。」

「那果然就是我。」舒揚低語。

「是啊，就是你。」她垂下腦袋，在他的頸窩蹭了個舒服的位置，「你也是，以後在我面前不用勉強掛著笑臉，做最眞實的自己就好了。」

「嗯。」他揉揉她的頭髮，淺淺地笑了開來，「放心，妳讓我笑不出來的時候永遠比較多。」

❤

「我在忙。」

舒揚看著手機螢幕上冷冰冰的三個字，哀怨地嘆了一聲。

他以爲自己和程宥寧如今的關係已不可同日而語，誰知自從早上被她從家門趕出來後，傳訊息給她照樣得到如此冷淡的回覆。

這一切，都得從那該死的火腿三明治說起……

「我懶得去外面買早餐，家裡的東西將就吃一點可以嗎？」程宥寧邊用髮圈束起頭髮邊走進廚房。

「妳都這樣問了，我能說不行嗎？」舒揚也跟著走過去，好笑地問。雖然他平常沒有吃早餐的習慣，但看著程宥寧像個妻子一樣主動替他張羅早餐，他當然不會不領情。

「我看看……」她打開冰箱，彎身在裡頭翻找，「只剩下昨天買的火腿三明治……還有番茄，可以嗎？」

「……妳一大早就給我吃這種致癌物，是想謀殺男友嗎？」

「你再說一次。」

舒揚見程宥寧表情瞬間變得嚴肅，不由得微愣，努力回想自己剛才到底說錯了什麼，「是……是想謀殺男友嗎？」

難道是那聲「男友」讓她不爽？可是他們現在難道還不算交往？難道她只把他當作砲友，打算射後不理？

「不是這個，前一句。」程宥寧皺眉深思著，絲毫沒意識到舒揚的內心正在百般糾結。

「前一句？妳一大早就給我吃……吃這種致癌物？」舒揚不確定地又重複一遍，以為程宥寧不懂他的意思，有些委屈地解釋：「我聽過一種理論，像火腿這種會添加亞硝酸鹽的加工品，與番茄一起吃，很有可能會產生致癌物質亞硝胺。」

「說得太好了！」程宥寧猛地彈了一記響指，雙眼晶亮無比，「單吃沒有問題，不過混在一起就會出事！」

「什麼？」舒揚傻傻地望著她。誰來解釋一下，為何給他吃致癌物竟會讓她興奮至此？

「我愛你！」

「什麼？」這女人是在跟他告白嗎？這麼突然？

程宥寧完全不顧如石像般呆愣在原地的舒揚，迅速衝回房間從包包翻找出手機。

「李小姐嗎？我是程宥寧……忽然有個想法想要跟妳聊一聊，今天方便見個面嗎？好的……那就待會兒見！」

程宥寧掛掉電話，急忙到服裝間拿了衣服和褲子套上，逕自忙了好一陣子，才想起被她晾在廚房裡的舒揚。

「抱歉！早餐你可能要自己解決了，我臨時有工作要忙。」她說到這裡，似乎發覺自己有點沒良心，頓了半晌，打開冰箱拿出火腿三明治塞入他手裡，「先帶著這個在路上充飢吧！你到公司後，再請祕書替你準備別的，我去化妝了，慢走不送！」

程宥寧沒等他回答，便連忙走回房間，又驀地止住腳步，對他柔柔一笑，「記得幫我鎖上大門！」

一陣熟悉的手機鈴聲拉回了舒揚的思緒，還真是說曹操曹操到，那個沒良心的女人總算想到要打電話給他了。

縱然他已經等了這通電話一整天，但他深覺主控權不能總被程宥寧握在手裡，便讓電話響了一會兒才悠悠接起，高冷地開口：「我在忙，幹麼？」

「你在忙啊？那沒關係我晚點再……」

「其實也沒有那麼忙！」舒揚在程宥寧掛斷電話前趕緊出聲，在心裡狠狠地鄙視了自己一番，「妳找我有什麼事？」

儘管他並不期望能從程宥寧口中聽見「沒事不能找你嗎」這類話，可他萬萬沒想到，程宥寧打來居然只是爲了公事！

「你們那邊有化妝品檢測方面的專家嗎？我想委託SNY幫我查查柔蔻的產品。」

「我們這裡什麼專家都有。」舒揚揉了揉眉心，「妳就爲了這件事打電話給我？」

「呃對，差點忘了你是日理萬機的執行長，應該不管這些瑣事。那我重新打給客服預約面談好了。」

「不用這麼麻煩。」他嘆了口氣，放棄把程宥寧的思維調回地球人類的頻道上，「等一下我讓下屬打電話過去，妳直接跟他說就好。」

「謝謝你！對了，雖然我們是這種關係，不過公私還是得分明。相關費用你照公司規定跟我算就好了，余晉冬說過他會用他的鈔票爲我打氣，你不需要跟我客氣。」

舒揚的注意力只放在其中一句，怔怔地反問：「我們是……什麼關係？」

「我們不是在交往嗎？」

「Boss，和軟體開發部的會議時間到了……您是受了什麼刺激，怎麼笑得像個傻子？」

知名化妝品品牌柔蔻驚爆造假！記者郝笙企／臺北報導

日前因女性流行線上雜誌《玻璃鞋》舉辦美妝大賞，而引起產品糾紛的知名化妝品品牌柔蔻，原先爲捍衛商譽揚言對《玻璃鞋》提出告訴，不料最後結果大逆轉，被踢爆臺灣代理商爲節省成本牟取暴利，將自製黑心化妝品與進口正品混合賣出，目前估計已有上萬名消費者受害。

當時美妝大賞的試用者李小姐向媒體爆料，她使用柔蔻最新推出的玻尿酸保濕精華液後產生過敏反應，向柔蔻與《玻璃鞋》客服反應皆遭冷處理。然而經《玻璃鞋》總編輯程宥寧親自追查此案後，發現柔蔻玻尿酸保濕精華液其中一項成分含量遊走在法律允許範圍邊緣，雖然檢驗書上的數值一切皆符合規定，但和該品牌上一季推出的熱門商品薰衣草抗皺美白活膚霜一同使用，便會激發化學反應，引起嚴重的過敏反應。

對此柔蔻代理商先是表示，未事先提醒消費者不能將兩種化妝品混合使用，是他們的疏失，可這並不表示旗下化妝品出了問題。只是在調查局持續介入追查後，竟查出柔蔻臺灣代理商在雲林縣虎尾鎮設有地下工廠，爲節省成本擅自更動產品配方比例，將自製黑心化妝品與進口正貨混合售出，試圖魚目混珠，而其中被更動比例的成分，就是引起李小姐過敏的元兇。

據調查柔蔻臺灣代理商恰好在兩個月前換成新的負責人吳誠信，似乎是爲了籌措資金，才以這種惡劣的方式節省成本，牟取更大的利益。柔蔻美國總公司已發表公開聲明，表示未來將會嚴加控管品質，並追究代理商所有相關的法律責任。

程宥寧盤腿抱著電腦坐在沙發上，看完新聞，又切回工作頁面繼續敲鍵盤。

舒揚從廚房沖了杯感冒熱飲回到客廳，便見程宥寧抽了一張衛生紙塞進鼻孔。

「事情都落幕了，妳爲什麼還是那麼忙？」舒揚在她身旁落座，「剛泡好的，趁熱喝吧。」

「謝謝你，先放著吧，我回完這封信就喝。」程宥寧吸了吸鼻子，視線仍緊盯著螢幕。

「馬上給我喝完。」舒揚語調平淡，卻令人聽了不由得不寒而慄，「不要逼我餵妳喝。」

程宥寧縮了縮脖子，只得放下筆電，乖巧地端起馬克杯。

舒揚看著程宥寧頂著一頭雞窩亂髮，鼻子擤得通紅，模樣狼狽，不禁輕聲嘆息。

這女人的身體跟她的個性一樣倔強，明明早就承受不住了，卻死命扛著，直到案件確定落幕後才終於垮下，狠狠地大病了一場。

「喝完了！」程宥寧將感冒熱飲一口飲盡，邀功似地向舒揚展示見底的馬克杯，目光依然可憐兮兮地飄向了筆電。見他沒有吭聲，她趕緊放下杯子，重新投入工作的懷抱。

「妳這個工作狂總有一天會吊著點滴工作！」舒揚雖是如此叨念，卻也沒有阻止，從一旁拿來毛毯蓋在她肩上，「左手伸出來，我幫妳擦藥。」

程宥寧正要婉拒，他已拉過她還有些紅腫的左手放在自己腿上，然後從茶几上拿起藥膏，爲她塗抹傷口。

「沒看過像妳這麼不愛惜自己容貌的女人，怎麼會笨到拿自己的手來實驗？」

「只是小範圍擦在手上沒那麼嚴重啦！捨不得孩子套不著狼，如果這樣做能爲李小姐平反，要我擦在臉上我也願……」接收到舒揚充滿殺氣的一瞥，程宥寧這才閉嘴。

雖然剛被教訓，可程宥寧望著舒揚專心替她擦藥的側臉，心裡泛起了一股暖意。

要不是有他陪伴，她不知道自己能不能撐到現在……

那天她從舒揚的「火腿三明治配番茄致癌論」中得到靈感，猜想李小姐或許是擦了兩種產品，導致其中的成分產生變化才會引發過敏，沒想到還眞是如此。

李小姐一向是柔蔻的忠實客戶，每一季新品都有購入，並持續使用，說來諷刺，但這就是所有試用者裡只有她一人出現過敏反應的原因。

於是，程宥寧便重新連絡其他試用者，想知道是不是也有人同時使用這兩種產品卻沒發生問題。在她死纏爛打之下，甚至不惜親自用自己的手背試驗，或許是被她纏得煩了，或許是被她的堅持所打動，那些試用者終於一個個都鬆口了。

她先以給這支產品評價尙可的試用者作爲突破口，發覺他們並非柔蔻的忠實顧客，平時習慣混用不同品牌的美妝產品，在試用柔蔻精華液時，起初的確覺得臉部有些微的刺癢感，然而過幾天就沒事了，皮膚也明顯變好了點，便以爲只是自己的膚質不適用。儘管有感受到成效，不過刺癢的感覺讓他們略感不安，因此沒用幾次便將產品束之高閣，給了個不高不低的評價。

有些試用者則以爲微微刺癢是正常反應，見最後效果不錯，便爽快地給出了不錯的評價，他們也表示，因爲手上還有其他慣用的產品，所以並未像李小姐一樣繼續朝夕使用柔蔻精華液，自然對臉部肌膚的影響不大。

至於那些給產品近乎完美評價的試用者，在程宥寧半是哄騙半是威脅的話術下，坦承私下收了柔蔻提供的「試用金」，沒怎麼使用就直接給出滿分。

這讓程宥寧十分震驚，她一直為《玻璃鞋》美妝大賞試用結果的公正性而自豪，沒想到廠商的手還是在她沒注意到的時候伸進來了。

柔蔻此舉必然是想要掩蓋些什麼，或許事情並不只是誤擦兩種成分相剋的產品這麼單純。程宥寧正苦無證據，結果SNY的團隊太給力，甚至連地下工廠都一併揪出，終於讓整起案件得以水落石出。

「對了，妳明天會去葉書騏的公開說明記者會嗎？」舒揚擦完藥，抬頭問她：「妳都病成這樣了。」

「當然要去。」雖然帶著濃厚的鼻音，程宥寧的語氣卻鄭重無比，「他們是我最重要的朋友，無論如何，我都一定要跟他們站在一起。」

「對於近日發生的一連串風波，我由衷感到抱歉。」在一道又一道閃光燈下，一身莊重黑色西裝的葉書騏對著鏡頭深深一鞠躬，「我要向大眾還有一直支持我的粉絲朋友道歉……對不起，我做了最壞的示範。」

自從葉書騏與程宥寧的親密照片流出後，或許是希望流言能自然而然隨著時間平息，經紀公司並未採取積極作為，只讓葉書騏先暫停近期一切公開活動，轉移大眾注意力。

只是這招卻不怎麼奏效，隨著葉書騏的新戲即將開播，網上的議論聲浪也愈來愈大，比起關注新戲，眾人的焦點仍聚集在醜聞上，甚至有人號召網友一同抵制收看新戲。

就在昨日，葉書騏終於出現在公眾面前，出席了新戲的開播發布會。在發布會上，他只談論和戲有關的話題，對於緋聞一概不予回應。

媒體記者苦追這條新聞多日，卻沒等到一個讓他們滿意的回覆，怎能不焦急？幸好在發布會結束前，葉書騏表示會另外召開記者會，將近日來引發的風波一次說明清楚。

因此，今日的記者會現場，聲勢竟比昨日的新戲發布會還更浩大，各家媒體早早就摩拳擦掌爭先卡位。

葉書騏環顧臺下，目光恰巧和站在會場角落，戴著口罩遮住大半張臉的程宥寧對上。她朝他頷首，眼裡盛滿溫柔且堅定的鼓勵。

葉書騏微微一笑，同樣向她幾不可察地點了個頭，接著他像是即將踏上沙場的戰士般挺直了腰桿，神色一正，緩緩開口。

「我要道歉，並不是爲了我接下來要公開的這件事，而是爲我的不坦率致歉。身爲一個演員，我努力用演技融入角色使你們信服，但在現實生活裡，我卻對你們撒了一個大謊……」他頓了頓，嘴角泛起一個蒼涼的微笑，「是的，我喜歡男人，我是一名同性戀者。」

他一說完，場上的空氣瞬間凝結，氣氛安靜得懾人，也不知道過了多久，眾人的討論聲才如爆炸般沸騰了起來。

「大新聞啊！葉書騏是同性戀！」

「書騏，請問你爲什麼會突然決定出櫃？」

「書騏，你父母曉得這件事嗎？」

「書騏，所以你現在有男友嗎？是圈內人嗎？」

「書騏……」

刺眼的閃光燈接連閃爍，將他那張白皙的臉映照得更加蒼白。記者們一個接著一個提出問題，麥克風不斷朝他面前擠去，程宥寧光是站在角落都能感受到那股使人窒息的壓力，更遑論處在風暴中央的葉書騏。

然而她只能暗自心疼，無法上前向他伸出援手。她明白這是很重要的一仗，儘管之後仍有數不盡的風雨等著他們，但這關鍵的第一步，他必須要勇敢地靠自己踏出。

「從我開始意識到什麼是情愛時，就知道自己和別人不一樣，我喜歡的是男人。起初我很害怕，覺得自己是不是哪裡不正常，可是漸漸地我明白了，這是我沒辦法控制的事，畢竟，喜歡就是喜歡。」

他口吻平淡，就像一個平凡的大男孩向朋友傾訴自己再普通不過的心事。在場所有人不論立場，竟同時神色一斂，安靜地聽著他說話。

「我沒有告訴我爸媽，他們跟各位，以及在電視機前所有的觀眾一樣，是今天才從我口中得知。因爲害怕失去父母的支持，害怕他們不願承認我這個兒子，害怕他們用絕望的表情希望我可以『變回正常』，所以這麼多年來，我一直選擇逃避，從不和他們談論我的感情問題。」

程宥寧注意到在場記者或多或少流露出幾分理解的神情。

「進入演藝圈後，爲了維持偶像的形象，我同樣選擇了隱瞞。我擔心自己的性取向會影響到我的工作，才遲遲不敢承認，但我眞的厭倦這樣的日子了。我不想在大家問我爲什麼不交女朋友時，只能以工作忙碌爲推辭，笑著說暫時還沒有這個打算；我也不想在被媒體捕捉到任何一點風聲時，就必須靠與女演員傳緋聞來轉移焦點。而最讓我難以忍受的就是，當我在鏡頭前演繹一個個動人的愛情故事時，我卻連自己的愛情都無法勇敢承認，這樣的我，又有什麼能力爲大家帶來感動？」

雖然葉書騏語氣依舊堅定，可泛紅的眼眶還是出賣了他的脆弱。

他是一個大明星，是一個公眾人物，卻也是個人——會軟弱、傷心、膽怯、渴望去愛與被愛的普通人。

程宥寧的心頭像是吊了鉛塊般沉重。愛一個人，說簡單也簡單，但說困難也困難。有的人只靠一眼便能認定彼此，而也有的人在尋覓了大半輩子後，仍找不到對的那個人。

她活到這個年紀，才好不容易稍微懂得該如何去愛一個人，看到這種情況不免感慨，既然葉書騏和余晉冬兩情相悅，世人爲什麼不能微笑祝福？又怎麼忍心讓他們這樣卑微地乞求生而爲人都該享有的權利？

「之所以選擇在此時出櫃，並不是一時熱血，而是經過深思熟慮。我熱愛表演，也不想失去演戲的機會，以及支持我的影迷朋友，但我不能再繼續欺瞞下去了。因爲我的膽怯，在這段時間裡，不斷給身旁關心我的朋友與劇組帶來困擾，我在這裡向他們致上十二萬分的歉意，也請媒體朋友不要再打擾他們。如果還有什麼想要了解的，歡迎直接向我提問。」葉書騏目光溫和平靜。

臺下依然鴉雀無聲，眾人目不轉睛地看著他。

「最後，我想說的是，儘管我是喜歡男人的葉書騏，不過我還是葉書騏，盡一切努力，想要將最好的一面，透過鏡頭呈現在大家面前的演員葉書騏。無論大家願不願意支持我，今後我仍會在演戲的道路上持續努力，我的初衷自始至終都沒有改變。」

他垂下眼眸，深深一鞠躬。他終於將自己想說的全部說出來了。

場上靜默了約有一分鐘之久，突然一道掌聲打破沉默，緊接著細碎的掌聲也接二連三響起。

「書騏加油！我們永遠支持你！」一位年輕女記者擦了擦眼角，朝臺上的葉書騏高喊。程宥寧也跟著一起大力鼓掌，在心中對著葉書騏喊了聲「加油」。

這是場漫長而艱辛的馬拉松，跑道上布滿荊棘，可是只要持續向前，總會有抵達終點的那一天。那些理解他、關心他、愛著他的人們也會在一旁替他遞水送巾，為他打氣，直到他征服這段路程。

「書騏，那先前照片裡和你擁抱的那個男人，是你的男友嗎？」一個記者忽地發問。

葉書騏沉默了幾秒鐘，才略微羞澀地點頭，「是的，很抱歉之前說了謊，我們現在關係很穩定，謝謝大家的關心。」

見他爽快承認，記者又開始躁動了。

「他今天有到現場來嗎？」

「男友也是圈內人嗎？」

葉書騏微微一笑，略微濕潤的眼眶裡閃爍著溫柔的光芒，「他不是圈內人，所以我並不想曝光他的身分，還請大家見諒。」

「你不想曝光，不代表我不想。」余晉冬站在記者會門口，微慍的目光直直射向臺上的葉書騏，「竟然趁我不在臺灣提前召開記者會，皮癢了是不是？」

見狀葉書騏立刻朝角落的程宥寧瞥去，程宥寧雙手舉起成投降狀，用無辜的眼神表示，自己是迫於余晉冬的淫威才不得不通風報信。

「余晉冬……是余晉冬對吧！」

「天啊！余晉冬就是葉書騏的男友嗎？」

全場記者再一次沸騰了起來，攝影師連忙將鏡頭轉向逕自往葉書騏走去的余晉冬。

「不是叫你不要來嗎？」葉書騏在眾目睽睽之下被余晉冬教訓，無可避免地窘迫了起來，皺眉對站在他身前的余晉冬小聲抗議。

「你都出櫃了，我不趕快宣示主權，到時候你被其他男人覬覦怎麼辦？」他大方地回答完，就步上了舞臺，牽起葉書騏的手，對著底下驚呼連連的眾人霸氣宣布：「葉書騏的男人就是我，余晉冬。」

「這段時間辛苦大家了。」程宥寧對會議室裡有些日子沒見的工作夥伴們露出微笑，「抱歉讓你們這麼擔心，我回來了。」

「宥哥！」Nancy衝上前抱住她，浮誇地哭喊：「一天不瞻仰妳偉岸的英姿，一日沒被妳醇厚的嗓音吼上幾聲，我便渾身不舒坦，吃飯也吃不香啊！」

「偉岸妳媽醇厚妳爸！」程宥寧用指節在她頭頂敲上一記，哭笑不得，「這段日子妳是受到多少打擊，瘋成這樣？」

「嘿嘿，就是太想妳了嘛！」Nancy直起身，轉頭對子翔和眾人使了個眼色。

子翔收到指示，趕緊從椅子後方拿出事先藏好的禮物，上前遞給程宥寧，「宥哥，歡迎回來！」

「謝、謝謝你們。」程宥寧沒料到他們如此有心，在大家起鬨下怔怔地接過那個尺寸驚人的禮物。

「現在就拆禮物吧！我們一起挑了好久才決定要送這個。」小芸笑咪咪地催促。

程宥寧接收到他們興奮的晶亮眼神，頓時有種不祥的感覺，但她不想掃了大家興致，就拆開禮物。

嗯，她該慶幸至少不是充氣娃娃嗎？

程宥寧看著那個香豔的猛男抱枕，額角上的青筋歡快地跳了幾下。那是個半身抱枕，猛男健壯的手臂可以繞過頸部，讓使用抱枕的人像是枕在猛男寬闊的臂膀之中，猛男光裸的腹部甚至有立體的八塊肌供人觸摸……

「宥哥，有了它，妳就不會在漫漫長夜空虛寂寞覺得冷了。」Nancy一臉得意。

「每個人下班前交兩千字報告給我，告訴我爲什麼廠商能有機會賄賂美妝大賞的試用者。」程宥寧將抱枕夾在腋下，冷冷地吩咐。

「喔不！」

「真心換絕情啊，嗚嗚嗚。」

程宥寧無視眾人的鬼哭狼號，緩緩看向一個人。

「總編，恭喜妳打了個漂亮的勝仗回來。」Nicole朝她微微一笑，笑容雖然不大，可確實傳達出她略帶彆扭的善意。

「這幾個禮拜眞的很謝謝妳。」程宥寧也向她點頭致意，話聲誠懇：「辛苦妳了，妳把編輯部帶得很好。」

Nicole聞言靜默了片刻，陡然從懷裡掏出一個薄薄的信封，起身走向程宥寧。

程宥寧以爲她也有禮物要給她，驚訝地微微睜大眼睛，直到看清信封上那兩個工整的鋼筆字後，眼睛又瞪得更大了。

「這是……」程宥寧無法理解Nicole怎麼會忽然做此決定。

「當初妳承諾柔蔻一案要是失敗，便會獨力承擔起一切責任，我自然不會讓妳做這種只有單方面下注的不公平賭約。」她將辭呈放入程宥寧手中，退開一步，面容平靜地望向她，「願賭服輸，我承認在這次的事件中自己確實有疏失，我會爲此負起責任。也要爲之前和妳說過的話道歉，儘管《玻璃鞋》的確不是慈善機構，但妳的信念沒有錯，每個顧客都該被我們認眞對待。我已經跟總裁打過招呼了，他說妳是我的直屬上司，一切交由妳決定。希望妳可以允許我離開。」

會議室裡原本笑鬧的氣氛驀地變得凝重，在場眾人無不屏息凝神等著程宥寧的回應。

程宥寧嘴角掛著淺笑，將那封辭呈撕成碎片，而Nicole臉上寫滿不可置信。

「我不同意。」程宥寧對她揚起一個帶著無賴意味的笑容，「我也要跟妳道歉，之前因爲害怕被比下去，在潛意識裡把妳當成假想敵，跟妳說話時，多少帶有針對性，這眞的很幼稚，對不起。不過我不同意願賭服輸這種說法，這不是一場妳我之間的戰爭，而是我們都站在各自的立場希望能讓公司變得更好。經過這次的事件，我也發現自己果然還是太過理想主義了，要不是運氣好碰上柔蔻罪證確鑿，也許這個案子將會爲公司帶來更多麻煩。這不是勝利，而是僥倖……我還有許多地方要向妳學習，所以請妳留下來，一起讓《玻璃鞋》變得更好，好嗎？」

Nicole怔愣地望著程宥寧，「可是，我不能保證以後不會再出現意見分歧的時候……」

「那樣沒什麼不好的，如果妳不能同意我的看法，就提出更好的來反駁我，反之，我也會竭盡全力使妳信服。」程宥寧頓了頓，接著舉起那個獵奇的猛男抱枕委屈地說：「再說，好不容易終於有人來替我分擔工作，妳忍心看我都這把年紀了，還只能在辦公室裡消磨青春，被下屬用這種方式嘲笑嗎？好歹給我留點談戀愛的時間吧！」

❤

舒揚遇到了從未經歷過的空前大危機。

危機的起源來自於昨晚和程宥寧吃飯時，她的母親大人打來一通電話。他從程宥寧的回應與表情，輕而易舉得出她媽媽話裡的意思：女兒啊，年底都要到了，妳什麼時候要帶女婿回家給我看？

程宥寧應對得極其嫻熟，明明全是四兩撥千斤，什麼承諾都沒做出，乍聽之下卻又滴水不漏，想必平時這種電話沒少接，更別說她甚至能一邊用手勢指揮舒揚往薑母鴨鍋裡丟料一邊講電話。

順帶一提，舒揚之所以能「有幸」被程宥寧主動邀約共進晚餐，是因爲昨晚氣溫驟降，讓她忽然起了想吃薑母鴨的念頭，但一個人吃薑母鴨的恥度實在太高，她還沒有勇氣挑戰，便隨口詢問舒揚，後者自然排除萬難屁顛顛地跟來了。

舒揚聽從她的指揮，手上乖巧地丟著火鍋料，耳朵卻始終豎起仔細聆聽這對母女的對話，然後他發現，別說他的名字了，程宥寧全程都沒有提到「男朋友」這三個字。

事實上這也沒什麼好意外的，畢竟他們才剛交往，不太可能這麼快就跟父母提起。然而令他無法接受的是，不過十五分鐘的電話，程宥寧居然提到了三次夏沐禮，看來連她的家人都知道這號人物，而且關係匪淺。

舒揚只消停兩個多禮拜的危機意識再次被重新喚醒，他更順勢想起，他最初會跟程宥寧相遇，也是因爲她媽逼婚，她才不得不來SNY求助。

原本想著兩人剛確立關係，可以先循序發展，享受一下熱戀期的甜蜜，結婚的事稍後再做打算就好，但如今看來他必須提前鄭重思考這個問題了。

在遇到程宥寧之前，舒揚其實沒有結婚的打算，對他來說，婚姻與家庭並不會讓一對男女變得更幸福，反倒更可能成爲枷鎖，他的父母就是如此。

似乎有人這麼和他說過，婚姻就是兩個人爲了更大的使命，甘願一起受難。舒揚沒有什麼傳宗接代或增產報國的使命感，只是如果接下來的歲月都要和程宥寧一同受難，吵吵鬧鬧地度過，好像每一天都讓人頗爲期待。

若他們有了孩子……舒揚完全無法想像程宥寧做爲一個母親會是什麼德性，可又萬分好奇她當媽媽的樣子，光是在腦袋裡描繪都使他忍不住莞爾。

他打了一通電話給因離婚而回國的表妹，問她是否後悔結婚。

譚敏微只告訴他一句話：別人不幸福，不代表你就會不幸福。

於是在經過一個晚上的深思熟慮，他決定了，他要和程宥寧一起攜手走上「受難」之路，而且是立刻上路。

程宥寧現在已經三十三歲了，他們想要生孩子動作就得要快一點才行，畢竟再拖下去她就將要晉升爲高齡產婦，到時生產的風險也會跟著提高許多，他捨不得她這麼辛苦。

更別提還有個死不要臉的夏沐禮，這人一次求婚失敗後，竟然來了第二次，難保他不會愈挫愈勇，求婚求出了心得，哪天再來個第三次、第四次……

舒揚不是對自己沒自信，只是程宥寧的思維和常人不同，假如她突然爲了個莫名其妙的理由傻傻地被夏沐禮拐跑，那他事後哭得再慘也沒有用。

想到這裡，他恨不得隔天就把喜酒給辦了，不過在他確定要娶程宥寧後，真正的難題才浮上水面，他到底該怎麼讓她答應嫁給自己呢？

程宥寧不是一般女人，她是先天性少女心缺乏症候群的重症患者，普通的求婚方式在她身上根本行不通。

於是，舒揚很無恥地以大老闆的名義，召集SNY橫跨各種領域的菁英顧問們，一同召開「求婚戰略會議」。

「這還不簡單？先上車後補票，先把她的肚子搞大，她不就不得不跟Boss結婚了？這時代的新人十對裡有八對是奉子成婚！」顧問A如是說。

「卑鄙！無恥！」舒揚與會議室裡的眾人一起狠狠鄙視了顧問A後，接著補充：「而且她很有安全意識，連排卵期都會先算好避開，要讓她不小心懷孕沒那麼簡單。下一個！」

「偶像劇裡不是都會那樣演嗎？」顧問B打了個響指，「帶她去餐廳吃燭光晚餐，然後事先請工作人員將鑽戒藏在最後的甜點裡，等她吃到戒指時，Boss再順勢求婚！」

「你知道她會怎麼說嗎？」舒揚面容平靜地望著他。

「……我願意？」

舒揚緩緩地搖頭，「她會說『把戒指藏在甜點裡是我見過最愚蠢的求婚方式，不只戒指會被甜點弄得髒兮兮，甜點也可能會因此沾到細菌，讓人不敢繼續下口。更可怕的是，要是不小心把戒指吞下去，到時婚都還沒求，就得先送急診，豈不是瞬間變成悲劇？』」

聽著舒揚用看破紅塵的語氣說完這番話，眾顧問只能默默爲他掬一把同情淚。

「對了，之前新聞不是有報過嗎？男方跟朋友串通好，假裝自己被歹徒強行擄走，讓女友緊張不已，最後把她騙到布置好鮮花氣球的綁架地點，才發現原來一切設計都是爲了求婚。」顧問C不太確定地開口：「或者反過來，我們先假裝綁架準夫人，Boss再帥氣地解救她，接著求婚？」

雖然那聲準夫人怎麼聽怎麼順耳，舒揚仍是皺眉搖頭，「她會些拳腳功夫，個性又驃悍，我想在我被歹徒擄走之前，她就會先把他們踢飛，更不用說綁架她。」

「Boss，你確定結婚後不會被家暴嗎？」眾人再次朝他投以同情的目光。

「閉嘴！」舒揚有些惱羞成怒地低吼了一聲，因爲他也不太確定如果他們倆哪天眞打起來，他打不打得過程宥寧……「還有沒有別的？」

「準夫人平時有什麼喜好啊？」所謂對症下藥、投其所好，大家一致認爲要先弄清楚對象的底細，才能擬出適用的方案。

「看冷笑話。」

Boss，情海無涯回頭是岸啊！在場眾位顧問皆面色戚戚，爲他們老闆的未來感到無比憂心。

舒揚看大家似乎都提不出什麼好點子，失望之餘卻也不怪他們，畢竟這次目標太難攻克，恐怕需要再多花點時間細細謀畫，他的目光不經意地落在小漢身上，心中一動。

「小漢，你有沒有什麼想法，嗯？」

小漢連忙陪笑，「Boss，我一直都對準夫人沒輒，你又不是不知道……」

而沉默的舒揚表情擺明了寫著：沒有想法也要給我有想法。

小漢只得重重嘆了一聲，站起身開口：「這樣看來，只剩下那個最簡單粗暴的辦法了。」

出了電梯，程宥寧略感懷念地抬頭看了一眼樓層標示牌——

「九樓，連上帝也束手無策的疑難雜症類」

這是她和舒揚初相遇的地方，也不曉得舒揚今天爲什麼忽然心血來潮要約她在這裡見面。會議室的大門緊閉，儘管一樓櫃臺接待人員和她說，上樓後直接開門進去就行了，不過她還是在門外停住腳步，抬手在門板上輕敲幾下。

「請進。」舒揚的聲音從裡頭傳來。

程宥寧推門而入，就見舒揚坐在會議桌旁，專注地翻閱著文件，神情略顯嚴肅，看多了他不正經的樣子，這樣的他倒讓她有點不習慣。

「你這是在玩哪齣？」程宥寧走到他對面拉開椅子坐下。

「今天請程小姐過來，是想跟您談一談合約的事。」舒揚客氣有禮地對她露出微笑。

程小姐……程宥寧的眉角抽搐了一下。這傢伙是吃錯藥或是忘了吃藥？她以爲有什麼重要的事，還特地提早結束工作趕過來。算了，既然他要玩，那就陪陪他吧！

於是她面上同樣揚起禮貌性的笑容，「好的，老師請說。」

「這是您當初與SNY簽訂的合約內容。」舒揚將手中那份文件輕輕推至她面前，「距離合約截止期限，也就是當初約定好的年底，已經沒剩多少時間，然而如今的進度和合約裡的最終目標仍有些出入，我想我們有必要好好檢討一下。」

「喔……好。」程宥寧微微怔愣了一下，「該如何檢討？」

「合約裡載明，您委託我們協助您開發少女心，最終目的是讓您在年底前成功找到結婚對象。」舒揚頓了頓，「在開發少女心這方面……實在汗顏，本公司最後依舊沒能提供實質上的幫助，不過沒關係，這只是手段，重要的是目的。」

「嗯。」程宥寧愣愣地點頭，都忘了自己原本只是打算配合他演戲，不知不覺就自動進入了角色，「……所以今天是把我叫來，檢討我爲什麼還是沒有少女心？」

「不是。」舒揚搖頭，臉上掛著和藹可親的微笑，「據了解，程小姐前陣子才剛拒絕夏沐禮先生的求婚，目前距離今年年底只剩下不到兩個禮拜，即便從現在開始每天安排相親，也不太可能在年底前找到結婚對象……情況極度不樂觀，程小姐覺得該怎麼辦？」

程宥寧又是一怔，「呃，我不知道。」

「別擔心，身爲程小姐專屬的顧問老師，我已爲您想出一個完美的解決方案。」舒揚彷彿化身購物臺主持人，嗓音裡帶著魔幻的吸引力，使人不自覺想繼續聽他深入解說，最後掏錢買下商品。

「什麼解決方案？」

「嫁給我。」

「……」

「……」

天啊，這該死的沉默是怎麼回事！她有聽懂他在說什麼嗎？還是她認爲這個求婚方式太爛，讓她傻眼到說不出話來？

舒揚面上儘管仍掛著得體的笑容，卻在心裡崩潰地抱頭吶喊。他已經開始後悔採用小漢這怎麼想都不太可靠的提議了，假如現在跟她說方才那些都是開玩笑的，然後立刻衝去買鮮花鑽戒，不曉得還來不來得及……

「老師，如果我不嫁給你，這個委託案是不是就算失敗了？」程宥寧望著他，面容平靜。

「呃，對。」舒揚頓了一會兒，這個提問著實不在他的預料範圍之內。

「那麼委託案失敗的話，你是不是就要賠償五倍的委託費，也就是五十萬給我？」她表情認眞，完全不像是在開玩笑。

「妳知不知道客戶方爲求賠償金，蓄意不肯配合，造成委託案失敗，公司有權終止合約並沒收訂金？」隱約察覺到程宥寧內心的盤算，他氣得直咬牙，手指點了點合約上的其中一條。

「終止合約的話，你求婚的藉口不是也沒了嗎？」

「……妳能不能不要這麼聰明？」

「……好。」

「唉，妳可以認眞一點嗎？雖然看不太出來，不過我的確是在求婚。」舒揚將臉深深埋入掌間，無力地嘆了口氣。

結束了，一切都結束了。

「好。」

「……」還眞謝謝妳的配合啊！舒揚在心裡腹誹。他一連做了幾個深呼吸平復情緒後，才抬起頭準備捲土重來，不料卻對上程宥寧盈滿笑意的晶亮雙眸。

腦中倏地有道念頭閃過，他遲疑片刻，聲音帶著些微顫抖，「……妳說好？」

「嗯，好。」程宥寧點點頭，嘴角上揚的弧度又加大了些。

「她說好……」舒揚不敢置信地低喃，過了好幾秒，他猛地從座位上跳起，驚喜地大喊：「她說好！」

「有這麼驚訝？」看著舒揚像孩子一樣興奮地又叫又跳，程宥寧好笑地搖頭。

「這麼白爛的求婚方式還能成功，我當然不可能不驚訝！」

「其實向我求婚根本不用大陣仗，你只要跟我說一個冷笑話，要是好笑的話，我說不定就答應你了。」

「……」

見舒揚一臉無言，程宥寧心中頓時暢快無比。她並不是完全不懂得浪漫，也不是毫無情商只會破壞氣氛。和喜歡的男人待在一起，她的心怎麼可能不會變得愈來愈柔軟呢？

她只是喜歡看他因她吃癟的表情，這比所有的冷笑話都還更紓壓……她想一直一直看下去。

「但前提是那是你說的。」到底還是不忍心，她起身走到他身邊，伸手環住他的脖子，附在他耳邊輕聲說。

舒揚展臂將她緊緊摟在懷中，「妳住在臺中應該曉得，星期天哪裡的菲律賓人最多？」

程宥寧愣了一下，不明白他爲什麼要突然問起這個，「第一廣場？」

「錯，是菲律賓。」

「哈哈哈。」程宥寧爆出一陣驚天動地的大笑。

「這樣可以嫁給我了嗎？」舒揚凝視著她的雙眼溫柔地問。

程宥寧在他懷抱裡大笑著點頭，笑到連眼淚都流出來了。

全文完

番外

來自北極的婚禮

SNY大樓會議室裡，各領域中的菁英顧問皆聚集在此，眾人臉色肅穆，正苦思著該如何解決這個空前絕後的大危機——準確來說，是他們老闆舒揚的大危機。

「關於婚禮的安排，大家有沒有什麼想法？」舒揚將目光冷冷地掃過眾顧問。

從沒見過公器私用到這般猖狂地步的惡老闆！不過看在豐厚獎金的分上……忍了！

顧問們暗自吐槽著，但望向主席位上一臉悽苦的舒揚，他們在悲憤之餘又不由得有些同情。

「Boss，我覺得既然是結婚，應該就不需要像求婚一樣保密製造驚喜了，這種終身大事，您爲什麼不和準夫人一起商量呢？」顧問A一說完，眾顧問立刻點頭如搗蒜。

「喔，她說辦婚禮的目的就是把之前付出去的紅包錢收回來，所以只要別太鋪張浪費就好。」舒揚說這句話時神色如常，眾人頓覺自家老闆已練就了精純的淡定神功。

「那爲何不讓準夫人負責籌畫？女人不都喜歡研究這些？」話一出口顧問B便後悔了，他們未來的執行長夫人可不是一般女人，怎能用常理來判斷？

「讓她籌畫？」舒揚像是聽到了個天大的笑話般冷哼一聲，「這樣大概百分之百會去戶政事務所公證吧。」

「這樣不好嗎？」

「我舒揚一輩子就結這麼一次婚，結婚典禮怎麼可以如此隨便！」

這話別說太早，尤其您未來夫人還是這種「極品」，將來會發生什麼事眞的難以預料啊……眾人在心中腹誹，當然沒有人敢說出來觸霉頭。

最後是小漢在舒揚「寄予厚望」的眼神中，哀怨地率先打破沉默：「Boss，不是我們找藉口，但這個任務實在是太難了。人人都說結婚典禮要投其所好，可準夫人的喜好是冷笑話，這要如何以此爲主題籌辦啊？難道要在說結婚誓詞時告訴她『每當我想起妳總匯三明治』或是『比起一個人，我認爲兩個人的人數比較多』嗎？」

舒揚緊擰起眉，雙手交疊在胸前不發一語。

看到自家老闆嚴肅的神情，小漢才覺得自己玩笑開大了，急忙擺擺手賠罪，「對不起Boss！我只是開玩笑而已……」

「不。」舒揚抬手打斷他，眼底閃過幽光，「這點子好像還不錯。」

「……不要自暴自棄啊Boss！」顧問們異口同聲驚呼。

❤

婚禮當天。

「小姐，不好意思，請問英皇酒店要怎麼走？」

程宥寧在十字路口等紅燈時冷不防被一旁的機車騎士喚住，她抬手指向前方，「往前一直走就可以看到飯店，不過還有一段距離就是了。」

騎士低頭看了一眼手表，「起碼還要多久？」

「騎馬要更久喔。」

「……」機車騎士一臉錯愕地望向面前身著婚紗的女子。

正四處張望尋找著程宥寧的Nicole，看到這個情況趕緊快步上前。

「不好意思，她今天結婚、有點緊張，才會胡言亂語。」Nicole將程宥寧推至一旁，「再往前會經過一個大橋，下橋後就看得到了，大約需要半小時。」

「好的，謝謝。」騎士愣愣地點頭致謝，重新上路後愈想愈覺得不對勁。剛剛那個穿著婚紗幫他指路的女瘋子，似乎和喜帖照片上的新娘子長得一模一樣……

「不是叫妳在原地等不用過馬路嗎？妳穿著婚紗還想跑去哪裡？」Nicole也不管今天是程宥寧的大日子，直接給她一記白眼。

「我想說去對面等妳，妳就不用特地迴轉了。」程宥寧說得理直氣壯。

「我眞是服了妳，明明知道今天是什麼日子，居然還放不下工作？」

程宥寧這才微微心虛地笑了笑，「那是因爲NEWROMANCE的創意總監只有今天有空，又指名要跟我談……而且對方都特地爲這場面談短暫停留在臺灣了，我怎麼好意思不去？幸虧合作談成了，這不是好事成雙嗎？」

「我要是妳老公，肯定氣瘋了。」Nicole直搖頭，「可是妳父母對妳在結婚當天仍在忙工作沒有意見?」

「我當然不可能讓他們曉得啊哈哈!我妹跟Nancy正在幫我瞞住他們。」這時程宥寧總算有了點憂患意識,「對了,我們會不會來不及……」

「來不及也是妳自己活該。」Nicole嘖了一聲,隨即邁開腳步,「我車停在後面,快點過來!」

程宥寧直到抵達酒店門口才敢放開緊攥著安全帶的手,一顆心依然飛快地怦怦跳著,覺得自己彷彿剛從鬼門關前走一遭。

難怪Nancy她們極力推薦Nicole擔任接駁司機一職,像她這種煞氣的開車方式,不去演《玩命關頭》簡直浪費啊!

也多虧Nicole這位女飆仔,原先打算踩著點步入婚宴會場的程宥寧,多了一小段時間讓新娘祕書做最後補妝,因此當她父親挽著她走進會場時,絲毫沒有發現自家女兒差點就要放婚禮上所有賓客鴿子了。

舒揚在看見站在會場大門之外的程宥寧後,一顆懸著的心才終於放下。

幸好,幸好最後還是趕上了,不然他絕對會想盡辦法,整死那間害他結婚典禮上沒有新娘的NEWROMANCE。

凝望著在父親牽引下,一步步朝他走來的美麗身影,舒揚頓時明白余晉冬在時尚界會有如今地位,不是沒有道理的。這件婚紗完全就是爲程宥寧量身設計,除了她,再沒有任何人能襯托出這件白紗的美，每道剪裁、每顆珠寶都像是在述說著專屬於程宥寧的故事。

當初在試婚紗時，第一次見到程宥寧穿上它的舒揚有些吃味，因爲他從未想過除了他之外，竟然有另一個男人這麼了解程宥寧，了解該如何將她的美淋漓盡致地展現出來。

然而這一刻他忽然很感激余晉冬，謝謝他，爲他們的婚禮畫下了最完美的一筆……儘管他還是覺得婚紗實在是貴到不太合理就是了。

當程宥寧的父親將女兒的手交付給舒揚時，舒揚察覺到掌心裡的細嫩右手微顫了一下。

舒揚的心突地又軟了幾分。再怎麼好強，在人生大事上仍會和所有新嫁娘一樣不安啊！

他把程宥寧的手牢牢包覆在自己的掌心中，十指緊扣，在轉身面對證婚人時低聲問：「緊張嗎？」

舒揚想告訴她，不用慌，不用害怕，他會對她很好很好的，不需要擔心。

「不是，剛才不小心被靜電電到了。」程宥寧卻輕輕地搖搖頭，感覺掌心驟然一緊，她側過頭附耳低語：「你很緊張嗎？我剛剛有幫你問過了，廁所位置在舞臺的右前方，如果你忍不住……」

「程、宥、寧。」舒揚咬牙切齒地打斷她，「妳在這種日子不能正經一點嗎？」

「我很正經啊。」程宥寧表情十分無辜，「你一緊張就會拉肚子的毛病又不能控制，我這是防範未然。」

「……我今天早上沒吃什麼東西。」舒揚只能自暴自棄地解釋。

「那就好。」她一臉慶幸地點點頭。

舒揚又是一陣胃疼。要不今天也把離婚典禮辦一辦吧……他正在內心自我挖苦，交換誓詞的時刻就到了。

舒揚斂了心神，面向這個讓他氣到發瘋卻捨不得放下的女人，凝視著她緩緩開口：「我不打算講肉麻的話……反正妳也聽不懂。求婚的時候妳告訴我，其實只要說一個冷笑話，要是好笑的話，說不定妳就答應了。今天是結婚，我想只說一個冷笑話是不夠的，所以我準備了兩個。」

程宥寧笑著點頭，一副洗耳恭聽的模樣。

「第一個。」舒揚清了清喉嚨，「J.K. 羅琳的七本小說開頭連在一起可以組成什麼？」

「哈哈哈哈哈哈哈。」程宥寧聳聳肩，「這個我早就聽過了，換一個。」

「可是妳笑了，所以我得一分。」舒揚得意地勾起嘴角。

程宥寧正想辯駁，就聽舒揚繼續說：「下一個，老虎不發威，妳當我……」

「HELLO KITTY？」程宥寧不確定地答。

「不。」舒揚望著皺眉苦思答案的程宥寧，柔聲道：「……當我老婆好不好？」

在場賓客爆出熱烈喝采聲，程宥寧愣愣地看著他，半晌後才反應過來。

「這個雖然不夠好笑，但是……」她垂下眼眸，輕輕頷首，「好。」

她迷路已久的真命天子，終於找到路回家了。

後記

因爲你是你，所以值得被愛

當編輯告訴我後記的篇幅時，我心想完了，依我寫後記一向沒有最長只有更長的風格，這麼少的字數簡直就是個大挑戰，明明恨不得把故事中安排的每個細節都狠狠剖析一番給你們看，卻不曉得該從何說起。於是，這次我打算跟你們聊一些故事情節安排以外的事情。

在創作《少女心缺乏症候群》的過程中，因爲沒有太多束縛，所以挺輕鬆的，可以無限開腦洞，常常一邊寫一邊被自己娛樂到，但這個題材也經常讓我不知所措，畢竟在寫這個故事時我還只是個學生，沒有把握能掌握好宥哥的單身都會女性心理，很擔心只畫其皮而不得其骨。

不過後來我決定把故事定位成「我想像中的都會女性生活」，或許等到自己三十三歲再看這本書時，會覺得荒謬無比，可是那時的我應該會笑著感嘆：啊……原來當初我以爲自己長大後會變成這樣啊！

這不是一個符合傳統定義的愛情故事，你們看完之後大概會發現主要角色的設定並不是大眾所熟悉的類型：其實才是男主角的女主宥哥、毫無男主角地位的舒老師、和男主角一起爭奪誰存在感更低的男二夏醫師，以及一出場自帶男主角光環的女主閨蜜余大總裁。

我想透過故事傳達的就是——沒有人可以規定我們該是什麼樣子。

爲什麼女人一定要溫柔會撒嬌？爲什麼男人不能展現他們的脆弱？爲什麼女人不結婚就是

剩女危機？爲什麼男人不可以愛上男人？

儘管故事是以少女心開發課程爲主軸展開劇情，可是我想說的其實是：嘿！親愛的，沒有少女心又怎樣？因爲你是你，所以值得被愛。

不夠瘦的你、實際又理性的你、控制不住食欲的你、把髒話當作口頭禪的你，都是獨一無二的「你」，總有一天，會有懂得你有多可愛的那個人出現。當然，無論女孩或男孩都一樣。

不過說了這麼多，也不是期望大家看完這個故事之後，要得到多深刻的體悟，就像冷笑話對宥哥來說是精神食糧，這本書之於你們或許只是個消遣娛樂的故事，但要是在閱讀的過程中，能讓你們暫時忘卻現實中的煩惱、開懷大笑幾分鐘，我就覺得自己功德圓滿了。

在POPO網站上連載的期間收到了許多讀者的回饋，這對我來說是最最幸福的事。因爲這個故事我遇見了不少和宥哥一樣患有先天性少女心缺乏症候群的讀者；因爲這個故事讀者在看到好笑的冷笑話與梗圖時，開始會標記或私訊給我；因爲這個故事讓我知道以自己作爲原型塑造出的宥哥被這麼多人喜愛著……也因爲有你們的支持，這部作品才有了能以實體書樣貌呈現在大家面前的機會，眞的十分感謝。

謝謝我的家人——被迫成爲我第一個讀者的弟弟與漸漸可以理解並支持我寫小說的爸媽；也謝謝從這個故事在網上連載到出版過程中給予我幫助與回饋的編輯——瀅瀅、章敏、馥蔓、鈺惠以及我的責編思涵，很感謝妳們讓我能放心地寫自己想寫的故事。

另外，我也要謝謝我的魯妹朋友，沒有妳們就沒有這個故事。謝謝妳們成爲我的繆思（雖然非出於自願），讓我將妳們的荒唐事蹟寫進書裡供大家嘲笑……不，是提供讀者歡樂。等到將來我的單身狗友善餐廳開成了，妳們絕對都是我的VIP。

最後，謝謝各位冷笑話與梗圖的原創者，在故事中用到的冷笑話素材都是從網上看來的，但幾經轉載實在無法知曉原作者爲何人。非常感謝你們，在這負能量當道的厭世代，冷笑話簡直能救人一命。廢圖不能亡！

透過這本實體書才認識我的讀者朋友，假如你們想深入了解故事劇情的安排細節，可以到POPO網站上看我之前寫的網路版後記，裡面有更詳盡的解說。再次謝謝購買本書的每位讀者，希望我有爲你們帶來一點歡樂與感動。

期盼能有在下一本書與你們再次相見的機會。

蘭緗

國家圖書館出版品預行編目資料

少女心缺乏症候群／蘭緗著 . -- 初版 . -- ；城邦原創出版：家庭傳媒城邦分公司發行 , 民 106.09
面； 公分 . --（戀小說；82）

ISBN 978-986-95299-3-8（平裝）

857.7 106016050

少女心缺乏症候群

作　　者／蘭緗
企畫選書／楊馥蔓
責任編輯／楊馥蔓、邱鈺惠

行銷業務／林政杰
總 編 輯／楊馥蔓
總 經 理／伍文翠
發 行 人／何飛鵬
法律顧問／元禾法律事務所　王子文律師
出　　版／城邦原創股份有限公司
台北市中山區民生東路二段 141 號 6 樓
電話：(02) 2509-5506　傳真：(02) 2500-1933
E-mail：service@popo.tw
發　　行／英屬蓋曼群島商家庭傳媒股份有限公司城邦分公司
聯絡地址：台北市中山區民生東路二段 141 號 11 樓
書虫客服服務專線：(02) 25007718．(02) 25007719
24小時傳真服務：(02) 25001990．(02) 25001991
服務時間：週一至週五 09:30-12:00．13:30-17:00
郵撥帳號：19863813　戶名：書虫股份有限公司
讀者服務信箱 email：service@readingclub.com.tw
城邦讀書花園網址：www.cite.com.tw
香港發行所／城邦（香港）出版集團有限公司
地址：香港灣仔駱克道 193 號東超商業中心 1 樓
email：hkcite@biznetvigator.com
電話：(852) 25086231　傳真：(852) 25789337
馬新發行所／城邦（馬新）出版集團 Cité(M)Sdn. Bhd.
41, Jalan Radin Anum, Bandar Baru Sri Petaling,
57000 Kuala Lumpur, Malaysia.
電話：(603) 90578822　傳真：(603) 90576622
email:cite@cite.com.my

封面設計／黃聖文
印　　刷／漾格科技股份有限公司
電腦排版／陳瑜安
經 銷 商／聯合發行股份有限公司
電話：(02)2917-8022　傳真：(02)2911-0053

■ 2017 年（民 106）9 月初版
■ 2019 年（民 108）1 月初版 4.5 刷
Printed in Taiwan

定價／260元

ISBN 978-986-95299-3-8